革命烈士书信

(汇编本)

中国青年出版社 编

中国青年出版社

图书在版编目（CIP）数据

革命烈士书信：汇编本／中国青年出版社编．—北京：中国青年出版社，2015.9（2024.4重印）
ISBN 978-7-5153-3871-2

Ⅰ.革… Ⅱ.①中… Ⅲ.①革命烈士—书信集—中国 Ⅳ.①I226

中国版本图书馆CIP数据核字（2015）第226232号

本版责任编辑：叶施水　马福悦
装帧设计：瞿中华

出版发行：	中国青年出版社
社　　址：	北京市东城区东四十二条21号
网　　址：	www.cyp.com.cn
电子邮箱：	jdzz@cypg.cn
编辑中心：	010-57350406
营销中心：	010-57350370
经　　销：	新华书店
印　　刷：	山东新华印务有限公司
规　　格：	850mm×1168mm　1/32
印　　张：	14.25
字　　数：	360千字
印　　数：	1014081—1017080册
版　　次：	1979年12月北京第1版　2015年10月北京第2版
印　　次：	2024年4月山东第20次印刷
定　　价：	39.00元

如有印装质量问题，请凭购书发票与质检部联系调换
联系电话：010-57350337

目次

《革命烈士书信》序言 ················· 肖 华 I

《革命烈士书信续编》序言 ··············· 陈昊苏 V

上编

何秉彝 ······································ 003

王尽美 ······································ 006

邓雅声 ······································ 008

杜永瘦 ······································ 014

钟志申 ······································ 016

郭 亮 ······································ 018

郑复他 ······································ 020

傅 烈 ······································ 023

向警予 ······································ 024

徐 玮 ······································ 029

贺锦斋 ······································ 031

史砚芬 ······································ 033

陈 觉 ······································ 035

赵云霄 ······································ 038

熊亨瀚	041
苏兆征	043
彭　湃	045
杨　殷	046
刘愿庵	048
陈毅安	054
裘古怀	063
李临光	065
刘谦初	067
恽代英	069
李硕勋	072
柳直荀	076
吉鸿昌	078
刘伯坚	080
方志敏	084
赵一曼	093
蒋径开	095
茅丽英	097
金方昌	099
袁国平	101
何功伟	103
孙毅民	108
刘　英	109
左　权	111

毛泽民	116
高捷成	119
陈潭秋	121
朱学勉	124
邹韬奋	126
吴红妹	128
吴泽光	129
王若飞	130
叶　挺	138
邓　发	140
王　奔	142
关向应	143
罗世文	146
车耀先	148
许柏龄	150
续范亭	152
陈振先	155
杜斌丞	158
查茂德	160
朱　林	162
王　元	164
曾应书	165
穆汉祥	167
江竹筠	171

许晓轩	174
宋绮云	177
宣　灏	184
朱振汉	188

下　编

刘　华	193
赵世炎	195
蒋先云	198
侯绍裘	202
张应春	205
邓贞谦	207
陈逸群	209
赖怀凯	210
王孝锡	211
缪　忠	215
吴宪猷	217
陈三元	219
周树屏	221
胡仕虞	222
江诗咏	224
唐　克	227
林育南	229
龙大道	236

张　炽	238
周炳文	245
邹子侃	247
邓中夏	249
吉鸿昌	251
童长荣	254
何叔衡	257
吴焕先	261
罗　英	263
杨介人	265
向热生	268
黄　道	270
赵伊坪	273
杨靖宇	276
金方昌	279
史钦深	281
沈尔七	283
袁国平	285
黄　诚	290
范子侠	292
林基路	294
王传馥	296
田时风	298
申耀东	300

彭雪枫	302
文立征	313
潘琰	320
叶挺	329
罗炳辉	331
李兆麟	334
李育才	337
李德光	342
郭庠生	350
赵良璋	352
铁克	354
王孝和	355
江风	358
朱瑞	362
江竹筠	365
李卡	368
高厚祖	378
史霄雯	380
陈玲	382
王家栋	385
杨杰	387
毛岸英	390
丁佑君	403
陆毅	407

杜凤瑞……………………………………………… 409

焦裕禄……………………………………………… 412

艾润生……………………………………………… 414

徐雅军……………………………………………… 416

丁顺茂……………………………………………… 419

马富群……………………………………………… 421

王息坤……………………………………………… 422

涂维军……………………………………………… 426

吴建国……………………………………………… 429

梁英瑞……………………………………………… 433

后　记……………………………………………… 437

《革命烈士书信》序言

肖 华

> 今来阅遗稿，
> 怎能不痛伤。
> 血书千万篇，
> 字字显豪壮。

这是我为江西省革命烈士纪念堂写的一诗中的几句，现在录下作为这篇短文的开始。

集子里的八十六篇革命烈士的书信、题词和绝笔，是千百万烈士遗书的一部分。为了中国革命的胜利，他们用生命的代价，为后世，为我们中华民族留下了一笔珍贵的精神财富。这不是普通的书信，而是革命烈士生命和鲜血的结晶。它凝结着烈士全部的爱和憎；它聚集着烈士的壮志和豪情；它像奔腾的江水，一泻千里，把旧社会席卷而去；它像燃烧的火焰，划破阴霾，把新中国照得通红。

这些豪迈、壮烈、深情、朴实的文字，有的飞笔于挥戈出征前的马鞍上，有的书写于同疾病作斗争的生命弥留的瞬息间，而多数篇章，则爆发于反动派的血腥的黑牢，疾书于英勇就义前的宝贵时刻，因为处境的严酷与条件的苛刻，所以遗墨都很有限，有的仅仅十余字。但是，字字千钧。文如其人，这些书信表现了革命者气壮山河的高尚气质，他们之献身重于泰山，他们的遗文一言九鼎，显示着革命烈士的伟大胸怀、耿耿丹心和铮铮铁骨。

烈士们最懂得爱与恨。他们对反动派怀着深仇大恨，恨得痛切，憎得透彻。在皮鞭、烙铁的淫威下，他们死而复苏，手蘸鲜血，咬紧牙关在狱墙上写下"严刑利诱奈我何，领首流泪非丈夫"的壮烈诗篇，在书信里留下"虽赴汤蹈火而不辞，刀锯鼎镬而不惧"的豪迈誓言。头可断，志不可屈，反动派有监狱，有酷刑，革命者有鲜血，有意志，更有真理！他们坚信，敌人活埋了自己的躯体，"那就更会长存了由它上面所开出来底复仇的鲜花"。

对敌人的憎恨建立在对人民的热爱上。书信的字里行间，激荡着、闪烁着对人民的无限热爱。烈士们在经历了重难叠险而慨然就义之前，对敌人有铁一样的心肠，而对战友与亲人，却有海一样的深情，写给亲人的最后的书信，充满真挚的勉励，也充满温存的慰藉。陈觉烈士牺牲前夕给自己的爱妻写信时，想到即将留给亲生父母的巨大悲恸，回忆他们夫妻俩为革命而比翼齐飞、恩爱切磋的幸福往事，自己也"不觉流泪了"。但他挥泪作书，马上写下了："谁无父母，谁无儿女，谁无情人，我们正是为了救助全中国人民的父母和妻儿，所以牺牲了自己的一切。我们虽然是死了，……死又何憾。"烈士们其所以视死如归，义无反顾，因为他们下定了为千百万在罪恶统治下啼饥号寒的群众而奋斗的决心。"人类解放不成，何以家为！""尚有雄心思马革，不因孤忿泣牛衣！"在严峻的考验面前，我们的先烈，表现了最忠贞的气节，最丰富的感情，最高尚的情操。

革命烈士的云水襟怀里，洋溢着积极的进取精神，浩然正气横贯于九天河汉，彪炳于万里江山。身陷囹圄，但他们胸怀天下，以"热的血，冷的头脑，积极的精神，战斗的意志"，在牢狱窗口凝视着新中国的曙光。他们每于"枕上闻军营号声，不禁神魂飞越"，恨不能挥戈跃马，重返疆场，为人民打天下！即使"带镣长街行"，也面不改色心不跳，在刑场上用生命的最后余力，高歌"英特纳雄耐尔就一定要实现"。多么洁白无瑕的灵魂！多么雄烈悲壮的情怀！它以勇敢、沉着、愤慨、冷静等各种方式形诸书信，读起来激励人们奋发，鞭策人们前进。这些革命精神与民族气节的精华，是我们中华民族的骄傲。作为生命的火花，它凝铸于铁窗镣铐之下，迸发于刀光血影之前，必将流芳千秋，永不泯灭。

国家的希望与民族的未来，这个伟大的使命，烈士们以无限的深情，寄托在青年一代身上。他们在书信中几乎有着共同的遗愿："胜利的时刻，请你们不要忘记我们"；他们在地下有灵，向往着"河山还我之日"，那么，希望你"是这中间一个努力工作的战斗员"；甚至他们不主张青年结婚太早，"以免早婚多儿女累，不能成就事业"……这肺腑之嘱，是神圣的召唤，是晨曦的警钟，又是战斗的号角，它鼓舞鞭策着青年一代在烈士以血肉为泥土所铺成的道路上，朝着共产主义的目标，勇往直前。先烈们"为主义而牺牲虽九死犹不悔"，后辈人为明天而奋斗自当纵万难亦不屈。赵一曼烈士牺牲之前给儿子的信这样写道："母亲不用千言万语来教育你，就用实行来教育你。"这血泪拌和着刀声、雷声而成的书信，是烈士的理想、情操、憎爱的结晶，是革命者的诺言付诸实践的见证，是雪山青松上的一片片碧叶，是人生大海里没有价值可以兑换的珍珠，是革命后代万古不朽的珍贵教材。烈士们的遗书，像母亲教诲儿女一样，没有丝毫浮辞虚语，一个字一滴沸腾的热血，一句话一个鲜明的足印，每一篇短短的遗书，都是一面火红的战旗，在激励着我们革命的后代，踏着先烈的血迹，"以建设新中国为志，为共产主义事业奋斗到底"！

青年们，让我们在新长征的道路上，"以建设新中国为志"，用我们的智慧，用我们的双手，用我们美丽的青春，为实现我国社会主义现代化，勇猛地前进吧！

胜利在向你们招手，祖国的未来用微笑向你们致意，向你们拥抱！

一九七九年一月二十日于兰州

《革命烈士书信续编》序言

陈昊苏

一九七九年底，中国青年出版社曾经编辑出版过一本《革命烈士书信》，现在我们看到的是那本书的续编。出版社的编辑同志给了我一项任务，在书的开头写几句话。

在这个续编中收有书信和遗墨的革命烈士共七十六位，我只看了其中五十六位的有关材料。我计算了一下，烈士牺牲时的平均年龄只有三十岁，其中最年轻的是吴建国，十七岁，是刚刚入伍的新战士；最年长的是叶挺军长，五十岁，牺牲时已经有了为人民解放事业奋斗二十多年屡建功勋的光荣纪录。简单的统计说明，烈士们都是从青年时代开始献身于无产阶级的革命事业，其中多数是在很年轻的时候英勇地牺牲于战场、刑场和其他艰苦斗争的场合。他们短暂的生命充满着革命英雄主义，他们的文章、书信和言论放射出青春的光和热。我以为，生活在八十年代的和烈士的年龄大体相当的青年人，应该把烈士的名字和事业引为自己的骄傲，立志向他们学习，走他们没有走完的路，从他们遗留下来的这些闪光的文字中吸取力量，向着更加光明的前途进军。

几十位烈士生活在不同的时代。从二十年代五卅运动的领导人刘华到七十年代人民解放军的英雄梁英瑞，这中间有着绵延不绝半个多世纪的战斗历程。这个事实是很有意义的，它说明在六十年间一代又一代革命青年都是在中国共产党的领导之下为民族和阶级解放英勇奋斗，形成了光荣的传统。这本书就是六十年光荣传统的集中反映。由于受烈士遗作的限制，以及在编集方面存在某些欠缺的地方，续编和上一集相比，烈士生前写的事务性的信件偏多，因而在概括光荣传统方面显得不够充分。尽管有这样的不足之处，这本书仍然有很高的历史价值，可以作为革命传统教育的宝贵教材，对青年人的健康成长尽到帮助的责任。

现在，六十年充满艰苦卓绝斗争的光辉史页已经翻过去了，在我们面前展开的是新的一页。我们正处于新的历史时期和新的伟大斗争之中。青年作为无产阶级革命事业的接班人应该发扬为共产主义理想献身的传统，准备好为实现四化、振兴中华而随时付出牺牲。这就是说，需要有很多有志的青年用自己的工作和战斗继续为我们这本书写作新的续编。讲到献身和牺牲，这当然不是出于一种偏执的狂热心理。有远大理想的青年人懂得没有献身和牺牲，我们的事业就不能前进，共产主义的美好境界就无从实现，而革命烈士当年为之奋斗牺牲的事业就有可能中道失坠。为了不愧对先烈，更为了不愧对后代子孙，我们这一代人有责任把共产主义的旗帜高举起来，继续表现出革命英雄主义，继续发出青春的光和热。

我相信，八十年代的青年将在历史上写出不比革命前辈逊色的光辉篇章，我愿以此和我们的青年读者朋友们共勉。

一九八二年七月于北京

上 编

何秉彝

给父母亲的信①

父母亲：

大人唯一的主张，最大的目的和至切实的见解，只希望男住个如北大、东大、北洋、南洋和唐山等有虚誉假衔的国立或部立大学。在修学时，可以无意味地脍炙人口，毕业后，可以用内虚外实的资格去麻醉人，拿一张不值钱的饭票去欺骗人。至于私立的学校，无名的学校，你老人家就以为不好的，不被人所重仰的。

男已决定住上海大学了！这也是有理由，有缘故的。

男何以要研究社会学？因为男现在是二十世纪的新青年，不是十九世纪的陈腐的以文章为生，以科举为的的老学究。生在这离奇的二十世纪的社会里，便要为二十世纪的社会谋改造，为二十世纪的人民谋幸福，即是要研究人类社会生活的真理及其种种现象，以鉴定其可否。这就是男要研究社会学的主因，亦是男个性的从好，志趣的决定。……

男又何以不到别的地方，一定要住上海呢？因为上海是世界文化荟萃之区，并且是东亚第一市场，新潮流的波及，光亮的透射，要算中国土地的先觉，在此地虽然比较多花费几文钱，而相信所得的代价，所享的进益，实在要比在旁的地方所得所享的超出百倍。……要想男到垢恶的北京、天津。去住与男的意志毫无关系的国立或部立大学，学点官僚的资格，染些政客的派头，毕业出来，奔走乞怜于侯门之下。丧心病狂于名利之场，为他人作嫁衣裳，抢几个造孽钱，挣点子假名虚誉，是万万不能的！虽是迫令男去，不准男住上海的信如雪片飞来，因那几处的学校都没有社会学！

男何以一定要住上海大学呢？上海大学在上海虽是私立，但男相信它是顶好的学校，信服它的社会科是十分完善，它的制度，它的组织和它的精神，皆是男所崇拜而尊仰的，所以男要住它，并不是盲从，并不是受谁的支配，实在是男个人意志的裁判。老实说一句：男已经决定了，无论如何也不能变更了。男如是行去，觉得未来之神在预告男了，好象（像）在说："你将上光明之路了，你将得着很相适的安慰了，你的前途是无量的，你的生命之流矢，将从此先谢（射），你的生命之花，将从此开放。"

男　秉彝禀
六月二十八日

何秉彝（1902—1925）：又名何念慈，四川省彭县人。中国共产党党员，曾任共青团上海地委组织主任。一九二四年考入大同大学理工科。后转入我党主办的上海大学社会系，攻读马克思主义，并积极参加社会实践。曾参加邓中夏同志举办的沪西工友俱乐部和平民夜校的工作。一九二五年"五卅"当天，他响应党的号召，带领学生到南京路进行宣传、演讲，不幸被英帝国主义杀害，时年二十三岁。

（中国共产党第一次全国代表大会会址纪念馆）

[注释]

① 一九二四年夏,何秉彝同志为了学习马列主义和参加革命斗争,转考上海大学社会系。其父竭力反对,他写了这封信给父母,阐明自己的立场和观点。

王尽美

遗 嘱[①]

嘱全体同志好好工作,为无产阶级和全人类的解放和共产主义事业的彻底实现而奋斗到底!

王尽美(1898—1925):名瑞俊,山东省莒县人。五四运动时期,王尽美同志是山东学生运动的领导者之一,和十几位进步同学一起,组织进步学术团体"励新学会"。一九二〇年,王尽美同志在济南发起组织"马克思学说研究会",传播马克思主义。不久,在"马克思学说研究会"的基础上,成立了山东共产主义小组。一九二一年七月一日,王尽美同志与邓恩铭同志代表山东共产主义小组,出席中国共产党第一次全国代表大会。会后,建立了中共山东支部,王尽美同志任书记。一九二二年一月,王尽美同志赴莫斯科出席远东各国共产党及民族革命团体第一次代表大会,七月回国,参加中国共产党第二次全国代表大会。会后留在中国劳动组合书记部书记处工作。不久,到山海关一带领导工人运动。一九二三年调回山东负责党的工作。一九二五年夏在青岛病逝,时年二十七岁。

(学 英)

[注释]

① 这篇遗嘱是王尽美同志病危时口述的,记录写好后,王尽美同志曾过目。并在遗嘱上画押。

邓雅声

就义前给熊竹生①的信

敬禀者：当雅声致书尊前②之日，即在汉口毕命③之时。大人素④钟爱⑤我，得此惨耗⑥，一定惊倒！雅声不能遵守教训，动逾大闲⑦；致有今日，咎由自取⑧。求仁得仁，抑又何怨⑨？！大人若为雅声而悲伤，是徒损龙钟之躯⑩，而重雅声之过；无益也。雅声本窭人子⑪耳，年少丧父。其能粗识之无⑫，略通文艺，皆大人之赐也。每念高厚⑬，未尝不感激涕零也。身既不保，恩何能报？吾尝反对轮回⑭之说，及今甚愿有之果尔⑮，则为聊斋志异中之褚生⑯乎，不知天其许我否⑰？雅声初入狱中，虽陷死地，总以应无死法，以吾父之笃实⑱，吾母之慈祥；不应使之无后！以吾守己之约，待人之恕，不应得此恶报。范滂⑲有言：欲为恶耶，恶不可为；欲为善耶，我不为恶⑳。苍苍者天，果安在哉㉑。此皆幻想耳。死之志早已决定。吾最后之命运，何敢尚有他冀㉒。呜呼！伯道无儿㉓，欲叩阍而梦梦㉔。杨恽㉕何罪，哀覆盆之炎炎㉖。汉朝党锢㉗，明末东林㉘。亘古如斯㉙，而今为烈矣㉚。"等闲戴得吾头去，留下微痕血海中㉛。尚有雄心思马革㉜，不因孤忿泣牛衣㉝！"此非雅声平日见志之诗乎。狱中无事，咏某㉞诗，及某歌，慷慨激昂，全无惧色！今日之死，实所深愿；所念念不敢忘者，只高堂老母耳；兼之芳年弱妹，红闺少妇，黄口㉟孤女，茕茕诸息㊱，皆为雅声是依。今彼依者既失，世态悠悠㊲，将安归乎？言念及此，雅声心虽木石㊳，亦垂泪如丝矣。郑君慕樵处，附家信两封：一载我死，一载吾赴俄国，望大人派麟叔到慕樵家，与郑君协商以何信见吾母为得计。雅声五衷烦乱㊴，不能自择也；漱渠兄处，恕不另作书㊵；但漱渠兄，与吾道虽不同，而交甚笃㊶；藏吾诗甚多，望其选而存之。在精不在多，成一小帖㊷，留我后世子孙；能存一卷更佳。倘㊸漱渠兄，能以束修㊹之余，稍济吾母；则雅声九泉之下，不敢忘德。附绝命诗四首：

呜咽江声日夜流，空余宏愿逐波浮㊺。
萧然独谢㊻长生去，暮雨晨风天地愁。

从来不愿受人怜，岂肯低头狱吏前！
饮弹从容向天啸㊼，永留浩气在人间！

本来文弱一书生，屡欲从军愧未曾㊽。
不死沙场死牢狱，三军埋血㊾恨难平！

苦虑室家更不忘，谁知今甘永分张㊿。
幽魂不逐长风散，应念哀亲返故乡！

呜咽成诗，究没推敲，亦无暇赓诗(51)也。他如江湖混迹从屠狗(52)，都是骄人笑沐猴(53)，非修令伯陈情表(54)，惟读文山正气歌(55)！我无法聊以写成。盖绝笔也。我矢敬致爱之夫子，别矣别矣，永别矣，死而有知，请在梦中和我会。

邓雅声（1902—1928）：湖北省黄梅县人。青少年时代，历经了辛亥革命、五四运动。中国共产党诞生后，马克思主义的火种传到了黄梅，他接受了革命思想的教育，于一九二三年加入中国共产党。从此，他致全力于革命事业。一九二四年建立中共黄梅县委会时，他担任组织部长，经常深入农村做发动群众的工作，组织了向农民进行阶级教育的“平民夜校”，开展农民运动的“农民进德会”，和向知识青年传授唯物史观的“通讯读书会”，并在农村建立了党的组织。一九二七年，他被选为湖北省农民协会秘书长、检查特派员委员会委员。大革命失败后，他从事党的秘密工作，担任京汉路南段特委委员、特委书记，并在孝感主编《澴川报》，号召工人、农民起来打倒蒋介石、打倒土豪劣绅。一九二八年初，他从孝感赴武汉向省委汇报工作，因省委联络机关被破坏，不幸被敌人逮捕，不久在汉口英勇就义，时年二十六岁。

（郭述申）

［注释］

① 熊竹生：邓雅声烈士的老师。

② 尊前：对师长的敬称。

③ 毕命：绝命。

④ 素：向来。

⑤ 钟爱：特别爱。

⑥ 惨耗：悲惨的死讯。

⑦ 动逾大闲：行动超出大的范围。闲，防止的范围。

⑧ 咎由自取：咎，罪过、灾祸。罪过、灾祸是自己招来的。

⑨ 求仁得仁，抑又何怨：指要求革命而为革命献身，又有什么抱怨的。出自《论语·述而》：“求仁而得仁，又何怨？”

⑩ 徒损龙钟之躯：白白地损害您年老的身体。龙钟，指老年人行动不灵便的

样子。

⑪ 窭人子：窭（jù拒），贫寒。窭人子，贫寒人家的孩子。

⑫ 之无：指识字。相传唐朝白居易刚满七个月时，保姆教他"之无"两字，一教就会。

⑬ 高厚：恩情深厚。

⑭ 轮回：佛教用语。指有生命的东西永远像车轮运转一样在天堂、地狱、人间三个范围内循环转化。

⑮ 果尔：果真这样。

⑯ 褚生：是《聊斋志异》中的《褚生》篇的主人公，他死后化为鬼魂报答友人。

⑰ 天其许我否：天还答应我吗？

⑱ 笃实：忠诚老实。

⑲ 范滂：东汉统治阶级中反对太监专权的一个著名人物，被太监害死。"范滂有言"下面的话，是范母对范讲的，此处误为范滂的话。见《后汉书·范滂传》。

⑳ 欲为恶耶，恶不可为；欲为善耶，我不为恶：要讲到做坏事，坏事是不能做的；要讲到做好事，我不曾做过坏事。这里含有我不做坏事，为什么儿子要遭杀害的意思。

㉑ 苍苍者天，果安在哉：苍天啊，你到底在哪儿？

㉒ 冀：希求。

㉓ 伯道无儿：伯道，晋朝人，姓邓名攸，字伯道。他带儿子和侄子逃难，由于带不了两个孩子，便抛弃了亲生的儿子，带了侄子逃走。可是，后来邓攸没有生儿子，因而无后，"伯道无儿"，含有怨意，说天道无知，不报答好人。

㉔ 叩阍而梦梦：阍，门，多指宫门。敲上帝的宫门去责问，只是梦想。

㉕ 杨恽：汉朝人。一次他给朋友写信，说他家田地一片荒芜，豆子都落在地里。有人告他讽刺朝廷昏乱，故被汉宣帝所杀。

㉖ 覆盆之炎炎：严重的冤案。

㉗ 党锢：指"党锢之祸"，东汉时太监镇压士大夫的暴政，诬士大夫结党，加以禁锢、杀害或永不录用。

㉘ 东林：即东林党，明末以江南士大夫为主的政治集团，他们在东林书院，以讲学为名，议论朝政，史称东林党。因为反对太监专政，后遭魏忠贤镇压。东林书院在江苏省无锡市，是宋代杨时讲学的地方。

㉙ 亘古如斯：从古到今皆如此。

㉚ 而今为烈矣：现在更厉害了。

㉛ 等闲戴得吾头去，留下微痕血海中：平时戴着我的头出去，准备在血泊中留下一点痕迹。这里指平日就准备为革命而献身。

㉜ 尚有雄心思马革：决心为革命献出生命。马革，即皮革，指在战场被打死，没有棺木盛殓，用马皮把尸体裹起来。出自《后汉书·马援传》："男儿要当死于边野，以马革裹尸还葬耳，何能卧床上在儿女手中邪。"

㉝ 不因孤忿泣牛衣：孤忿，个人的不幸。牛衣，给牛御寒用的覆盖物，用麻和草编成。泣牛衣，出自《汉书·王章传》，说是汉朝王章穷困病倒，没有被子盖，只好睡在牛衣中，与妻子相对而泣。

㉞ 某：烈士自称。某诗某歌即烈士自己作的诗歌。

㉟ 黄口：指婴儿。

㊱ 茕茕诸息：茕茕，孤独悲伤的样子。诸，众多；息，活着。这里指少妇、弱妹、孤女、老母忧伤地活着。

㊲ 世态悠悠：悠悠，众多，这里作到处讲。世态悠悠，世态炎凉到处都是。

㊳ 心虽木石：比喻性格坚强，不易动感情。

㊴ 五衷烦乱：五衷，五脏，这里指心情。五衷烦乱，心情乱得很。

㊵ 作书：写信。

㊶ 甚笃：交情很深，友谊很牢固。

㊷ 小帖：帖，学习写字或绘画时，临摹用的样本。这里指小册子，是烈士自谦之词。

㊸ 倘：倘若。

㊹ 束修：束，十条；修，干肉。孔子讲学索取干肉为学费。这里指教师的薪水。

㊺ 空余宏愿逐波浮：壮志未酬。如付之东流。这里，烈士慨叹自己的革命大志未能实现。

㊻ 萧然独谢：花在冷落中凋谢。

㊼ 饮弹从容向天啸：中了枪弹从容地向天长啸。

㊽ 屡欲从军愧未曾：几次想从军，都愧未成行。

㊾ 三军埋血：部队来掩埋他的尸体。古有血化碧玉的传说，所以说埋血。

㊿ 分张：离别。

㉛ 赓诗：继续作诗。

㉜ 江湖混迹从屠狗：在江湖上混，跟杀狗的人做朋友。意指在民间跟革命者交朋友。

㊼ 笑沐猴：出自《史记·项羽本纪》："人言楚人沐猴而冠耳，果然。"沐猴，猕猴。冠，戴帽子。意说猕猴戴帽子，装人样，比喻本质不好。笑沐猴，就是瞧不起这种人。

㊾ 非修令伯陈情表：非修，不写；令伯，即晋朝李密；表，给皇帝的奏章。李密，父早故，母改嫁，由祖母抚养成人。晋武帝几次下诏书，要他去当太子洗马。李密不愿离开祖母去做官，就上书晋武帝，陈述不能受命的原委，史称陈情表。烈士借用这个典故，表白自己宁死不低头的决心。

㊿ 惟读文山正气歌：文山，即南宋民族英雄文天祥。他为元兵所俘，宁死不屈，写了一首五言古体诗，抒发自己的胸怀，题为《正气歌》。烈士借用这个典故抒发自己的胸怀。

杜永瘦

就义前给妻子的遗书

这是最后的谈话了！我在写这封信的时候，我含着满眶的热泪，可是这宝贵的泪珠，我不愿意使他夺眶而出，因为我觉得流泪是一件极可耻的事，所以我始终是含笑着，文妹！请你用笑来答复我吧！

我的命运的决定，不是在今日的堂讯，而是在平时，我对于我自己命运的估量，亦早知有今日。我不是时常对你说过吗？这就是乐园，是我最后的归宿，光荣的死。我含笑，我更望你含笑。我快乐，我愿你比我更快乐！文妹，欢忻（欣）鼓舞的来欢送我吧！

你觉得太孤寂吗？人世上多的是革命的伴侣！你悲苦吗？人世上多的是寡妇孤儿！时代的牺牲者多着呢！

你的前途应当是"干"！你的责任应当是"干"！你的命运更使你不得不"干"！干呵！只有干才是你的出路——人类的出路！勉之！

你的一切，我都相信得过，然而你的痴情，我觉得是你前途的障碍，快乐的恶魔！不要痴想着我吧！

母亲爱我，恐怕比你还要利（厉）害吧！她孤苦一身，只剩我这个活宝贝,现在失掉了!是何等的伤感呵!你应当设法隐瞒她,混得一时是一时,这是你主要的责任。别的话不愿说而且不忍说,你自己去想吧!

我觉得我现在已是一个很清闲的人,身上千斤的担子,已经卸了!快乐呵!我的许多朋友,你应当告知他们我是怎样怎样的快乐,叫他们不要悲悼!

我万没有料到今天还能与你作最后的通信,这封书是如何的宝贵呀!然而我不愿意你保存这一点墨迹,使你烦恼终身,我愿你如看浮云般的一眼便过,文!听我的话呀!

几乎忘却了!还有我的小宝宝——我们爱的结晶,可怜他未出娘胎先失掉了父亲,无父之儿,将来谁人关照!我的意见是弃掉了,以免你的拖累,你自己斟酌行事吧!不说了!

母亲!文妹!小宝宝!一切的朋友们!别了!明晨拍拍的枪声,是我们最后一刹那诀别的标志!听着吧!再见!

S[①]·一九二八年三月二十七日

杜永瘦(1906—1928):原名永寿,字鹤龄,湖北省荆门县人。中学时开始阅读《共产党宣言》、《社会发展史》、《向导》、《中国青年》等革命书刊。一九二五年春加入中国共产党。"五卅"惨案后,他离开荆门去黄埔军校学习。后随军北伐。一九二七年到武汉,任学兵团政治指导员。"四一二"反革命政变后,曾先后任中共湖北省军委秘书、鄂西特派员等职,不久,回到武汉,在省军委工作。由于省军委负责人叛变,杜永瘦同志被捕,一九二八年三月英勇就义,时年二十二岁。

(荆门县文化馆)

[注释]

① S:杜永瘦烈士的代名。

钟志申

给哥哥的遗书①

志炎、志刚②二兄：

我的案子突然变得严重，可能无出狱希望，这并不可怕。当我入党之时，就抱定视死如归的意志。我认定，共产党一定会胜利，革命一定会成功。我牺牲生命，把一切贡献于革命，是为了寻找自由，为了全国人民求得解放。我知道我的牺牲，不会白牺牲，我的血不会白流。因为血债须用血来还。党会给我报仇，你们会给我报仇。要记住：共产党是杀不绝的啊！

你们接到这封信时，可能我已不在人世了。我死不足惜，但继母在堂，子女年幼，周氏③不聪，全赖你们维持、抚育，安慰他们不要悲痛。桃三④成人，可继我志，我无念。

民国十七年三月十日
志申笔

钟志申（1893—1928）：湖南省湘潭县韶山冲人。童年和毛泽东同志在韶山钟家湾等地私塾同学。一九二五年,毛泽东同志回韶山开展农民运动,钟志申同志积极参加革命活动,同年六月,加入中国共产党,是韶山党支部最早的五位党员之一。先后担任中共韶山总支部委员、分支部书记、中共湘潭第一区委员会负责人和第一区农民协会负责人、湘潭县农协委员等职。一九二七年元月,毛泽东同志回韶山考察农民运动,钟志申同志陪同毛泽东同志视察了几个乡的农民运动。之后,他积极发展农民武装。"马日事变"后,他按照党的指示,在长沙开一家小金货铺,从事党的地下交通联络工作。一九二八年初,由于叛徒告密,不幸被捕入狱。三月十二日,在长沙英勇就义,时年三十五岁。

(邵 诚)

[注释]

① 这篇遗书是钟志申烈士在狱中写的。钟志申同志牺牲后,他的家属收殓尸体时,从烈士的内衣中发现,上面浸满了鲜血。他的家属含泪将它收藏在屋檐下的墙缝里,新中国成立后送交党组织。
② 志炎、志刚:钟志申烈士的哥哥,已故。
③ 周氏:钟志申烈士的妻子,已故。
④ 桃三:钟志申烈士的儿子,已故。

郭 亮

就义前给妻子的遗书

灿英①吾爱：

亮东奔西走，无家无国。我事毕矣。望善抚吾儿，以继余志！此嘱。

郭 亮

郭亮（1901—1928）：号靖茄，湖南省望城县铜官区人。一九二〇年，考入湖南第一师范学校，认识了毛泽东同志。同年底，加入社会主义青年团。后经毛泽东同志介绍，加入中国共产党，成为湖南最早的一批党员之一。

一九二二年十月，郭亮同志被党派到粤汉铁路做铁路工人工作，在长沙、新河、岳州等站成立工人俱乐部，亲自担任新河、岳州两地"俱乐部"秘书。

同年，湖南省工团联合会成立，毛泽东同志任总干事，郭亮同志是毛泽东同志的得力助手之一。后来，郭亮同志被派到铜官，组织工会，创办工人子弟学校和工人夜校，并任工会主任。一九二三年，毛泽东同志离开湖南，郭亮同志接任工团联合会总干事，并在党内任省委委员兼工农部长。一九二六年末,省工团联合会发展成省总工会,郭亮同志当选为总工会委员长。一九二七年,郭亮同志到武汉,在贺龙部做政治工作。四月,在中国共产党第五次全国代表大会上,当选为中央委员。八月,参加南昌起义。一九二八年初,党派郭亮同志任湘鄂赣边区特委书记。同年三月,由于叛徒告密,在岳阳被捕,次日夜即被杀害于长沙司门口,时年二十七岁。

(学 英)

[注释]

① 灿英:李灿英,郭亮同志的爱人,新中国成立后任湖南省衡阳市妇联主任,一九五四年逝世。

郑复他

狱中给妻子的信（节录）

毓秀①妹妹：此次被捕，何日得能出，这是不能预料的，

现在尚在生死未卜中，那（哪）里管他何日出来呢？我希望你在家好好读书，不要悲哀，并望劝慰。

在现在的世界，坐狱本不算什么，就是枪毙，也是很平常的事，本来一个人有生亦有死的，只不过怎样死法罢了。如果你能认得清，当然不会悲哀的了。不过，你的父母兄嫂一定要为我着急，其实在数百里外着急有什么用呢！我也不多写劝慰的话了，望你自己劝慰自己吧！父亲我尚未写信告知，最好不告诉他，省得着急，如果知道了，也不要紧，横竖迟早要晓得的，不过也希望不要过于认真。好了，总之，我什么时候能够释放，或许永远不释放了。现在都不知道，在我没有判决而未得释放时，你只好好读书，在家用功好了，千万不要到上海来。祝你平安。

你的亲爱的哥
三月十六日于上海狱中

狱中给父亲的信

父亲大人膝下：

前奉一信至今时隔三月未通音问（讯），深知悬念之至。儿前寄一信与毓秀，想父亲亦已知之。儿自正月念②六日被捕，至今七十余日，在［狱］尚无苦楚，身子亦好，惟寻笔墨困难，不能写信。至于儿被捕原因，毓秀想能知之，此后是否得能释放，目前尚未知悉，惟有听之天命而已，望父亲弗以儿为念，善视小弟之长大成人可耳。儿本想将详细（情）奉告，又感不便，在正月间已奉一函，想父亲亦能略知矣。在现在这种世界，人的生死，本来比鸡犬还不如，就算安居生存，也不过如牛马一般牢（劳）碌而已，生也何乐，死也何愁，如儿者真不过沧海之一粟耳，万一侥天之幸，得能释放，当详为父亲言之也，万望父亲弗过忧急，悲哀，致伤尊体，反增儿罪也！专此敬清
尊安

儿谨叩

四月卅日于狱中

郑复他（1904—1928）：又名郑复泰，浙江省诸暨县人。一九二三年加入社会主义青年团，担任党办的上海书店和《向导》周刊的发行工作。一九二四年加入中国共产党。同年发起组织上海印刷工人联合会。一九二五年，领导上海印刷工人成立印刷总工会，曾任总工会常委和上海市政总工会委员长。

"四一二"反革命政变后,调任上海总工会委员长、全国总工会常委和赤色职工国际委员等职。一九二八年二月不幸被捕,六月英勇就义,时年二十四岁。

(中国共产党第一次全国代表大会会址纪念馆)

[注释]
① 毓秀:陈毓秀,郑复他烈士的妻子,新中国成立前病故。
② 念:廿的大写。廿,二十。念六日,即二十六日。

傅 烈

狱中给妻子的信

我死了,你不要忘记我是怎样死的。你要为我报仇!要继承我底(的)遗志为党的事业奋斗到底!

傅烈(1899—1928):江西省临川县人。一九一六年中学毕业后,考入九江南伟烈大学。因不满意美帝国主义分子办的这所教会学校,于第二年到上海长泰机器厂当学徒。一九一九年九月,赴法勤工俭学,入里昂大学。在里昂,他一面读书,一方做工,阅读了许多马克思主义的书籍。一九二四年春加入中国共产党。同年秋赴苏联东方劳动大学学习。一九二五年结业回广州,任国民革命军第三军政治部秘书。一九二六年随军北伐到南昌,任中共江西省委组织部长。一九二七年冬,调任四川省委书记。"八七会议"后,傅烈同志领导了南溪、绵竹农民暴动及双江镇兵变。一九二八年三月九日,中共重庆市委成立,傅烈同志出席指导,会场被敌人包围,傅烈等十二人不幸被捕。狱中,他坚贞不屈,敌人给他灌煤油,用铁丝穿在拇指上,把他吊起来。但他只有一句话:"头可断,血可流,你们匪徒们要的口供是没有的。"三月二十九日英勇就义,时年二十九岁。

(邱 锋)

向警予

给陶毅^①、任培道^②的信

毅姐培道姐：

我忙极了，通信极少，谅之。我的意思大概已在公函和那篇文章上发表了，我这封信对三个机关写，实有莫大的希望！

（一）希望同志多来些，俭学极好，愿意来勤工俭学也极好，无论如何，耳目接触，总比在国内要好一点。

来时注意要有组织，要头脑清晰的分子。随将"女子教育经费借贷银行"用全副精神促成，可结合女界三大团体，进行筹款，研究办法，根据男女教育应平等的理由，向国库省库县库学宫等提拨常年津贴。此事不但能解决目前来法没盘费的问题，并可以使一般心有余力不足者都得继续求学的机会，望努力为之，团体的力量比个人的力量要大得多啊。

（二）希望联合湘中同志，如励进会旭旦学会以及男子中之热心研究女子问题的，组织一个研究宣传的机关，抽出条理来研究，发行一种专门而且永久的出版物，或即将《女界钟》^③扩充

亦可。

湘中女界同志都是有思想有抱负的，可惜受了蒙蔽，甚望毅姐将精粹分子联络拢来，大家分工合作，第一步注意于本身问题，即女子的解放改造，提倡看书报杂志，这是改造思想滋养思想的唯一妙法。溆浦女生更望你加以启发。毅姐l我要说的话很多，可惜倦极了，下次再说罢。

毅姐！你的身体千万要注意，我对于身体已下了决心，详许先生信中。望你也如此。我们寿命长点，贡献自然要多一点啊。

培道姐！你来的时候，记得带刘千昂④。还有罗学瓒君的夫人，也想同吾姐来。罗已在法，为新民学会会员，是蔡和森君的朋友。刘千昂为蔡侄，其姐在衡粹学刺绣，单名曰"竦"。

姐赴衡粹时，可以问及黄振坤⑤先生，他能来法大好，但伊顾虑太过，恐无远见，望二姐从旁怂恿之，人才殊不易得也。妹与蔡君已有恋爱结合。另有文一篇在印刷中，容后奉寄。妹日来心潮起落，不只百丈，兼之煎伤太过，故目前颇不能支持，今日致书吾姊等，已疲极若大病。此函未终而拥被就卧，开灯后半点钟，始重起竣事，而头痛特甚，因念吾二姐体亦积劳，现在到底如何？万宜宝（保）重，为久远计，作事不可令精神无余，我现一念及此，对于种种义务责任不能权时放松，甚愿吾二姐有以注意也。倦矣，不能复言矣。敬祝

健康

妹　警予上

九年六月七日

给侄女的信

功侄⑥：

　　我来法年余接得你两封信，第二次信文字思想迥异于前，几疑不是你写的．这样长足的进步，真是"一日万里"，不禁狂喜！

　　科学是进步轨道上惟一最要的工具，应当特别注意。你现在初级师范，程度与中学相当，所习的是普通科学（即基本科学），应当门门有点常识。你于英算文理能加以特别研究固好，但不要把别的抛弃了。

　　你不愿做管理家业的政治家，愿发奋作一改造社会之人，有思想有能力，真是我的侄侄！现在正是掀天揭地社会大革命的时代，正需要一般有志青年实际从事。世界潮流社会问题都可于报章杂志中求之，有志做改造社会的人不可不注意浏览。毛泽东陶毅这一流先生们，是我的同志，是改造社会的健将。我望你常在他们跟前请教！环境于人的影响极大，亲师取友，问道求学，是创造环境改进自己的最好方法。你们于潜心独研外，更要注意这一点；万不要一事不管、一毫不动，专只关门读死书。

　　熊先生⑦与我同在蒙台女学，人甚好。范先生住距巴不远之科伦坡，间与我通信，亦好。

　　你要的明信片，有钱即买寄。以后如能将你的一切状况时常告我，我最欢喜！近拟与熊先生们组织一通信社，以通全国女界之声气。此事如成，你们于立身修学，亦可得一圭臬⑧矣。

　　　　　　　　　　　　　　　　　　　　九　姑
　　　　　　　　　　　　　　　　　　四月二十九日午后

向警予（1895—1928）：湖南省溆浦县人。中学时期就积极参加反对袁世凯和抵制日货的爱国运动。一九一八年，参加了毛泽东同志和蔡和森同志创建的"新民学会"。一九一九年赴法勤工俭学，是湖南妇女界勤工俭学运动的首创人。

在法国，她和蔡和森、李维汉等同志发起组织"工学世界社"，研究、宣传马克思主义。一九二二年初回国，同年加入中国共产党，后被选为第二、三、四届中央委员。一九二二年到一九二五年，担任中央妇女部的领导工作。一九二五年冬赴莫斯科学习，一九二七年回国，担任武汉市总工会宣传部的领导工作，不久调武汉市委宣传部工作。"四一二"反革命政变后，向警予同志负责湖北省委的工作，并主编党报《长江日报》。一九二八年三月，由于叛徒告密，向警予同志被捕，五月一日英勇就义，时年三十三岁。

（溆浦县《向警予的故事》编写组）

[注释]

① 陶毅：又名斯咏，新民学会会员，已故。
② 任培道：向警予烈士在溆浦女校任教时的同事，新民学会会员。
③ 《女界钟》：长沙周南女校校刊，是宣传妇女解放的进步刊物。
④ 刘千昂：又名刘昂，蔡和森烈士的外甥女。
⑤ 黄振坤：衡粹女校校长。
⑥ 功侄：即向功治，向警予烈士的侄女，已故。
⑦ 熊先生：即熊叔彬，新民学会会员。与向警予烈士同赴法勤工俭学。
⑧ 圭臬（guī niè 音归聂）：准则。

科学是进步轨道上推一最要的工具，望各

特别注意。体现在初级师范，程度与中学想

当，所习的是普通科学（师范专科学）故专门之

有上堂试。你把英语民理科加以特别研究固

好。但不要把别的抛弃了。

你不服做管理家业的政治家，饭蒸会作一

该造社会之人，有思想有代力。真是我的侄儿！

现社正是掀天揭地社会大革命的时代。止富

要一般有志青年奋实际的事。世界潮流，社会

问题都可找报章难志研之，省志报改造

社会的人，不可不注意。刘晃、毛泽东即是这一

流先生们是新的同志，是改造社会的健将。我

徐 玮

遗书（节录）

我并不觉得死有何痛苦，前我而去者已去，后我而来者会来，生活于此时代，便负有此时代的使命。人生的价值，即以其人对于当时代所做的工作为尺度，生命时值之修短①是不成问题的。用不着留恋与悲伤。不过象（像）我无大贡献于此历史阶段而就此消逝，我却有些不甘心了。然而我这段未完成的工程②，自有别人来完成，太阳不久出来了，黑暗终归消灭，早死又算得了什么。

徐玮（1903—1928）：原名徐宝兴，江苏省海门县人。一九二三年加入社会主义青年团，一九二五年转为中国共产党党员。他在学生时代积极从事学生运动，屡被校方开除。后与嵇直、孙良惠等同志一起从事工人运动，创办上海沪西工友俱乐部，参加了著名的五卅运动和上海工人三次武装起义。曾任共青团上海小沙渡部委书记、上海市委委员，共青团江浙区委书记等职，一九二七年出席共青团第六次全国代表大会，当选为团中央委员。后受党派遣，化名谢公弢、胡公达去浙江工作，任共青团浙江省委书记和中共浙江省委委员。一九二七年底被捕，一九二八年五月三日英勇就义，时年二十五岁。

（徐立人）

[注释]
① 修短：长短。
② 工程：这里指无产阶级革命事业。

贺锦斋

给弟弟的信①

吾弟手足：

  我承党殷勤的培养，常哥②多年的教育以至今日。我决心向培养者教育者贡献全部力量，虽赴汤蹈火而不辞，刀锯鼎镬③而不惧。前途怎样，不能预知，总之死不足惜也。家中之事我不能兼顾，堂上双亲希吾弟好好孝养，以一身而兼二子之职，使父母安心以增加寿考，则兄感谢多矣。当此虎豹当途、荆棘遍地，吾弟当随时注意善加防患，苟一不慎，即遭灾难。切切，切切。言尽于此，余容后及。

兄 绣
一九二八年九月七日于泥沙

附诗二首：

    云遮雾绕路漫漫，一别庭帏④欲见难。
    吾将吾身交吾党，难能菽水⑤再承欢。

忠孝本来事两行，孝亲事望弟承担。

眼前大敌狰狞甚，誓为人民灭虎狼。

    贺锦斋（1896—1928）：原名贺文绣，湖南省桑植县人。幼年家贫，十三岁当学徒。一九二一年去长沙投考湖南陆军学校。后参加贺龙部队，先后任司务长、排长、团长、旅长、师长，并随贺龙同志参加第一次国内革命战争和南昌起义。一九二七年加入中国共产党，十月随军南下海陆丰。十一月，他遵照贺龙同志的指示，回洪湖、湘鄂西一带进行革命活动，在湖北藕池一带建立游击队。一九二八年二月随贺龙同志回故乡组织革命武装，建立了中国工农红军第四军，贺锦斋同志任第一师师长。同年九月，在湖南石门泥沙战斗中壮烈牺牲，时年三十二岁。

（洪湖革命历史博物馆）

[注释]

① 这封信是贺锦斋烈士殉难前两天写的，由其卫士李贵卿同志送至烈士家中。
② 常哥：即贺龙同志，贺龙同志本名文常。
③ 刀锯鼎镬：酷刑。
④ 庭帏：旧指父母居住的地方，这里借以称父母。
⑤ 菽水：普通的饮食，形容生活清苦。这里借指对父母的赡养。

史砚芬

就义前给弟弟妹妹的遗书

亲爱的弟弟妹妹:

我今与你们永诀了!

我的死,是为着社会、国家和人类,是光荣的,是必要的。我死后,有我千万同志,他们能踏着我的血迹奋斗前进,我们的革命事业必底于成,故我虽死犹存。我的肉体被反动派毁去了,我的自由的革命的灵魂是永远不会被任何反动者所毁伤!我的不昧的灵魂必时常随着你们,照护你们和我的未死的同志,请你们不要因丧兄而悲吧!

妹妹:你年长些,从此以后你是家长了,身兼父母兄长的重大责任。我本不应当把这重大的担子放在你身上,抛弃你们,但为着了大我不能不对你们忍心些。我相信你们在痛哭之余,必能谅察我的苦衷而原谅我。

弟弟:你年小些,你待姊应如待父母兄长一样,遇事要和她商量,听她指导。家里十余亩田,作为你俩生活及教育费用。我死以后，不要治丧，因为这是浪费的，以后你能继我志愿，乃我门第之光，我必含笑九泉，看你成功。不能继我志愿，则万不能与国民党的腐败分子同流。

现在我的心很镇静，但不愿多谈多写。虽有千言万语要嘱咐你们，但始终无法写出。

好！弟妹！今生就这样与你们作结了！

你们的大哥砚芬嘱

史砚芬（1904—1928）：又名史久馨，江苏省宜兴县人。一九二七年加入共产主义青年团，同年秋担任共青团宜兴县委书记。"八七会议"后，参与组织和领导宜兴农民暴动，当选为革命委员会委员。一九二八年调任共青团南京市委书记，不久又调任共青团江苏省委沪宁县巡视员。同年五月到南京巡视工作，五日在玄武湖台城附近参加共青团中央大学支部会议后，不幸被捕，九月二十七日英勇就义，时年二十四岁。

（雨花台烈士史料陈列室）

陈 觉

就义前给妻子的遗书

云霄我的爱妻：

这是我给你的最后的信了，我即日便要处死了，你已有身，不可因我死而过于悲伤。他日无论生男或生女，我的父母会来扶养他的。我的作品以及我的衣物，你可以选择一些给他留作纪念。

你也迟早不免于死，我已请求父亲把我俩合葬。以前我们都不相信有鬼，现在则惟愿有鬼。"在天愿为比翼鸟，在地愿为并蒂莲，夫妻恩爱永，世世缔良缘"。回忆我俩在苏联求学时，互相切磋，互相勉励，课余时闲谈琐事，共话桑麻①，假期中或滑冰或避暑，或旅行或游历，形影相随。及去年返国后，你路过家门而不入，与我一路南下，共同工作。你在事业上学业上所给我的帮助，是比任何教师任何同志都要大的，尤其是前年我病本已病入膏肓②，自度必为异国之鬼，而幸得你的殷勤看护，日夜不离，始得转危为安。那时若死，可说是轻于鸿毛，如今之死，则重于泰山了。

前日父亲来看我时还在设法营救我们，其诚是可感的，但我们宁愿玉碎却不愿瓦全。父母为我费了多少苦心才使我们成人.尤其我那慈爱的母亲，我当年是瞒了他出国的。我的妹妹时常写信告诉我，母亲天天为了惦念她的远在异国的爱儿而流泪，我现在也懊悔此次在家乡工作时竟不曾去见她老人家一面，到如今已是死生永别了。前日父亲来时我还活着，而他日来时只能看到他的爱儿的尸体了。我想起了我死后父母的悲伤，我也不觉流泪了。云！谁无父母，谁无儿女，谁无情人，我们正是为了救助全中国人民的父母和妻儿，所以牺牲了自己的一切。我们虽然是死了，但我们的遗志自有未死的同志来完成。"大丈夫不成功便成仁"，死又何憾。此祝

健康　并问

王同志好

觉　手书
一九二八·一○·一○.

陈觉（1903—1928）：原名陈炳祥，湖南省醴陵县人。一九二三年加入中国共产党。从此，他在党的领导下，积极开展革命活动，创建了"社会问题研究社"，主办了《前进》周刊，组织同学参加查禁日货、反对帝国主义文化侵略等活动，成为当时醴陵学生运动的领导人。一九二五年，陈觉同志被党派往苏联学习。在此期间，与同在苏联学习的赵云霄同志结婚。一九二七年九月，两人一起回国，先在东北，后到湖南工作。一九二八年九月，湖南省委机关遭受破坏，赵云霄同志被捕。这时，陈觉同志奉党的指示，去湖南常德一带坚持地下斗争。十月，因叛徒告密，也被捕入狱，从常德转押长沙，与赵云霄同志同关在陆军监狱署。一九二八年十月十四日，陈觉同志在长沙英勇就义，时年二十五岁。

（醴陵陈列馆）

[注释]

① 共话桑麻：桑麻一般指农事。这里泛指共同谈论家乡生活。
② 病入膏肓（huāng音荒）：病到了无法医治的地步。膏肓，古代医书上把心尖脂肪叫膏，心脏和膈膜之间叫肓，认为是药力达不到的地方。

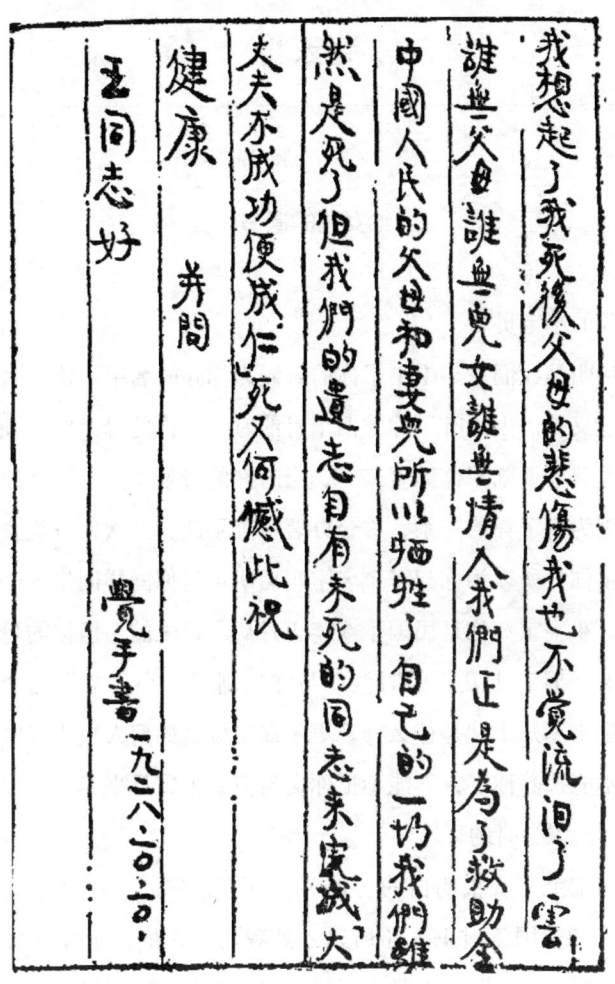

陈觉烈士遗书手迹

赵云霄

给女儿的遗书①

启明我的小宝贝②:

启明是我们在牢中生了你的时候为你起的名字,这个名字是很有意义的。因为有了你才四个月的时候,你的母亲便被湖南清乡督办署捕于陆军监狱署来了。当时你的母亲本来立时死的罪,可是因为有了你的关系,被督办署检查了四、五次,方检查出来是有了你!所以为你起了个名字叫启明(与你同样同生一个叫启蒙)。小宝宝:你是民国十八年正月初二日生的,但你的母亲在你才有一月有十几天的时候便与你永别了。小宝宝你是个不幸者,生来不知生父是什么样。更不知生母是如何人!小宝宝你的母亲不能扶养你了,不能不把你交与你的祖父母来养你,你不必恨我!而恨当时的环境!

小宝宝,我很明白的(地)告诉你,你的父母是个共产党员,且到俄国读过书。(所以才处我们的死刑。)你的父亲是死于民国十七年阳历十月十四日,即古历九月初四日。你的母亲是死于民国十八年阳历三月二十六日,即古历二月十六日。小宝贝，你的父母你是再不能看到，而［且］也没有像（相）片给你，你的母亲所给你的记（纪）念只有像（相）片和衣物[③]，及一金戒指，你可作一生的唯一的记（纪）念品！

小宝宝我不能扶（抚）育你长大，希望你长大时好好的读书，且要知道你的父母是怎样死的。我的启明，我的宝宝，当我死的时候你还在牢中。你是个不幸者，你是个世界上的不幸［者］！更是无父母的可怜者。小明明，有你父亲在牢中给我的信及作品，你要好好的保存！小宝宝，你的母亲不能多说了。血泪而成。你的外祖母家在北方，河北省阜平县。你的母亲姓赵。你可记着，你的母亲是二十三岁上死的。小宝宝望你好好长大成人，且好好读书，才不负你父母的期望。可怜的小宝贝，我的小宝宝！

你的母亲于长沙陆军监狱署
泪涕三月二十四日

赵云霄（1906—1929）：河北省阜平县人。中国共产党党员。一九二五年，被党派往莫斯科中山大学学习。后与同在中山大学学习的陈觉同志结婚。一九二七年九月回国，同陈觉同志一起先后在东北、湖南等地做党的秘密工作。一九二八年九月，湖南省委遭受破坏，赵云霄同志不幸被捕。一九二九年三月在长沙英勇就义，时年二十三岁。

（学　英）

［注释］
① 这篇遗书是赵云霄烈士就义前留给刚出世的女儿的。
② 启明：四、五岁时死去。
③ 这里写"只有像（相）片和衣物"一句，与前一句"没有像（相）片给你"相矛盾，可能是烈士笔误。根据陈觉遗书，估计是"作品和衣物"。

小云云我不能抚育你长大，希望你长大，好好的读书，且要知道你的父母是怎样死的，我的爱朋，我的毛云，当我死的时候你已元岁中，你是个不幸者，你是个世界上的不幸——更是无父母的孤苦可怜者，小明朋有你父亲之死穿中给我的信及作品你要好生放存！小云云你的母亲不能多说了，四月不成你的外祖父家无北了，北河北省阜玉 云 你的母

赵云霄烈士遗书手迹

熊亨瀚

遗　墨①

十余载受苦奔波，秉春秋笔②，执教士鞭③，仗剑④从军，矢忠⑤为党，有志未能伸，此生空热心中血。

一家人悲伤哭泣，求父母恕，劝兄弟忍，温语慰妻，负荷属子⑥，含冤终可白，再世⑦当为天下雄。

熊亨瀚（1894—1928）：号骥才，湖南省桃江县人。早年参加民主革命，从事宣传工作，参加了"驱逐张敬尧"、"反吴佩孚"、"五卅"等革命运动，于一九二六年加入中国共产党。同年被派到国民党湖南省党部工作。"马日事变"后，他在党的领导下，到武汉、九江等地工作。一九二八年十一月七日在武汉被国民党反动派逮捕，二十七日由武汉押回长沙，次日被杀害，时年三十四岁。

（学　英）

[注释]

① 这篇遗墨是熊亨瀚烈士就义前写的对联。
② 秉春秋笔：握着赞美好的、批判坏的的笔。相传孔子写《春秋》，用字有褒贬，褒善贬恶。
③ 执教士鞭：拿着教师的鞭子。
④ 仗剑：拿着剑。这里指拿着武器。
⑤ 矢忠：忠心无二。
⑥ 负荷属子：把一家生活负担托给儿子。
⑦ 再世：来生。

苏兆征

遗　嘱[①]

大家共同努力奋斗。

大家同心协力起来，

一致合作，达到我们最后成功。

苏兆征（1885—1929）：广东省香山（今中山）县人。中国共产党早期工人运动的领导人之一，一九二二年领导香港海员大罢工。一九二五年加入中国共产党。在第二次全国劳动大会上当选为中华全国总工会执行委员，同年参加领导省港大罢工。一九二六年当选为中华全国总工会委员长。一九二七年春任武汉国民政府工人部长。同年在中国共产党第五次全国代表大会上，当选为中央政治局候补委员。"八·七"会议上，当选为中央政治局委员。一九二八年到莫斯科出席赤色职工国际第四次代表大会和共产国际第六次代表大会，当选为这两个组织的执行委员。同年在中国共产党第六次全国代表大会上，当选为中央政治局委员。一九二九年一月回国，二月二十五日在上海病逝。时年四十四岁。

（中国共产党第一次全国代表大会会址纪念馆）

[注释]

① 这是苏兆征烈士于一九二九年二月二十五日下午，向前去看望他的政治局的代表口述，由在场的同志笔录的遗嘱。

彭 湃

彭湃（1896—1929）：广东省海丰县人。一九一七年到日本东京早稻田大学学习，积极参加中国留日学生的救国运动。一九二一年回国后，在海丰县组织"社会主义研究社"。一九二二年加入中国共产党，是我党早期农民运动领导人之一。一九二三年在海丰开展农民运动，成立县总农会。一九二四年调任中共广东区委农委书记，创办了农民运动讲习所。一九二七年到武汉中央农民运动讲习所工作，当选为全国农协临时执行委员会委员。一九二七年在中国共产党第五次全国代表大会上，当选为中央委员。大革命失败后，他参加南昌起义，继而又到海丰、陆丰两县组织农民起义，建立了海陆丰苏维埃政权。一九二八年在中国共产党第六次全代表大会上，当选为中央政治局委员，会后参加中共江苏省委的领导工作。由于叛徒告密，于一九二九年八月二十四日，与杨殷等同志，在上海被捕入狱，同年八月三十日英勇就义，时年三十三岁。

（中国共产党第一次全国代表大会会址纪念馆）

杨 殷

彭杨两烈士就义前给党中央的信①

冠生②及家中老少③：

我等此次被白害④已是无法挽救。张、梦、孟⑤都公开承认，并尽力扩大宣传。他们底下的丘⑥及同狱的人，大表同情，尤其丘等，听我们话之后，竟大叹气而捶胸者。我们在此精神很好。兄弟们不要因为弟等牺牲而伤心。望保重身体为要！

余人还坚持不认。

揆梦⑦

杨殷（1893—1929）：字梦揆，广东省中山县人。一九二三年加入中国共产党。一九二五年参加领导省港大罢工。一九二六年任中共广东区委委员。一九二七年参加领导广州起义，担任工人纠察队的组织与训练工作，为广东区军委的负责人之一。起义后任广州公社委员，肃反委员会主席。一九二八年在中国共产党第六次全国代表大会上，当选为中央委员，后又被选为政治局候补委员。由于叛徒告密，一九二九年八月二十四日被捕入狱,八月三十日英勇就义,时年三十六岁。

(中国共产党第一次全国代表大会会址纪念馆)

[注释]

① 这封信是彭湃、杨殷烈士在狱中写给党中央的报告。
② 冠生:即周恩来同志。
③ 家中老少:指党内有关同志。
④ 被白害:白指叛徒白鑫。彭湃、杨殷等烈士为白鑫出卖而被捕。
⑤ 张、梦、孟:张指张际春同志,梦指杨殷同志,杨殷同志化名梦揆,孟指彭湃同志,彭湃同志化名孟安。张、梦、孟三同志由于叛徒告密而被捕,所以公开承认了共产党员身份。并坚持不懈地宣传共产主义。
⑥ 丘:指国民党士兵。新中国成立前老百姓骂国民党反动军队为丘八。
⑦ 揆梦:"梦"字可能是"孟"字的误笔。揆孟,即杨殷、彭湃。

刘愿庵

给妻子的遗书（节录）

我最亲爱的：

久为敌人所欲得而甘心的我，现在被他们捕获，当然他们不会让我再延长我为革命致力的生命，我亦不愿如此拘囚下去，我现在是准备踏着我们先烈们的血迹去就义。我已经尽了我一切的努力贡献给了我们的党，我个人的责任算是尽了。所不释然于心的是此次我的轻易，我的没有注意一切技术，使我们的党受了很大的损失。这不仅是一种错误，简直是一种对革命的罪恶（过），我虽然死［了］，但对党还是应该受处罚的。不过我的身体太坏，在这样烦剧而受迫害的环境中，我的身体和精神，表现非常疲惫，所以许多地方是忽略了。但我不敢求一切同志原谅，只是你——我的最亲爱的人，你曾经看见我一切勉强挣扎的困苦情形，只有希望你给我以原谅，原谅我不能如你的期望，很努力的（地）、很致密的（地）保护我们的阶级先锋队，我只有请求你的原谅。

对于你，我尤其是觉得太对不住你了。你给了我的热爱，给了我的勇气，随时鞭策我前进、努力；然而毕竟是没有能如你的期望，并给与（予）你以最大的痛苦。我是太残酷地对你了。我惟一到现在还稍可自慰的，即是我曾经再四的问过你，你曾经很勇敢的答应我，即使我死了，你还是——并且加倍的为我们的工作努力。惟望你能够践言，把儿女子态的死别的痛苦丢开，把全部的精神，全部爱我的精神，灌注在我们的事业上，不要一刻的懈怠、消极。你必须要象（像）《士敏土》①中的黛莎②一样，"有铁一样的心"。

我如此算了，我偶然想起，觉得有点可惜，我的某部分过人的精神和智能，若是不死，对于我们的工作，是有许多贡献（虽然我一方面有许多弱点）。然而现在是不可能了。我饱受了一切创痛，我曾经希望我们有一个小宝宝，我当以我的一切经验教育他，指导他，使他成为一个模范的"布尔什维克"，现在也尽成虚愿了。所惟一希望的，只是你，我唯一亲爱的人，我的同志，希望你随时记着我的一切，记着我某一些精神和处理工作的作风，继续我的工作，同时也随时记着我的一切弱点，我俩共同的弱点，努力去纠正——挽救我的罪过。

关于你的今后，必须要努力作一个改革的职业家，一切去教书谋生活等个人主义的倾向，当力求铲除，这才算真正的爱我。假如我死后有知，我俩心灵唯一的联系，是建筑在你能继续我们的工作与事业，而不是联系在你为我忧伤和忠诚不二（贰）上面。这是我理性的自觉，决不是饰词，或者故意如此说，以坚你的信爱，望你决不要错认了！

对于我的家庭，难说，难说，尤其是贫困衰老的父亲。整个社会无量数的老人在困苦颠连中，我的家庭，我的父亲，不过无量数中之一份子而已。我的努力革命，也何尝不是为此。然而毕竟对于家庭、对于父亲是太不孝了。社会是这样，又复何说。此后你如有力，望于可能时给父亲以安慰和孝养，尤其是小弟妹，当设法教之成立，这是我个人用以累你的一件事。不过对于我死的消息，目前对家庭，可暂秘密不宣，你写信去说我已到上海或出国去了，你随时捏造些消息，去欺骗父亲好了；不过可怜的父亲，是有两个儿子③的生或死，永远不能知道了。

望你不要时刻想起我，尤其两年来一切同居的快乐，更不要无谓的去思量留恋，这样足以妨害工作，伤害身体，只希望你时时刻刻记起工作，工作，工作。

我被捕是在革命导师马克思的诞生（日）晨九点钟。我曾经用我的力量想消（销）毁文件，与警察殴斗，可恨我是太书生了，没有力量如我的期望，反被他们殴伤了眼睛，并按在地下毒打了一顿，以致未能将主要的文件消（销）毁，不免稍有牵连，这是我这两日心中最难过的地方。只希望同志们领取这一经验，努力军事化，武装每个人的身体。

我今日审了一堂，我勇敢的说话，算是没有丧失一个布尔什维克主义者的精神，可以告慰一切。在狱中许多工人对我们很表同情，毕竟无产阶级的意识是不能抹杀的，这是中国一线曙光，我们的牺牲，总算不是枉然的，因此我心中仍然是很快乐的。

再，我的尸体，千万照我平常向你说的，送给医院解剖，使我最后还能对社会人类有一点贡献，如亲友们一定要装殓费钱，你必须如我的志愿与嘱托，坚决主张，千万千万，你必须这样，才算了解我。

我在拘囚中与临死时，没有你的一点纪念物，这是心中很难过的一件事。但是你的心是紧紧系在我的心中的，我最后一刹那的呼吸，是念着你的名字，因为你是在这个宇宙中最爱我、最了解我的一个。

别了，亲爱的，我的情人，不要伤痛，努力工作，我在地下有灵，时刻是望着中国革命成功，而你是这中间一个努力工作的战斗员！

你的爱人死时遗言
五月六日午后八时

给姐夫的遗书

竹虚④大哥赐鉴⑤：

弟之行动始终不能为兄赞同，而弟亦不能如兄历年谆谆劝告放弃工作。然而兄始终对弟之爱护有加，及对于舍间⑥之照拂，实永藏心中不敢或忘。兹当永诀，念及今世不能有所图报，实深歉仄。所可以自慰者，此身纯为被压迫者牺牲，非有丝毫个人企图，素为兄所深知，必能谅解，而不致如一般伧夫走狗之责毁，或者此亦所以报德者也。舍间状况不待言而为兄所尽悉，敢以累兄时加顾助，以待弱弟妹之成立。此外弟孑然一身，毫无系累，亦别无所求。至弟之尸体，已嘱送之医院解剖，以尽我最后对人类之贡献，万望勿加阻止，虚耗金钱。寄弟妇遗函一封，务请设法转寄，勿任遗失，至所盼望。弟之死耗，对舍间务请秘密，勿使老亲知之，即以弟已出川代为掩盖。四姊处亦望劝其勿过悲伤，人生谁不有死，弟今日之死，虽不能说成仁取义，亦较困死牖下多多矣。临颖伧（怆）神⑦，欲言不尽，即颂起居多福，诸维谅察。

弟友遗书

刘愿庵（1890—1930）：原名刘孝友，四川省成都市人。十月革命后，在李大钊等同志宣传马列主义的影响下，逐渐接受了马列主义。一九二一年恽代英同志任川南师范校长时，聘他为教师，两人相互切磋，更坚定了对共产主义的信仰。从此，他矢志"以谋中国人民及全世界被压迫者的解放为终身事业及日常生活"。不久，加入中国共产党，作兵运、工运工作。先后任中共川西特委书记、中共四川省委代理书记。一九二八年出席中国共产党第六次全国代表大会，当选为候补中央委员，任中共四川省委书记。

一九三〇年五月五日上午，省委在重庆市浩池街一家酱园铺（当时省委一个秘密机关）楼上开会，由于叛徒告密，刘愿庵同志和省委秘书长邹敬贤同志、省委宣传部长陈攸生同志同时被捕。一九三〇年五月七日上午，刘愿庵同志与邹、陈两同志一起，在重庆市内巴县衙门口英勇就义，时年四十岁。

（张秀熟）

[注释]
① 《士敏土》：苏联早期小说。通过一个士敏土工厂的斗争生活，反映了苏联十月革命后向社会主义过渡时期的知识分子、城乡关系、国家机构、群众与领导等问题及其在苏联共产党的正确领导下逐一得到解决的情况。
② 黛莎：《士敏土》一书的女主人公。
③ 两个儿子：指刘愿庵同志及其七弟刘孝祐。刘孝祐烈士先刘愿庵烈士一年

牺牲。
④　竹虚：刘愿庵烈士的姐夫，已故。
⑤　赐鉴：旧式书信套话，表示请人看信。
⑥　舍间：谦称自己的家。
⑦　临颖怆神：颖：笔头。怆，悲伤。提起笔来写信，心里很难过。

陈毅安

给未婚妻的信（节录）

六妹爱鉴：

如金似的光阴，一瞬都不能放弃．但才接了你上月二十五日的信，看了之后，发生许多感想，故不得不牺牲一部分时间，来作一个答复。一方面可早些解释你的疑团，使你的脑筋不致作无味（谓）的思想；一方面可以促使你作（做）实在的工作，不致空谈。我的脑筋受了如此冲动，故以又同你开始谈话了。

我们学校里虽是一日当两日的工作，形式上好似痛苦，其实也觉愉快。因为是有系统的课程，天天讲的努力杀贼的方法。天将明时一点钟的游运体操，身体更觉强健，衣食住也非常安适，并无什么经济问题，同学也同德同心，精诚亲爱，这样的学校为什么不好？你说我骗你的话，我实在没有骗你。黄埔的革命军人，没有虚伪，这个声浪已震动了全世界，帝国主义与军阀的耳朵都要震聋了，你未必还没有听见吗？

我要你做我一个真实的同志，你这次来信已表示愿意，使我喜出望外。

我与你的婚姻,已不成问题了,只预备将来结婚,再没有把脑筋去死死来想的价值,我上次同你说,爱情固然是要好,但不能成为痴情,换句话说,就是不要牺牲一切专来讲爱情……最可笑的就是我去学□科,你恐怕我去打战(仗)而死了,没有什么价值;你又说你毕业后出来当教员,把一些青年子弟教成爱国化,来为国家流血。你不愿你的爱人流血,而要别人去流血,这真是笑话了。你的学生将来他没有爱人吗?父母吗?兄弟吗?他不是中国人吗?他就应该去血战吗?假若他的爱人死死的不要他去流血,那中国就无可救药了。只要在革命路上做工作,不限定到战场上去流血,这固然不错;但是要把学问求精,再来为社会出力,这是不成功的。因为学问要说个精字,恐怕老死都难得精,就是精了也只能做文学家、书呆子、空谈者,这又(有)什么用处呢!你看看章太炎①、熊希龄②等,他们不正在做光棍政客及军阀的走狗吧!我们从此可以知道,学问不都是在书本上得来的,在事实上得的经验,也就是学问。列宁先生的唯物史观,不是由科学才证明出来的吗?譬如现世的资本主义形成了帝国主义,才发生社会革命;总理③看见满清不行,才发生民族革命;没有帝国主义,断不致有社会革命;中国人民能安居乐业,断不致有民族革命。所以有原因,才发生事实出来,并不是空空洞洞的东西。如耶稣(稣)的什么天堂地狱,我看世界上十五万万人,没有那个看到天堂地狱是什么样子,恐怕要世界大同才是天堂,现在就是地狱了。

你说不要糊糊涂涂的(地)死了,这也不错,但是为革命而死、为民众谋利益而死,是不是糊糊涂涂呢?假若是的,那中国一定没有烈士,革命也永远不能成功。

你又要想,我为什么要到广东来呢?你也可以知道,是为革命而来的。我又是革哪个的命呢?你也可以知道,是革帝国主义和军阀的命。你既知道这个原因,牺牲我俩的一切乐趣,去打倒他们,还死死地团在情场上做什么呢?你说要爱国,这是不错,不过眼睛要看远点,中国不是在世界独存的,是与世界各国有关系的。所以中国的革命,就是世界革命的一部分。世界上只有压迫阶级与被压迫阶级,我们中国是被压迫阶级之一,所以要联合世界上被压迫阶级,来反抗压迫阶级。这样,就不能把国界分得明明白白,要看做(作)压迫阶级与被压迫阶级的两条战线,你看帝国主义的诺迦诺会议④及大沽八国通牒⑤就可证明压迫阶级的联合。

现在我进了学校,老实不客气对你不起了,也已经同别人又发生恋爱了,这个人不是我一个人喜欢同他恋爱,世界上的人恐怕没有人不钟情于他,这个人是世界上的怪物,也是帝国主义者的敌人,就是列宁主义,你若明了他的意义,恐怕你也要同他恋爱了,若是你真能同他恋爱,就是我同你恋爱的真精神,请你早些下个决心吧!上课去了,这点钟是帝国主义侵略中国史,研究帝国主义的侵略史,以便来复仇。不同你说闲话啦,祝你保养身体,千万万并希

努力!

你的亲爱毅安
一九二六年四月十四

给未婚妻的信（节录）

志强爱妹：

你一次二次来信要我莫去打仗，我倒会要去试试看呀！革命不打仗，又算什么革命呢？革命的战争，就是要实现世界永久的和平，绝对不同于军阀争权夺利的战争。因此有感聊作几句以答复你：

寄生者治人，
享受世界上一切权利，
生产者治于人，
所得的代价只有无期的冻饿。

唉！这是圣人孔孟的道德吗？
这是上帝耶苏（稣）的博爱吗？
这是南无阿弥陀佛的慈悲吗？
什么道德、博爱、慈悲，都是一些骗人的鬼话。

创造世界的工农们，
我们赶快的团结起来呀！
死气沉沉的黑暗世界，
要用我们的热血染它过（个）鲜红。
我们要冲破压迫阶级束缚我们的藩篱，

我们唯一的法门——勇敢奋斗！

只要我们努力，胜利终究要属于我们的，

让我们高呼预祝世界革命成功的口号啊！

亲爱的妹妹：你忘记了你要去做宣传队的勇气吗？我希望你要多看新书籍，《向导》及《中国青年》无论如何是要看的，没有钱我来同你设法。只要有点能力就要对革命尽点能力，决不要感情一冲动就不量力的去做，感情一消沉就动也不动了。这个毛病要快些改过来，至盼。

你不要时常的想念我，我自己是知道保养身体的。我对你有一个要求，要你不客气的答复，就是今年寒假预备同你结婚呢，你赞成吗？

毅安寄自黄埔
一九二六年八月二十七日

给未婚妻的信（节录）

志强吾爱惠鉴：

接到了你的信，我的灵魂安慰极了，使我爱你的心头变成了一种不可思议和不可形容的状态。我自来到广东，已一载有奇[6]了。我的言语，我的行动，都是革命的，都是光明磊落的。我不独不打牌，不喝酒，连纸烟都是不吸的。尤其现在我担任了党代表的工作，要为人家的模范，要去指导人家，一举一动都得特别的留心。革命党员先要革自己的命，然后才可以把别人革命化。

我不是一个糊涂虫，不是一个怪物。当然不要你来操心。不过你的规劝，你的批评，我是以十二分的诚意欢迎和接受的。不接受规劝和批评的人，可以说不是一个革命党员了。

　　你说我们不要为个人的愉快，而要为一般受痛苦的群众着想。这话我非常的钦佩，希望你在实际的行动中表现出来。我们的地位可以说是一个小资产阶级，虽然受了许多的压迫，仍旧带了许多小资产阶级的性质，甚至还有资产阶级的行动。我们既明了世界的潮流，有了阶级觉悟，我们的言语行动就要无产阶级化，就要做一个为无产阶级的利益而奋斗的革命党员。这不过是将你所发表的意思补充一下，有不当之处，请不客气的批评。

　　你说你同你的同学发生冲突。这事我说你也有不当之处。你应当去寻找应得的教训。她们不是反革命，而是你的朋友。对于反革命当然是不客气的，不姑息的，要以革命的手段去对付他。她们即（既）是你的朋友，就要指导她们，规劝她们，使她们走上革命的大道。这样如果还不发生效力，就要用旁的方法去刺激她们，使她们知道不正当的事情是做不得的。你要指出她们的黑暗。因为她们羞耻的关系，所以就不顾一切要起来暴动了。我们当了一个革命党员，就要知道做革命工作的方法，就要看如何使得革命工作顺利，处处要从革命的利益出发。这点我是希望你要特别注意的。

　　顺祝
革命敬礼！

毅安草复
一九二七年一月十八日

给未婚妻的信（节录）

我最亲爱的志强妹：

　　我们是有阶级觉悟的青年，担负了中国革命与世界革命的神圣使命，我们难道恋恋于儿女的深情吗？没有一点牺牲的精神吗？我们绝对不是这样！我们是受了马克思主义深刻的训练的，他早已告诉了我们："资产阶级已将家庭面帕扯碎了，家庭关系变成了单纯的金钱关系"⑦；"儿女的深情早已在利害计较的冰水中淹死了"⑧。在私有制未打破以前，一切关系都是经济的关系。我们虽有许多恋爱的关系，但总脱离不掉这个刻薄寡情的现金主义社会的影响。……思前思后，除了我们努力革命以外，再没有别的出路。把一切旧势力铲除，建设我们的新社会，到了那个时候，才能实现我们真正的恋爱，才不是单纯的经济关系了。最亲爱的妹妹，你不要畏难吧，十八层地狱底下的中国，今日也得见光明了。眼看帝国主义军阀及一切反动势力都快要到坟墓里去，一钱不值的我们也要做起天下的主人。努力！努力！前进！前进！我们的目的地终究会要达到啊！

　　顺祝

革命敬礼！

毅安于衡州舟次
一九二七年五月二九日

陈毅安（1904—1930）：湖南省湘阴县人，一九一九年在长沙念书时，接受了五四运动新思潮的洗礼，积极参加爱国运动，一九二二年加入社会主义青年团，一九二四年加入中国共产党。同年六月，受党派遣，到汉阳兵工厂从事工人运动。一九二五年秋，去广州黄埔军校炮科队学习。一九二六年毕业后，任国民革命军教导师第三团第三营第七连连长和党代表，参加北伐的军事工作。同时在韶关、郴州、衡山一带积极从事工农群众运动。

一九二七年六月，随军到武汉，任国民政府警卫团的辎重队长兼供给局主任。

大革命失败后，陈毅安同志参加了毛泽东同志领导的秋收起义，任工农革命军第一师第一团的连长。后随军到文家市会师，跟随毛泽东同志向井冈山进军，参加了著名的"三湾改编"，任整编后第一师第一团第一营副营长、营长等职。一九二八年五月红四军成立后，他担任三十一团副团长兼第一营营长。参加了三打永新和著名的龙源口战斗。一九二八年

八月，参加黄洋界保卫战。同年底在四打永新的战斗中，左腿负重伤，红四军下山时，他便留在井冈山坚持斗争，调任红五军副参谋长，后任红四师师长、红三军团第八军第一纵队司令员。一九三〇年八月七日，在长沙战斗中壮烈牺牲，时年二十六岁。

（李志强）

[注释]

① 章太炎（1869—1936）：名炳麟，浙江省余杭人。近代民主革命家、学者。一八九七年因参加维新运动被通缉，流亡日本。一九〇三年被捕入狱。一九〇六年出狱。一九一一年上海光复后回国，任孙中山总统府枢密顾问。一九二四年脱离孙中山改组的国民党，以讲学为业，一九三六年病逝。

② 熊希龄（1870—1937）：字秉三，湖南省凤凰人。清朝官僚。一八九八年因参加维新运动被革职。武昌起义后到上海，拥护袁世凯窃国，任财政总长和热河都统。一九一三年袁世凯解散国民党，他和梁启超、张謇等组阁，任国务总理兼财政总长。次年解散国会，旋去职，办慈善事业。一九三七年去世。

③ 总理：指孙中山先生。

④ 诺迦诺会议：即罗迦诺会议。一九二五年十月十六日，在瑞士罗迦诺召开了

英、法、德、意、比、捷、波七国代表会，会上通过了保证严守巴黎和约中有关德国西部边界和莱茵河沿岸非武装区的规定。德国、法国和比利时保证"在任何情形下相互间决不进行攻击或侵略，或诉诸战争来侵略对方"。

⑤ 大沽八国通牒：一九二六年三月十二日，冯玉祥所率国民军与奉系军阀作战期间，日本帝国主义军舰掩护奉军军舰驶进天津大沽口，炮击国民军，被守军击退。日本竟联合英美等八国于十六日向北洋军阀政府提出撤出国防设备等无理要求，史称八国通牒。

⑥ 一载有奇：奇（jī），零散数。一载有奇，一年多。

⑦ 引自《共产党宣言》旧译本，今译为："资产阶级撕下了罩在家庭关系上的温情脉脉的面纱，把这种关系变成了纯粹的金钱关系。"

⑧ 引自《共产党宣言》旧译本，今译为："它把宗教的虔诚、骑士的热忱、小市民的伤感这些情感的神圣激发，淹没在利己主义打算的冰水之中。"

裘古怀

就义前给党和同志们的遗书

伟大的中国共产党和全体亲爱的同志们！当我在写这封信的时候，国民党匪徒正在秘密疯狂地屠杀着我们的同志，被判重刑的或无期徒刑的同志，差不多全被迫害了！几分钟以后，我也会遭到同样的被迫害的命运。

伟大的党！亲爱的同志们！我非常感激你们。由于党给我的教育，使我认识了这社会的黑暗，使我认识了革命，使我成为一个有生命的人。现在在这最后的一刹那，我向伟大的党和你们致以最崇高的敬礼！

我满意我为真理而死！遗憾的是自己过去的工作做得太少，想补救已经来不及了。在监狱里，看到每一个同志在就义时都没有任何一点惧怕，他们差不多都是像去完成工作一样跨出牢笼的，他们没有玷辱过我们伟大的、光荣的党。现在我还未死，我要说出我心中最后的几句话，这就是希望党要百倍地扩大工农红军；血的经验证明，没有强大的武装，要想革命成功，实在是不可能的。同志们，壮大我们的革命武装力量争取胜利吧！胜利的时候，请你们不要忘记我们！

裘古怀
八月二十七日

就义前给妻子的遗书

桂芬！今天我就要被万恶的国民党迫害了！请你不要悲痛，你要勇敢些。共产党员是杀不完的，将来一定会有人替我报仇！我死后，希望你不要太封建，你应当重建你的家庭，找一个情投意合的正派人（虽然我不愿意说这句话，但现在我想我应该说出来），如果你还纪念我的话，希望你以后生下的第一个孩子就叫他"念怀"。

桂芬！你晓得现在我是多么地想念你啊！

请你代我向一切亲戚、朋友们致意。

古怀
八月二十七日

裘古怀（1905—1930）：浙江省奉化县人。一九二四年加入中国共产党，曾任中共县委书记、浙江省委军事部长等职。一九二五年去黄埔军校学习。北伐后期，任叶挺部团长。"八一"南昌起义后，自江西远征到广东东江。后任共青团浙江省委书记。一九二八年在杭州被国民党反动派逮捕。一九三〇年八月被杀害。

（万　正）

李临光

给母亲的信①

母亲：

　　我的身体好了，谢谢你老人家对我的照顾。为了革命，我和婉贞②又走了，我们知道这次走了后，家人将不知如何的牵挂，你的老泪将重新纵横，弟妹们的怀念将重新绵延，家人的寻觅又将重新开始了。我们离开家，并不是不要母亲，而是出于不得已，因为我们实在不能做家庭的奴隶，更不能做金钱的奴隶，我们怎能抛弃自己的意志去锱铢必较③做那孳孳为利④的事情呢？私心自测，人类解放不成，何以家为⑤。我们这次出走后，将重新过我们革命者清苦的生活，这种生活虽然不十分安逸，但在精神上却十二万分的快乐。在革命队伍中，我们虽吃粗菜淡饭，但我们觉得这比家中的山珍海味好吃得多。我们离家后虽得不到你的爱抚，但可以得到千千万万工人们的爱抚与照顾。一切请你放心。

仲怀⑥　婉贞留
二月三十日

李临光（1907—1930）：福建省厦门市鼓浪屿人。十二岁入上海惠灵中学就读，毕业后考入上海光华大学，第二年加入共产主义青年团。不久离校，担任共青团上海沪南区委组织委员。一九二七年转为中共正式党员，调到江苏省委做秘书工作，同年十一月被捕入狱，关了三个月，经党组织营救出狱。出狱时，李临光同志的身体已被折磨得不成样子。当时，我党正处在十分困难的情况下，他遵照组织的意见，回家养伤。在此期间，他母亲强迫他去南洋。就在预定动身的前一天夜里，他同爱人蒋婉贞偷偷地离开了家，回到党的机关工作，任共青团杭州市委副书记。一九二八年六月，李临光同志又被捕了，一九三〇年八月英勇就义，时年二十三岁。

（万　正）

[注释]

① 这封信是李临光烈士离开家时留给母亲的。全国解放后，由蒋婉贞同志交出。
② 婉贞：即蒋婉贞，李临光烈士的爱人。当时为纱厂女工、共青团员。
③ 锱铢必较：指对很少的钱都斤斤计较。
④ 孳孳为利：一心一意谋私利。
⑤ 何以家为：出自《史记·卫将军骠骑列传》。西汉军事家霍去病，于公元前一二一年两次大败匈奴，控制河西地区，打开了通往西域的道路。两年后，又和卫青共同击败匈奴主力。汉武帝为了表彰他，为他建造府第，他拒绝说："匈奴未灭，无以家为也。"他前后六次出征匈奴，制止了匈奴贵族的攻扰，保卫了边境的安定。李临光烈士引用霍去病这句话，表示以人类解放为己任的决心。
⑥ 仲怀：李临光烈士本姓谢，名仲怀。李临光是他的化名。

刘谦初

就义前给妻子的遗书

我现在临死之时，
谨向最亲爱的母亲①和亲爱的兄弟们②告别！
并向你坚握告别之手，
望你不要为我悲伤，
希你紧记住我的话。
无论在任何条件下，
都要好好爱护母亲！
孝敬母亲！
听母亲的话！
你的快乐，也就是我的快乐！
你的幸福，也就是我的幸福！

刘谦初（1897—1931）：原名刘德元，山东省平度县人。十五岁参加了讨伐袁世凯的战争。战争结束后，考入齐鲁大学。五四运动后，转入燕京大学。入校

后,他接受了党的领导和教育,投身于反帝反封建的斗争,一九二六年参加北伐军,负责十一军政治部的宣传工作。一九二七年一月,加入中国共产党。后随军去河南做农村工作。不久去上海,到江苏省委工作。十月,调任福建省委书记,福建省委遭受破坏后,刘谦初同志又回上海工作。

一九二八年,山东省委遭受破坏,党派刘谦初同志去山东,恢复山东党的组织。一九二九年五月,刘谦初同志按中央指示,到张山、潍县、青岛等地组织总同盟罢工。不久回到济南。正值党组织又遭受破坏,刘谦初同志决定去上海向党中央汇报,不幸在火车上被捕。一九三一年四月十五日英勇就义,时年三十四岁。

(学 英)

[注释]

① 母亲:借指党中央。后面提到的"爱护母亲","孝敬母亲"、"听母亲的话"的"母亲",均借指党中央。
② 兄弟们:借指同志们。

恽代英

狱中给党的信①

王作林从前在武昌电话局做事,本年十月失业,闲住家中半年(家在武昌豹子澥)。此次偕②友人林君乘太古轮来沪找事。初与林住法大马路鸿运旅馆,因太贵,搬住东新桥车夫住小客栈(三日到沪),每天所住客栈无定处。六日下午到韬明路惟兴里一〇二号王春(同乡在铁工厂做事),找不着此号码,出外遇抄靶子③,见王穿短衣,带(戴)眼镜,有水笔、手表,及四十元,意似怀疑,又似欲取去此四十元。正争持间,有人搜得传单一包,遂说是王所带。实则王仅穿二短衣,无处收藏。因带至捕房,外国人遂由毒打,强迫承认。有人从旁怂恿说,可认是别人所交,并出五元,嘱为发散。王为所动,承认是旁人所交。但后来因身边无五元票,所以只得说,交者嘱王拿了过街,即自来取。后外人忽拿出收条二纸,钥匙一圈,说是玉身上搜出,并说王曾拟销(消)灭收条,更是全无其事,王亦始终不认这是他的东西。外人又加毒打,更逼说地址。说是小客栈,又打。于是只好说鸿运旅馆，但不记得号数。又被强迫，于是胡说是四十号，外人又毒打。逼招共[产]党机关，自然无法说出，遂关看守所。夜间外人提王坐汽车去找惟兴里一○二号及鸿运四十号，均无此号码，又遭毒打。次日提公堂，即有司令部包探，诬王为吴淞共[产]党领袖，要求提解。即解公安局问过一次，王仍供如前。即解司令部，现已三天，未问王。决在问时，要说明巡捕房逼供实情。王此次在捕房被打得面相都改变，此后未受刑讯。在此无一熟识的人，但同狱颇多关照，有人送与衣被菜饭，亦不成问题，外面勿须挂虑，并不要送钱物探望，以免反引起枝节。但外间有了相告之语，望于接信后，至迟第三天（后天）十二点（午）与来人约定在龙华客栈交一回信来，如尚无回信，亦须派人来与他另约一时间（来人需要酒钱可照信内给他）。

最好能将三号从武汉进口船名开一个来，如能为找一地址、职业可查的交来。此信能在提问以前交到更有用处（手表水笔钱都可不要也）。

照此情形大约判决不过送苏州，不过如能设法早些出狱，自然更好了。

恽代英（1895—1931）：江苏省常州市人。五四运动时，在武汉领导学生运动，并创办"利群书社"、"利群织布厂"等组织，团结教育青年，传播革命思想。一九二○年与肖楚女同志等发起组织社会主义青年团。次年加入中国共产党。一九二三年起参加社会主义青年团中央的领导工作，曾任团中央宣传部部长和《中国青年》杂志主编。一九二六年任黄埔军官学校政治总教官。一九二七年春主持武汉政治军事学校,同年,在中国共产党第五次全国代表大会上,当选为中央委员。第一次国内革命战争失败后,参加八一南昌起义。同年,参加广州暴动。一九二八年七月,任中共中央宣传部秘书长。一九三〇年任中共沪东行委书记,五月在上海被国民党反动派逮捕,次年四月二十九日在南京英勇就义,时年三十六岁。

(学 英)

[注释]

① 此信为恽代英同志被捕后给党中央的报告。恽代英同志被捕时,自己把脸抓破,血流满面,致使敌人没能认出。恽代英同志以此掩护了身份,化名王作林,自称工人。在狱中。他虽屡遭毒打,但坚贞不屈,始终未暴露身份。同时打报告给党组织,用暗语报告自己的被捕经过及口供,请求组织按此口供设法营救。原件无标点。标点为编者所加。

② 偕:同。

③ 抄靶子:指国民党特务、警棍。

李硕勋

给妻子的遗书

陶①：

　　余在琼②已直认不讳，日内恐即将判决，余亦即将与你们长别，在前方，在后方，日死若干人，余亦其中之一耳。死后勿为我过悲，惟望善育吾儿，你宜设法送之返家中，你亦努力谋自立为要。死后尸总会收的，绝不许来，千嘱万嘱。

勋
九·十四.

　　李硕勋（1903—1931）：又名李陶，四川省庆符县人。中学时期正值五四运动爆发，他立即投身运动中，从此，便开始了他的革命生涯。一九二一年，当选为全省学生联合会出版部主任，组建了四川省社会主义主青年团。这年八月，因反对军阀被通缉，被迫离开四川去南京，次年到北京。一九二三年进上海大学读书。一九二四年转为中共正式党员。"五卅"惨案后，李硕勋同志被选为全国学联总会会长，同时参加了上海工商学联合会的领导工作。一九二六年秋,党中央调李硕勋同志去武汉,担任国民革命军第二十五师政治部主任。一九二七年参加南昌起义,任二十五师党代表,带领起义部队由江西进入广东东江一带与反动派作战。不久,李硕勋同志回到上海,向党中央请示部队行动方针。到上海后,被党中央留下,先后担任中共江苏省委秘书长、浙江省委组织部长、上海沪西区委书记、江苏省军委书记等职。一九三一年五月调任红七军政委,由上海到香港后,参加中共广东省委工作,任军委书记。同年七月,去琼州参加游击队军事会议,到海口一上岸便被叛徒出卖,为当地军阀逮捕,九月十六日英勇就义,时年二十八岁。

(李 鹏)

[注释]

① 陶:赵君陶,李硕勋烈士的妻子,全国五届政协委员。
② 琼:海南岛。

李闿(即李硕勋同志)四川庆府人,中四大革命时间共产党员,曾参加一九二七年的八一南昌起义,进兵东江,加举进令,调广东工作和瑶光军新游击战争,不屈在反革命者摧毁。一愿意同志临危不惧,匪穴就义,是人民的坚贞烈士,党的优秀,他对革命的功绩,永垂不朽!

朱德

朱德同志为李硕勋烈士遗书题跋

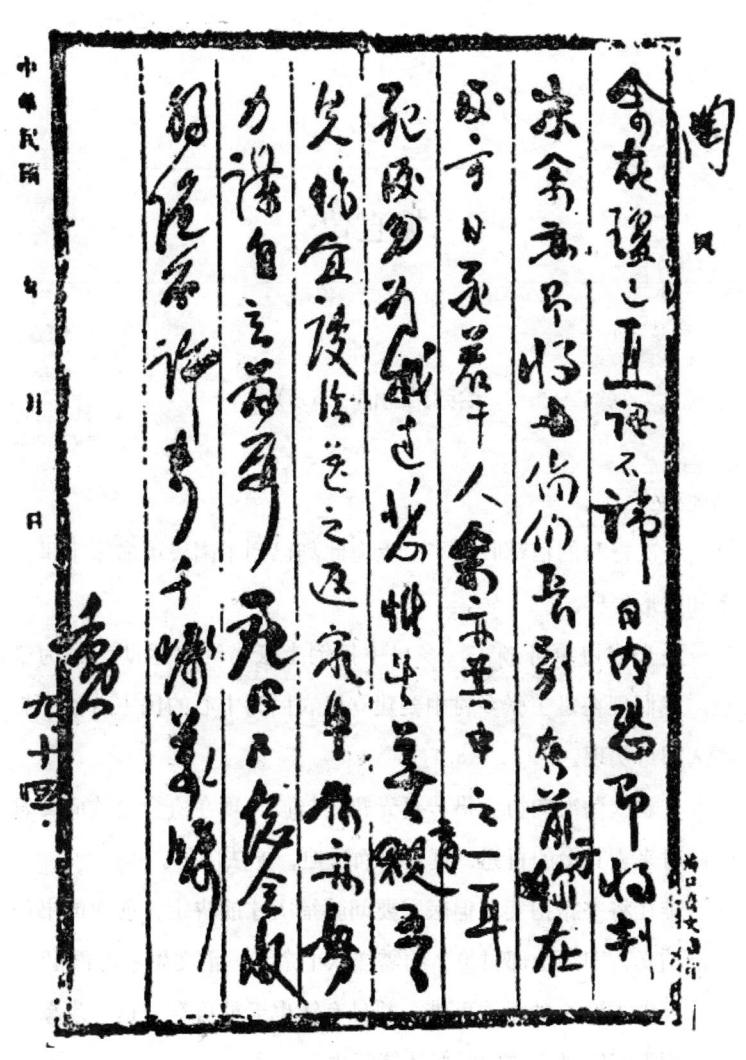

李硕勋烈士遗书手迹

柳直荀

给弟弟的信（节录）

瑟虎弟：

各次寄我的信都收到了。上海此刻已到了国民革命军手里，不知情形怎样。

近来农协事务颇忙，乡村中打倒土豪劣绅之运动，颇为激烈。我们现在是主张乡村中要建立以农民为中心的民主政治，想不久即可实现。

文君款前次向协会借一百元暂还与彼。现在协会要款而文君亦同时来索其余的百元，真是四面受迫，无法应付。

雅礼将书籍拍卖，但医书要问颜福庆才能决定，前次的书如不能拍卖，即须全部付价，约需洋六十余元，雷文思不肯再租。

近来省城不独无钱可借，并且有钱也无处可存，这种现象大约要到无产阶级专政的时候才能解决。

兄　直荀
三月廿九日

柳直荀(1898—1932)：又名柳克明，湖南省长沙市人。中国共产党党员。学生时代经常和毛泽东、蔡和森等同志一起讨论国家大事，探索革命真理。五四运动爆发后，他热情地投入这一伟大运动。一九二一年，毛泽东同志在湖南创建自修大学，柳直荀同志每周都去自修大学，努力学习革命思想，积极从事革命活动。一九二六年，任省农协筹备会负责人。"马日事变"后，党派他和郭亮同志一起到贺龙、叶挺部做政治工作，参加了南昌起义。一九三〇年，以中央军委和中共中央长江局特派员身份到湘鄂西革命根据地，先后任红二军团政治部主任，兼红六军政治委员和红三军团政治部主任等职，一九三二年九月牺牲，时年三十四岁。

(益　牟)

吉鸿昌

就义前给妻子的遗书①

红霞吾妻鉴：

夫今死矣！是为时代而牺牲。人终有死，我死您也不必过伤悲，因还有儿女得您照应。家中余产不可分给别人，留作教养子女干②等用。我笔嘱矣，小儿还是在天津托喻先生照料上学以成有用之才也。家中继母已托二、三、四弟照应教敬，你不必回家可也。

吉鸿昌（1895—1934）：河南省扶沟县人。一九一三年入伍，曾任西北军冯玉祥部师长、国民党第二十一军军长和宁夏省政府主席。一九三一年因反对进攻中国工农红军，曾被蒋介石强令出国。一九三二年加入中国共产党。一九三三年五月，联合冯玉祥、方振武等在张家口组成察绥民众抗日同盟军，任同盟军第二军军长兼北路前敌总指挥。同年九月到平津等地从事抗日活动。一九三四年十一月九日在天津法租界被捕，二十四日在北平英勇就义，时年三十九岁。

（廖永武）

[注释]

① 这封遗书是吉鸿昌烈士就义当天写给妻子胡红霞的。
② 干：指革命工作。

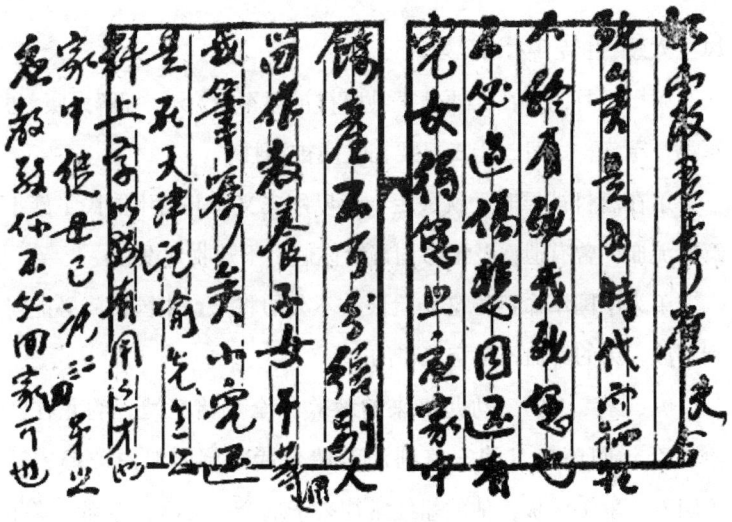

吉鸿昌烈士遗书手迹

刘伯坚

就义前给兄嫂的遗书（节录）

凤笙大嫂①并转五六诸兄嫂：

弟于三月四日在江西信丰县唐村被粤军②俘虏，押解大庾③粤军第一军部，三月二十二日要在大庾被牺牲了。

弟在唐村被俘时，就决定一死以殉主义，并为中国民［族］解放流血，曾有遗嘱及绝命词寄给你们，不知收到没有？

弟为中国革命牺牲毫无遗恨，不久的将来，中国民族必能得到解放，弟的鲜血不是空流了的。

虎、豹、熊④三幼儿将来的教养，全赖诸兄嫂。豹儿在江西，今年阳历二月间寄养到江西瑞金武阳围的船户。赖宏达（四五十岁）老板，他的船经常往来于瑞金、会昌、雩都、赣州之间。另有吉安人罗高，二十四五岁，随行，是个裁缝。罗高很忠实很爱豹儿，他无论如何都同豹儿一起。你们在今年内可派人去找，伙食费只能维持四五个月。

熊儿生后一月即寄养福建连城属之新泉区芷溪乡黄荫胡家

中，黄业中药铺，其弟已为革命牺牲，弟媳名满菊，扶养熊儿，称熊儿为子，爱如己出，因她无子。

熊豹两儿均请设法收回教养。

诸幼儿在十八岁前可受学校教育，十八岁后即入工厂作工为工人。他们结婚更不要早，迟至三十岁左右再结婚亦不为迟，以免早婚多儿女累，不能成就事业。

最重要的，诸儿要继续我的志向，为中国民族的解放努力流血，继续我未完成的光荣事业。

这封信须要给叔振⑤同志一阅。她可能已到沪了。

此致
最后的亲爱的敬礼

弟　刘伯坚
三月廿日于大庾

就义前给妻子的遗书

叔振同志：

我的绝命书及遗嘱你必能见着，我直寄陕西凤笙大嫂及五六诸兄嫂。

你不要伤心，望你无论如何要为中国革命努力，不要脱离革命战线，并要用尽一切的力量教养虎、豹、熊三幼儿成人，继续我的光荣的革命事业。

我葬在大庾梅关附近。

十二时快到了，就要上杀场，不能再写了，致以最后的革命

的敬礼

刘伯坚

三月二十于大庾

刘伯坚（1895—1935）：四川省平昌县人。一九一九年冬赴法勤工俭学，在法国和比利时等地做工多年。一九二二年在法国加入中国共产党。一九二四年被派赴苏联学习。一九二六年回国后，到西北军冯玉祥部任总政治部主任。"四一二"反革命政变后，奉命到上海做秘密工作。不久，党又派他去苏联军政大学学习。一九二八年他出席了在莫斯科召开的中国共产党第六次全国代表大会。一九三〇年下半年回国，到江西革命根据地工作。一九三一年十二月，冯玉祥部所属的二十六路军，在共产党员赵博生等同志的领导下，举行了著名的宁都起义。刘伯坚同志执行毛泽东同志的指示，代表中央军委前去迎接，将起义部队改编成工农红军第五军团，并担任军团的政治部主任。

一九三四年十月，红军主力长征时，刘伯坚同志被派去担任赣南军区政治部主任，留在根据地坚持斗争。一九三五年初，作战负伤，不幸被俘。敌人把他押到大庾粤军第一监狱，钉上了沉重的脚镣手铐，游街示众。刘伯坚同志气宇轩昂，写下了《带镣行》、《移狱》、《狱中月夜》等不朽诗篇，表示了"拼作阶下囚，工农齐解放"的革命决心。一九三五年三月二十一日英勇就义，时年四十岁。

（邱　锋）

[注释]

① 风笙大嫂：刘伯坚同志爱人的兄嫂。
② 粤军：国民党广东军阀部队。
③ 大庾：今江西大余县。
④ 虎、豹、熊：即刘虎生、刘豹生、刘熊生，均系刘伯坚同志的孩子。
⑤ 叔振：刘伯坚同志的爱人。早年参加革命，在闽西牺牲。

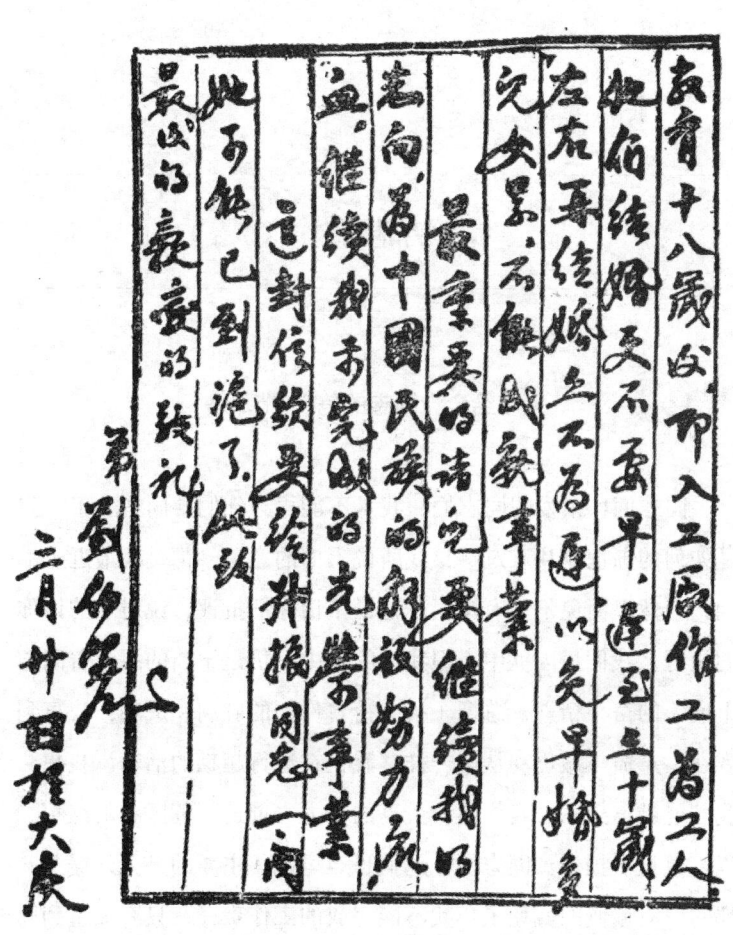

刘伯坚烈士遗书手迹

方志敏

狱中给全党同志的信①（节录）

同志们！亲爱的同志们！我是不能再与你们共同奋斗了，我是如何的惭愧着和难过啊！我所说上面的意见，都是我最近感触到，当然里面免不了有错误。说错了请你们批评，说对了的请你们执行。我们虽囚狱中，但我们的脑中，仍是不断的思念着同志［们］的奋斗精神，总期（祈）祷着你们的胜利和成功！我直到现在，革命热诚仍和从前一样。我正在进行越狱的活动。我想，我若能越狱出来，我将用我最高的努力去创造新苏区和新红军，以恢复这次损失！同志们！越狱恐难可能（主要的是无外援），那时只有慷慨的就死了！我不能完成的工作责任，只有加重到同志们的肩头上了！同志们！十分亲爱的同志们！永别了！请你们努力吧！我这次最感痛苦的，就是失却了为党努力的机会。你们要认识！你们能够为党工作，为党斗争，那是十分宝贵的。我与刘王曹同志等都是敌人刀口下的人了，是再也想（得）不到为党拼命工作的机会了，这是无可奈何的！我能丢弃一切，惟革命事业，却耿耿在怀，不能丢却！同志们！十分亲爱的同志们！请你们经常记起你们多年在一起奋斗的战友们之惨死，提起奋勇的精神，将死敌的日本帝国主义赶快赶走吧！将万恶的国民党统治赶快推翻吧！谨向你们领导下的红军和工农群众致热烈的革命敬礼！

是你们诚挚的战友
一九三五年四月

给某夫妇的信②

目前在国际以及在中国，都在进行共产主义与法西[斯]主义的决死斗争。历史将会决定这种斗争的前途——共产主义胜利，法西[斯]主义归于消灭！

在这两种主义决斗面前，人们都应当睁开眼睛看清楚点，选定自己的立足点。还是站在共产主义方面，暂时受着统治阶级的迫害，而最后胜利；或是站在法西[斯]主义方面，暂时似乎安稳，不久就被工农的铁拳击毁？！必须站在那一方面，走中间路，是很少可能的。照着历史发展的趋势与对于真理的追求，凡是一切有良心，有远识，有勇气，不甘落后予时代的人们，应该决定的（地）站在共产主义方面来反对法西[斯]主义！参加革命来反对反革命！

中国国民党，已成了中国一切灾祸之根源！里面没有别的什么，尽是一伙强盗，一伙卖国贼，一伙屠杀工农群众的刽子手！国民党不灭，中国就要灭！帮助国民党的，就是罪恶；破坏国民党的，就是正义！只有苏维埃才能救中国，这是已经十分明显的真理。红军是打倒帝国主义解放民族的唯一武装，是中国的命根子，这全是事实！用自己所有的力量，从各方面来帮助苏维埃和红军，摧毁国民党的统治，这是我们的责任，也是我们应该见义勇为的行动！

我自落难以来，承你们友谊的帮助，实为感激。故我在临刑前，写这封信给你们，表现我对你们的希望：

一、对于共产主义和苏联的书籍，应多多的而且用力的（地）去研究一番，一切非驴非马的东西，可丢去不看。在理论的政治的认识上，站稳着脚步，才不至于随时为某些现象或谣言而动摇自己的革命信仰！

二、站在党的同情者的地位，在党外利用你们和各方面的关系与自己所有的力量，去不断的作出许多有力的帮助党、苏维埃和红军，以及摧碎、破坏国民党统治的工作和活动！

三、你们生活要尽量朴素化，不要奢侈，不慕虚荣。从自己的节俭与从旁人的筹划中，支出一批款子，来帮助中国革命运动的经费。

四、这并不是说你们从此就该暴露自己的政治面目了，相反的，言语行动，更应慎重，以掩护自己的活动，而达到成功。但是，切不可听到一二个懦夫的劝阻与黑暗的朋友的威吓，自己就软弱下来，放弃应有的努力，特别在那稍纵即逝的紧急关头！

五、希望你们在我死后做到允许我的诺言，切不可因为困难或虚惊而抛弃信约！

我绝不是要引导你们上危险的□□□③，而是要引导一对有革命信仰和热诚的人们，从反革命营垒，跳入革命的营垒；从罪恶跳入正义；从黑暗跳入光明！

愿你们亲爱的生活并合作的努力！

云　母文

一九三五年五月

老爷太太，是最可羞辱的名字，现在你们虽不能拒绝这个名字，但不可保存这个思想！

给一位同情革命者的信

为防备敌人突然提我出去枪毙，故我将你的介绍信写好了。是写给我党的中央，内容是说明我在狱中所做的事，所写的文稿，与你的关系，你的过去和现在同情革命帮助革命的事实，由你答应交稿与中央，请中央派人来与你接洽等情。写了三张信纸，在右角上点一点作记号。另一信给孙夫〔人〕，在右角上下都点了一点。一信给鲁迅先生，在右角点了两点。请记着记号。

请你记住你对我的诺言，无论如何，你要将我的文稿送去。万不能叫人打破嘴而毁约！我知你是有决断的人，但你的周围的人，太不好了，尽是一些黑暗朋友！只要你向光明路上前进一步，他们就百方要把你拖转去两步！他们不要你做人，而要你当狗！就是你的夫人，现在也表示缺乏勇气，当然她还算是她们之群中一个难得的姣姣者。大丈夫作事，应有最大的决心，见义勇为，见危不惧，要引导人走上光明之路，不要被人拖入黑暗之潭！

晚间蚊虫咬人很利害，你家有没有多余的旧帐子？有，即给我一床；没有，我想托人去旧衣店买一床价贱的纱帐。

即致

敬礼！

高的廿元，想不到办法给他吗？

狱中遗嘱

我们临死以前的话：

我们因政治领导上的错误，与军事指挥上的迟疑，致红十军团开入狭隘的敌人碉堡区域，在玉山地方，受七倍于我的敌人之包围，弹尽粮绝，人马疲苦，遭受极大的损失。我们急于转回赣东北苏区，一方面接受中央的批评和指示，检查皖南的行动，作出正确的结论。另方面整顿队伍，准备再去执行新的任务。故不避危险，不顾雨雪和饥饿（七天没有吃什么东西），不分昼夜，绕过敌人之封锁线，但因叛徒告密与自己的疏忽在陇首村封锁线上，被敌军四十三旅俘住，时在一九三五年一月二十四日上午一时。

我们被俘后，即解南昌，脚铐重镣押于军法处看守所。同囚所押的，有红十军干部周群同志等三十五人（周群、李树彬、张胡天同志××一月即被敌枪毙）。同囚室的则有我与刘畴西、王如痴、曹仰山等同志四人。在被俘时，负伤三人，入狱后，三日即大病，病了一个多月，现在好了一点，骨瘦如柴，远望活象（像）一个骷髅。接着王如痴同志又患肋炎症，热度达摄氏表四十度，刘畴西同志也病了，狱中囚人有百分之九十以上是患病的。只有我小病十几天，整天拿着笔写文章，不管病与不病，都要被敌枪毙的。

我们是共产党员,为革命而死,毫无所怨,更无所惧,只有两件事,使我们不能释怀:作过某些错误,但经党指出,莫不立刻纠正,我们始终是党的正确路线的拥护者和执行者,是马克思、列宁主义竭诚的信仰者,我们相信共产国际的伟大和他领导世界革命的正确,我们相信中国布尔什维克党中央的伟大和领导中国革命的正确,我们坚决相信在国际和中央列宁主义领导之下,中国革命和世界革命必能在不远的将来得到全部成功!

苏维埃的制度将代替国民党的制度,而将中国从最后崩溃中挽救出来!

共产主义世界的系统,将代替资本主义世界的系统,而将全世界无产阶级和全人类,从痛苦死亡毁灭中拯救出来。金世界的光明,只有待共产主义的实现!我们临死前,对全党同志诚恳的希望,就是全党同志要一致团结在中央领导之下。发扬布尔什维克最高的积极性,坚决性,创造性,用尽自己的体力和智力,学习列宁同志"一天做十六点钟工作"的榜样,努力为党工作!积极开展城市工人运动(这是我党目前工作最薄弱的一环),不惮艰苦的进行国民党军中的工兵运动(白军工兵不满已到极点),广泛开展农民运动,争取千百万被压迫的工农士兵群众到党的旗帜之下来,很快实现党所提出"创造一百万强大的红军"的口号,在中国各地开展游击战争,分散国民党的兵力,使国民党象打火一样,这处打不熄,那处又燃烧起来,不能集中大的兵力来进攻我主力红军。在各地积极创造新苏区,来拥护和援助主力红军,使能很快击破敌人,造成全国的反攻形势,汇集全中国苏维埃运动的洪流，冲毁法西斯国民党血腥统治，达到独立自由的工农的苏维埃新中国的建立！

在此时，如有那（哪）些同志不执行党的决议和指示，而消极怠工，那简直不是真正的革命同志，而是冒牌党员，这样的人，是忘记了国民党囚牢里正在有好几万的同志，正在受刑吃苦，忘记了国民党的刑场上党的同志流下的斑斑血迹，忘记了我们的主力红军正在川黔滇湘艰苦的战斗，更忘记了千千万万的工农劳苦群众正在啼饥号寒无法生存。

亲爱的同志们，我们因错误而失败，而被俘入狱，现在是无可奈何的要被法西斯国民党屠杀了。我们要与你们永别了！

法西斯国民党在用种种威迫利诱的可耻手段，企图劝诱我们投降？你国民党是什么东西！——一伙凶恶的强盗，一伙无耻的卖国汉奸！一伙屠杀工农的刽子手！我们与你们反革命国民党是势不两立的，你法西斯匪徒们只能砍下我们的头颅，决不能丝毫动摇我们的信仰！我们的信仰是铁一般的坚硬的。

我们现在准备着越狱，能成功更好，不能成功则坚决就死！在法西斯匪徒们拿枪向我们的头颅胸膛发射，或持刀向我们头上砍下之前，即在我们流血之前，我们将用最大的阶级愤怒，高呼下列口号：

打倒日本帝国主义！
打倒卖国的国民党！
红军最后胜利万岁！
中华苏维埃共和国万岁！
中华民族解放万岁！

中国共产党万岁!

共产国际万岁!

苏联万岁!

全世界无产阶级最伟大的领袖——斯大林同志万岁!

共产主义在全世界胜利万岁!

方志敏
一九三五年六月二十九日
写于南昌军法处囚室

方志敏烈士(1899—1935):江西省弋阳县人。五四运动以后,开始接触马克思主义,寻找救国救民的道路。一九二三年秋加入中国共产党。一九二六年夏,当选为江西省农民协会常委兼秘书长。

大革命失败后,方志敏同志在赣东北组织和领导了农民武装暴动,创建了赣东北红军和赣东北革命根据地,历任中共县委书记、特委书记、省委书记、军区司令员、红十军政委、闽浙赣省苏维埃政府主席。一九二八年七月,在中国共产党第六次全国代表大会上,当选为中央委员。一九三一年,当选为中华苏维埃共和国中央政府主席团委员。一九三四年,红七军团和红十军团合编为北上抗日先遣队,方志敏同志任总司令。一九三五年一月,在北上抗日途中与敌遭遇,由于叛徒告密,不幸被捕。

方志敏同志在狱中,坚贞不屈,写了《可爱的中国》、《清贫》等著作,揭露反动派的极端腐败,激励人民继续战斗,表现了共产党员的高贵品质和英雄气概。一九三五年八月,在南昌英勇就义,时年三十五岁。

(滕明道)

[注释]

① 这是方志敏同志写给党中央的信的最后一节。方志敏同志经过艰苦的工作,

使在监狱工作的某夫妇同情革命。这封信和《可爱的中国》、《清贫》等文稿，都是由某夫妇交给鲁迅，然后由鲁迅设法送往党中央的。

② 原信无收信人姓名。
③ 原信此处缺三个字。

方志敏烈士书信手迹

赵一曼

就义前给儿子的遗书①

宁儿：

母亲对于你没有能尽到教育的责任，实在是遗憾的事情。

母亲因为坚决地做了反满抗日的斗争，今天已经到了牺牲的前夕了。

母亲和你在生前是永久没有再见的机会了。希望你，宁儿啊！赶快成人，来安慰你地下的母亲！我最亲爱的孩子啊！母亲不用千言万语来教育你，就用实行来教育你。

在你长大成人之后，希望不要忘记你的母亲是为国而牺牲的！

一九三六年八月二日

你的母亲赵一曼于车中

---

① 赵一曼（1905—1936）：原名李坤泰，四川省宜宾县白杨咀村人。一九二三年加入社会主义青年团，担任白杨咀村团支部书记，组织"妇女解放同盟会"，与封建势力进行斗争。一九二六年加入中国共产党。入党后，更加积极地在学生

中从事革命活动。一九二七年秋,受党派遣去莫斯科中山大学学习。一九二八年冬回国,到上海、江西等地做秘密工作。一九三一年"九·一八"事变后,赵一曼同志被党派到东北工作。一九三三年初到哈尔滨满洲总工会搞组织工作,后任哈尔滨总工会代理书记。由于哈尔滨党组织遭到破坏,中共满洲省委派她到珠河中心县委,任县委特派员和铁道北区委书记。

一九三五年秋,赵一曼同志任东北人民革命军第三军二团政委。同年十一月在战斗中负伤,养伤时被敌人发现,终因寡不敌众,不幸被捕。敌人为了得到赵一曼同志的口供,把她送到医院治疗。她经过耐心的宣传教育,把护士和看守争取过来。一九三六年六月二十八日她与护士、看守一起出逃,但不幸又被追捕回去。八月二日英勇就义,时年三十一岁。

(温 野)

[注释]

① 这篇遗书写于赴刑场的途中。

蒋径开

狱中给妻子的遗书①

子乡②:

你好吧！生活如何？时在念中。我现估计他们是不会放过我的。但是你千万不要悲伤，以后你会有象（像）我这样的好人照顾你的。宗儿③你要好好教育他。今后不要和他们一起，和他们在一起是没有出息的，因为他们是人们最恶恨（狠）的一群豺狼。豺狼总有一天是[要]被人们打死的。你要坚定、镇静、不怕威胁、不怕艰苦，带着宗儿活下去。总有一天是属于我们的，不信，等着看吧！顺祝
近佳

径字
二十四年三月十八日于曹河泾

子乡：

你好吧！生活如何？时正会中，我现估计他们是不会放过我的。但是你千万不要悲伤，以后你会有像我这样的好人照顾你的。宗儿你要好好教育他今后不要和他们一起，和他们在一起是没有出息的因为他们是人们最憎恨的一群豺狼。豺狼总有一天是被人们打死的，你要坚定、镇静，不怕威协，不怕艰苦，带着宗儿活下去，总有一天是属于我们的 不住，等着看吧！顺祝

逝汇

径宇
二四年三月十八日于曹河泾

蒋径开烈士遗书手迹

蒋径开（1898—1936）：湖北省英山县人，是英山县党组织创建人之一。蒋径开同志在北京大学学习时加入中国共产党，后赴黄埔军校学习，并参加了北伐战争。大革命失败后，回到英山从事革命活动。一九二九年，调任上海闸北区委书记。由于叛徒告密，于一九三三年被捕，关在曹河泾监狱，一九三六年被害，时年三十八岁。

（英山县烈士纪念馆）

[注释]

① 这篇遗书是蒋径开烈士在狱中写给爱人的，写好后藏在棉袄里，由爱人给他送衣服时带出。
② 子乡：蒋径开烈士的爱人，已故。
③ 宗儿：蒋汉宗，烈士的儿子。

茅丽英

遗 墨

我们要有热的血,冷的头脑,积极的精神,战斗的意志。

我们要随时随地的反省,不断地努力克服弱点。那么在未来的新中国里,才配得上称作新的女性。

丽英
一九三九年四月六日

遗 嘱①

吩咐一切的人别为我悲伤!我死,没有什么关系,我是时刻准备着牺牲的,希望大家要继续地努力,加倍地努力!

茅丽英（1910—1939）：浙江省杭州市人。中国共产党党员。曾任党领导下的上海职业妇女俱乐部负责人，积极从事抗日救亡工作。一九三九年九月，她在上海发起义卖运动，以募捐来支援新四军和救济难民。这些活动引起了敌人的注意和仇视，百般地对她进行威胁和恫吓，她毫无畏惧，继续从事抗日救亡工作。一九三九年十二月十二日被特务暗害，因伤势过重，抢救无效，于十四日在医院逝世，时年二十九岁。

（中国共产党第一次全国代表大会会址纪念馆）

[注释]

① 这个遗嘱是茅丽英同志被特务暗害刺伤后，临终前讲的，刊登在当时出版的纪念册里。

金方昌

给哥哥的遗书①

永昌、默生胞兄:

我于二十九年十一月二十三号在代县大西庄村被敌捕。临捕时以手枪向敌射击,弹尽将枪埋藏后拼命北跑,敌有骑兵追上被捉。我高呼中华民族解放万岁,并向敌伪讲演。

我在敌人的牢狱里、法庭上、拷打中、利诱中始终没有半点屈服、惧怕。我在被捕后,没有丝毫悲伤。我只有仇恨和斗争。我知道我是为了民族的解放、全人类的解放而牺牲。我在牢狱里向这些罪人工作着。我没有想过我再会活,也决不会活,我只有死。不过我在死前一分钟都要为无产阶级工作。

我要求哥哥们:

一、能坚决为无产阶级革命奋斗到最后胜利的时候(刻)。这不仅是你们要有这种人生观,能为这种事业干,并且得把自己锻炼成象(像)列宁、斯大林、毛泽东一样会运用马列主义到实际中去。这样才能使自己坚持到无产阶级革命成功的时候。这里边还有这样希望,就是希望你们能在快乐的幸福的共产主义社会里生活。最后希望到那时候你们还存在。

二、要求哥哥们能把咱们弟弟侄侄们都能培养成无产阶级的革命战士。尤其是把七弟(尔昌)能培养成坚强的革命伟大人物。

哥哥们永别了!祝你们健康,致最后敬礼!

你的弟弟写于敌人的木牢
十二·二

金方昌(1921—1940):山东省聊城县人,回族。在中学时期,就积极参加抗日救国运动,"七七事变"后,在党组织的指引下,离开故乡,到山西"抗日民族大学"学习。一九三八年春,加入中国共产党。任中共山西代县县委委员、县委宣传部副部长等职。不久,调任中共代县城关区委书记。一九四〇年十一月二十三日,因叛徒告密,被日伪逮捕。残暴的敌人打断了他一只胳膊,挖去他一只眼睛。他苏醒过来后,咬紧牙关,手蘸鲜血,在监狱墙上写下"严刑利诱奈我何,领首流泪非丈夫"这样气壮山河、惊破敌胆的壮烈诗句,表达了共产党人宁死不屈,同敌人血战到底的英雄气概。一九四〇年十二月三日,金方昌同志英勇就义,时年十九岁。

(杨 光)

[注释]

① 金方昌同志在写这封遗书的第二天,就英勇的牺牲了。遗书由同牢的大西庄村长带出。金方昌同志牺牲后,晋察冀边区政府于一九四〇年十二月颁布命令,将金方昌烈士战斗过的大西庄改名为方昌村。中国共产党晋察冀边区委员会同时发出通知追认金方昌烈士为模范党员,号召全边区党员和群众向他学习。

袁国平

给翰君的信①

翰君同志：

奉读手书，宛如天外飞来，回首往事，不啻②依稀如昨。

弟留东江最久，直至一败涂地，始偕彭湃同志赴港转沪。以后经过一时期秘密地下党工作，始入苏区。一直战斗至今，中经险阻艰难极多，又以（因）改名关系，旧时友好，许多常疑已作古矣。处此风涛险恶时代，只有斗争才能生存，于个人、于党、于阶级、于民族均同此感。不知以为何如？

狱中亦为革命学校之一角，生平所受折磨最多，惟未尝铁窗风味，常以为革命生活中之美中不足。一个革命者如能入狱不屈，其伟大正与在战场绝不退却同其意义。如兄有一段光荣坐牢历史，则时光并未白过也。

江抗③为东南崛起之新军。望兄继续过去之英勇斗争精神，学习过去斗争之经验教训，为创造铁军而奋斗，让海陆丰红军失败史④永远成为过去，我们要的[是]胜利，我们一定能胜利。

新四军情形请阅抗敌报⑤等刊物便知,恕不赘及。秋寒正厉,诸维珍重!

弟　袁国平
十月廿日

袁国平(1906—1941):原名袁裕,湖南省邵东县人。大革命时期在黄埔军校学习。参加了北伐战争。大革命失败后,参加南昌起义,随部队转移至广东,与彭湃同志一起建立了海陆丰苏维埃,任中国工农红军第四师党代表。后调上海工作,又转中央苏区,任红三军团政治部主任,红八军政委,红军教导师师长兼政委。抗日战争爆发后,任新四军政治部主任。一九四一年一月七日,在皖南事变战斗中壮烈牺牲,时年三十五岁。

(雍桂良)

[注释]

① 此信写于一九三九年。
② 不啻(chì):不仅。
③ 江抗:即江南抗日义勇军,在江南太仓、苏州、无锡、常熟一带活动,是党领导的一支抗日武装,后改编为新四军第六师。
④ 海陆丰红军失败史:指一九二七年蒋介石叛变革命后,广东海丰、陆丰等地农民在共产党员彭湃同志领导下于四月、九月、十月,先后举行三次武装起义。第三次起义占领海丰、陆丰及附近地区,建立工农民主政权。一九二八年四月在国民党大举进攻下,起义的武装退至附近山区,坚持游击战争的一段历史。
⑤《抗敌报》:即新四军政治部机关报。

何功伟

给父亲的遗书

儿不肖①,连年远游,既未能承欢膝下②,复不克③分持家计。只冀④抗战胜利,返里⑤有期,河山还我⑥之日,即天伦⑦叙乐之时。迩来国际形势好转,敌人力量分散,使再益之以四万万人之团结奋斗,最后胜利当不在远,不幸党派摩擦,愈演愈烈。敌人汉奸复从而构煽⑧之,内战烽火,似将燎原,亡国危机,迫在眉睫,"此敌人汉奸之所喜,而仁人志士之所忧"(张一麐⑨先生语)。新四军事件发生之日,儿正卧病乡间。噩耗传来,欲哭无泪。孰料元月二十日,儿突被当局拘捕,郎当⑩入狱,几经审讯,始知系因为共产党人而构陷⑪入罪。当局正促儿"转变",或无意必欲置之于死,然按诸宁死不屈之义,儿除慷慨就死外,绝无他途可循。为天地存正气,为个人全人格,成仁取义⑫,此正其时。行见汨罗江⑬中,水声悲咽;风波亭⑭上,冤气冲天。儿蝼蚁之命,死何足惜!唯内乱若果扩大,抗战必难坚持,四十余月之抗战业迹(绩),宁能隳于一旦⑮!百万将士之热血头颅,忍作无谓牺牲！睹此危局，死后实难瞑（瞑）目耳！

微闻当局已电召大人来施，意在挟⑯大人以屈儿，当局以"仁至义尽"之态度，千方百计促儿"转向"，用心亦良苦矣。而奈儿献身真理，早具决心，苟⑰义之所在，纵⑱刀锯斧钺⑲加颈项，父母兄弟环泣于前，此心亦万不可动，此志亦万不可移。盖天下有最丰富之感情者，必更有最坚强之理智也。谚云："知子莫若父。"大人爱儿最切，知儿亦最深。曩年⑳两广事变㉑发生之时，正敌人增兵华北之后，儿为和平团结，一致抗日而奔走号泣，废寝忘餐，为当局所不谅。大人常戒儿明哲保身㉒。儿激于义愤，以为家国不能并顾，忠孝不能两全，始终未遵严命㉓。大人于失望之余，曾向诸亲友叹曰："此儿太痴，似欲将中华民国荷㉔于其一人肩上者！"往事如此，记忆犹新，夫昔年既未因严命而中止救国工作，今日又岂能背弃真理出卖人格以苟全身家性命？儿丹心耿耿，大人必烛照无遗㉕。若大人果应召来施，天寒路远，此时千里跋涉，怀满腔忧虑而来；他日携儿尸骸，抱无穷悲痛而去。徒劳往返，于事奚益？大人年愈（逾）半百，又何以堪此？是徒令儿心碎，而益增儿不孝之罪而已。

儿七岁失恃㉖，大人抚之养之，教之育之，一身兼尽严父与慈母之责。恩山德海㉗，未报万一，今后，亲老弱弟，侍养无人。不孝之罪，实无可逃。然儿为尽大孝于天下无数万人之父母而牺牲一切。致不能事亲养老，终其天年。苦衷所在，良非得已。惟恳大人移所以爱儿者以爱天下无数万人之儿女，以爱抗战死难烈士之遗孤，以爱流离失所无家可归之难童，庶几㉘儿之冤死或正足以显示大人之慈祥伟大。且也㉙，民族危机，固极严重，然在强敌深入国境之今日，除少数汉奸败类，自外于抗战营垒；在抗战建国纲领之政治基础上，我精诚团结之民族阵线，必能战胜一切挑拨离间之阴谋。胜利之路，纵极曲折，但终必导入新民主主义新中国之乐园，此则为儿所深信不疑者也。将来国旗东指之日，大人正可以结束数年来之难民生涯，欣率诸弟妹，重返故乡，安居乐业以娱晚景㉚。今日虽蒙失子之痛，苟瞻念光明前途，亦大可破涕为笑也。

不孝儿功伟狱中跪禀
三十年二月十九日

何功伟（1915—1941）：又名何彬、何斌，湖北省咸宁县人。一九三五年因参加湖北的"一二·九"学生运动，被国民党通缉。后去上海，于次年加入中国共产党，参加全国学联的工作。一九三七年到武汉，历任中共湖北省委委员、省农委委员、武昌区委书记、鄂南特委书记、湘鄂西区委宣传部长等职。一九四〇年八月，任中共鄂西特委书记，创建了鄂南游击队。一九四一年一月因叛徒出卖，被捕入狱。入狱后，湖北省反动政府主席陈诚派说客，妄图转变他的立场和信仰，遭到他无情的揭露和驳斥。反动当局又诱以权位，并让何功伟同志的父亲劝子自首事敌，何功伟同志坚贞不屈，不为利诱所动摇。十一月十七日被国民党反动政府秘密杀害于恩施，时年二十六岁。

（郭述申）

[注释]

① 不肖：不贤，儿女对父母自称的谦辞。
② 承欢膝下：侍候父母，讨得欢心。儿女幼时常在父母跟前，故用"膝下"两字表示子女依依于父母之前。

③ 复不克：又不能。
④ 冀：希望。
⑤ 返里：回到家乡。
⑥ 河山还我：收复失地。出自南宋民族英雄岳飞的题词，岳飞的题词是，"还我河山"。
⑦ 天伦：指父母兄弟姐妹。
⑧ 构煽：构陷煽动。
⑨ 张一麐（lín音麟）。字仲仁，江苏省吴县人。前清举人。辛亥革命时，赞助革命事业，并积极参与活动。抗战爆发后，积极主张团结抗战，实行民主政策，出任国民参政员。一九四三年十月二十四日病逝，享年七十七岁。
⑩ 郎当：指手铐脚镣的声音。
⑪ 构陷：谋计陷人于罪。
⑫ 成仁取义："杀身成仁""舍生取义"两句成语的缩写，意思是指为革命不惜牺牲生命。"杀身成仁"出自《论语·卫灵公》。"志士仁人，无求生以害仁，有杀身以成仁。""舍生取义"，出自《孟子·告子上》："生，亦我所欲也；义，亦我所欲也．二者不可得兼，舍生而取义者也。"
⑬ 汨（mì音密）罗江：从江西流入湖南。战国时的伟大诗人屈原，曾辅佐楚怀王，做过左徒、三闾大夫。他学识渊博，关心国事，主张彰明法度，任用贤才，东联齐国，西抗强秦。因为和反动贵族集团子兰、靳尚等人进行斗争，遭谗去职。顷襄王时被放逐，长期流浪在沅、湘流域，和人民接近，对黑暗现实更感不满。终因楚国政治愈加腐败，不断遭受秦国侵略，他既无力挽救，又不忍眼看国家沦亡，遂投汨罗江而死。所以，烈士在信中说："行见汨罗江中，水声悲咽"。
⑭ 风波亭：在杭州城内，是宋代民族英雄岳飞遇害的地方。所以，烈士在信中说："风波亭上，冤气冲天"。
⑮ 隳（huī音灰）于一旦：即毁于一旦。
⑯ 挟：挟制。
⑰ 苟：如果。
⑱ 纵：即使。
⑲ 钺（yuè音悦）：大斧。
⑳ 曩（nǎng）年：前几年。
㉑ 两广事变：又叫"六一事变"。一九三六年六月一日，国民党广东军阀陈济

棠和广西军阀李宗仁、白崇禧，以北上抗日为名发表通电，企图出兵争夺南京国民党政权。七月，在蒋介石的收买下，陈济棠部下军长余汉谋等通电拥蒋，陈被迫下台，李、白向蒋妥协。

㉒ 明哲保身：只求保全自己，不敢得罪他人。

㉓ 严命：父命。

㉔ 荷：担负。

㉕ 烛照无遗：了解得清楚。

㉖ 失恃：失去母亲。

㉗ 恩山德海：恩如山高，德如海深。

㉘ 庶几：表希望之意。

㉙ 且也：况且。

㉚ 晚景：晚年。

孙毅民

给朋友的信

兄呀!

亡国的头衔,紧系在我们的头上了,现在虽还未受到日寇铁蹄的蹂躏和虐待,但这种滋味,也要快到嘴里了。我们要抱着与日本法西斯一命换一命的志愿,以牙还牙的精神。写到此处,悲愤已充满了我的胸腔了,不得不停笔,下次再谈吧!

孙毅民(1914—1942):原名孙国英,河北省新河县人。一九三四年在乡师学习时加入中国共产党,积极从事学生运动。毕业后,以小学教师的身份为掩护,从事革命活动。"七七事变"后,他目睹日寇的侵略罪行,对国民党反动派的卖国投降路线极为愤慨。一九三八年春,八路军东进纵队进入冀南时,他参加了八路军,任东进纵队政治部民运干事。同年,先后调任南宫县战委会组织部长、主任和冀南七旅政治部副主任、四分区政治部主任等职。于一九四二年"四·二九"反合围战斗中英勇牺牲。

(晋冀鲁豫烈士陵园)

刘 英

给妻子的题词

一

站稳自己的立场,把握住事件的真理,任何麻醉、欺骗与利诱,均不能丝毫动摇我们的斗志与决心!

魁梅战友

群　题于廿八年北屃

二

抛开一切动摇,准备一切牺牲,集中一切力量,一切的一切都应该服从于革命与战争!

魁梅战友

群　廿八年录于温永

刘英(1903—1942):号可夫,江西省瑞金县人。一九二七年参加革命,一九二九年加入中国共产党。曾任红军团政委、师政委、政治部主任等职。

一九三四年，担任北上抗日先遣队的领导工作。同年冬，先遣队开赴抗日前线，行至安徽茂林地区，遭到国民党反动派七倍于我的兵力的包围。刘英同志率部英勇奋战，终于突破敌人的包围。他率领一部分同志回到浙江，成立挺进师，并任师政治委员，和粟裕同志一道领导这支部队，进行游击活动，牵制国民党军队，掩护中央主力红军长征北上抗日。一九三五年，刘英同志率领部队转到闽东活动，并先后担任闽浙边区临时省委特派员和书记。一九三八年四月，闽浙边区红军游击队奉命编入新四军第一支队，刘英同志任参谋长，同时任中共浙江省委书记。一九四二年二月八日，由于叛徒出卖，被捕入狱。五月十八日被国民党秘密杀害，时年三十九岁。

（邱　锋）

左 权

给母亲的信①

母亲,亡国奴的确不好当。在被日寇占领的区域内。日人大肆屠杀,奸淫掳抢,烧房子……等等,实在痛心。有些地方全村男女老幼全部杀光,所谓集体屠杀,有些捉来活埋活烧。有些地方的青年妇女,全部捉去,供其兽行。要增加苛捐杂税。一切企业矿产,统要没收。日寇不仅要亡我之国,并要灭我之种,亡国灭种惨祸,已临到每一个中国人民的头上。

现全国抗日战争,已进到一个严重的关头,华北、淞沪抗战,均遭挫败,但我们共产党主张救国良策,仍不能实现。眼见得抗战的失败,不是中国军队打不得,不是我们的武器不好,不是我们的军队少,而是战略战术上指挥的错误,是政府②政策上的错误,不肯开放民众运动,不肯开放民主,怕武装民众,怕改善民众的生活。军官的蠢拙,军队纪律的坏,扰害民众,脱离民众……等。我们曾一再向政府建议,并提出改善良策,他们都不能接受。这确是中国抗战的危机,如不能改善上述这些缺点与错误，抗战的前途，是黑暗的，悲惨的。

　　我们不敢（管）怎样。我们是要坚持到底。我们不断督促政府逐渐改变其政策，接受我们的办法，改善军队，改善指挥，改善作战方法．现在政府迁都了，湖南成了军事政治的重地，我很希望湖南的民众大大的觉醒，兴奋起来，组织武装起来，成为民族解放自由战争中一支强有力的力量。因为湖南的民众，素来是很顽强的，在革命的事业上，是有光荣历史的。

　　我军在西北的战场上，不仅取得光荣的战绩，山西的民众，整个华北的民众，对我军极表好感。他们都唤着"八路军是我们的救星"。我们也决心与华北人民共艰苦，共生死。不敢（管）敌人怎样进攻，我们准备不回到黄河南岸来。我们改编为国民革命军后，当局对我们仍然是苛刻，但我全军将士，都有一个决心，为了民族国家的利益，过去没有一个铜板，现在仍然是没有一个铜板，准备将来也不要一个铜板，过去吃过草，准备还吃草。

　　母亲！你好吗，家里的人都好吗？我时刻纪念着！

　　敬祝

福安

　　　　　　　　　　　　　　　　　男　自林
　　　　　　　　　　　　　　　十二月三日于洪洞

给叔父的信（节录）

叔父：

你六月一号的手谕及匡家美君与燕如信均于近日收到，因我近几月来在外东跑东（西）跑，值近日始归。

从你的信中已敬悉一切，短短十余年变化确大。不幸林哥作古，家失柱石，使我悲痛万分。我以己任不能不在外奔走，家中所持者全系林哥，而今林哥又与世长辞，实使我不安，使我痛心。

叔父！我虽一时不能回家，我牺牲了我的一切幸福为我的事业来奋斗，请你相信这一道路是光明的，伟大的，愿以我的成功的事业报你与我母亲对我的恩爱，报我林哥对我的培养。

芦（卢）沟桥事件后迄今已两个多月了，日本已动员全国力量来灭亡中国。中国政府为自卫应战亦已摆开了阵势，全面的战争已打成了，这一战争必然要持久下去。也只有持久才能取得抗战的胜利。红军已改名为国民革命军，并改编为第八路［军］，现又改编为第十八集团军。我们的先头部队早已进到抗日的前线，并与日寇接触。后续部队正在继续运送，我今日即在上前线的途中。我们将以游击运动战的姿势，出动于敌人之前后左右各个方面，配合友军粉碎日敌的进攻。我军已准备着以最大的艰苦斗争来与日本周旋，因为在抗战中，中国的财政经济日益穷困，生产日益低落，在持久的战争中必须能够吃苦，没有坚持的持久

艰苦斗争的精神,抗日胜利是无保障,拟到达目的地后,再告通讯处。专此敬请

福安

侄字林
九月十八晚于山西之稷山县

两位婶母及堂哥二嫂均此问安。

左权（1905—1942）：又名左自林,湖南省醴陵县人。五四运动时期,热情地投身于反帝救国运动,参加了学校的进步组织"社会科学研究社"。一九二四年,他怀着救国救民的抱负,考入广东湘军讲武堂,后并入黄埔军校第一期。在周恩来、叶剑英等同志的培育下,于一九二五年加入中国共产党。黄埔军校毕业后,先后在林伯渠同志任党代表的国民革命军第六军卫队任排长、连长,参加了周恩来同志领导的统一广东的东征和回师广州诸役。后被党选送留苏深造。一九三〇年回国后,到中央苏区工作。在苏区,他先后任红军学校教官、红军野战司令部作战科长、改编宁都起义部队中央军委代表团团长、红十五军政委兼军长、闽西苏维埃秘书长等职,参加了毛泽东同志亲自指挥的历次"反围剿"战斗。长征中,任红一军团参谋长,协同刘伯承、聂荣臻等同志,在毛泽东同志亲自指挥下,率红一军团抢渡大渡河,巧越金沙江。长征胜利到达陕北后,任红一军团代军团长。一九三六年率部西征,迎接二、四方面军北上,为红军三大主力胜利会师,立下了不朽战功。

抗战时期,左权同志任八路军副参谋长。是我党著名的既有理论修养又有实践经验的军事家。一九四二年六月二日,敌人主力部队三万多人向我太行山区大举进攻。左权同志率军突围,不幸牺牲,时年三十七岁。

（杨 光）

[注释]

① 此信系左权同志随朱德总司令转战华北,初到山西时写的。原信无标点。标点为编者所加。

② 政府、当局:均指国民党反动政府。下同。

毛泽民

给子伟、建新诸同志的信①

子伟、建新诸同志：

别后十余天了，想你们热闹的（地）过着了新年，并正在计划与努力着一九三八年的伟大经济建设工作而努力！

一九三八年不是平凡的一年，每一个革命者在今年都负着了伟大的历史使命，顷尽一切力量，为着中华民族的解放与抗敌胜利而奋斗！

我原请子伟兄整理出的一百余期《斗争报》，要请全部清交李六如同志，并请取得收条，因为这些报不能遗失。

合组商车运输问题，高伟道已会面，他很热心在干，请候他的办法送来后，应具体计划与之解决，这是使总社发展的主要方法之一。

关于两兄之"工作方式"与"自信力"的问题，我在延时已再三谈过，希望今后在实际工作中去"理解与实行"。假使一个负责工作的干部对自己所"定出"或上级有原则而依照"定出的计划"失去"自信力",则这个计划等于虚设。并且与整个工作是有害的。同时,目前尚有一些客观原因所阻碍:如:下级干部的工作"能力薄弱"、"经费不足"、"货物缺乏与运输不便"等等。不仅要有"自信力"。我们是从困难中生长与壮大起来的,"我们能克服一切困难的"。克服困难的唯一办法,是依靠我们的"领导方式与工作方式"。并且自己坚决的依计划去执行。我深深的(地)感觉过去我们在工作中的缺点,基本原因即在此。

"干部政策",也是我们值得极大注意的问题。他对工作的好坏,亦有"决定的作用"。兄等今后对自己所领导的干部须十分注意去培养!不要忘记斯大林同志的"名言":"干部决定一切"。

纸短言长,下次再告!
布礼

建业②

一月七日

毛泽民(1895—1943):湖南省湘潭县韶山冲人,毛泽东同志的弟弟。一九二二年加入中国共产党。曾在安源煤矿从事工人运动。一九二五年任中共中央出版部经理。一九三一年任闽粤赣革命根据地军区经理部部长,后任中央工农民主政府国家银行行长和国民经济部部长。抗日战争爆发后,中国共产党为团结新疆各族人民,扩大抗日民族统一战线,于一九三八年派他到新疆工作,担任财政厅长、民政厅长等职。一九四二年被军阀盛世才逮捕,次年九月英勇就义,时年四十八岁。

(学　英)

[注释]
① 此信写于一九三八年。
② 建业:毛泽民同志的别名。

高捷成

家 书①

民国二十一年三月离漳②,倏忽③至今已有六年了。在这六年中东西奔波,南北追逐,历尽千辛万苦,雪山草地,万里长征,在所不辞!无非是为挽救国家的危亡!志向所赴,海浪风波在所难阻!

我还记得将临走的时候,曾留一信给你转添木我的父亲云:"我要和你们离别了,或者是永远离别了。我不挂念家庭,希望家庭也无须挂念于我!这是我从戎的决心,这是救国抗战为国牺牲坚决的立志!救国才能有家,国亡家安在?这不是断绝人伦的无条件的弃家而不顾,想或可有以原谅于我吧!"

民国二十六年四月十日

高捷成（1912—1943）：福建省厦门市人。一九三一年参加红军，次年加入中国共产党，历任宣传队长、总务处长、会计科长等职。抗战爆发后，随军到冀南开辟工作，曾任冀南税务总局局长、晋冀鲁豫财政经济处处长、冀南银行总行行长兼政委等职。一九四三年五月，日寇对我太行抗日根据地大举进犯，高捷成同志在部署工作途中与敌遭遇，壮烈牺牲，时年三十一岁。

（晋冀鲁豫烈士陵园）

[注释]
① 家书写给谁的不详。
② 漳：福建有漳江，唐、元、明、清诸代均置有漳州府或漳州路，这里可能泛指福建。
③ 倏（shū）忽：很快地。

陈潭秋

给哥哥的信①

三哥

六哥：

　　流落了七八年的我，今天还能和你们通信，总算是万幸了。诸兄的情况我间接又间接的（地）知道一点，可是知道有什么用呢！老母去世的消息，我也早已听得，也不怎样哀伤，更可怜老人去世迟了几年，如果早几年，免受许多苦难呵！

　　我始终是萍踪浪迹、行止不定的人，几年来为生活南北奔驰，今天不知明天在那（哪）里。这样的生活，小孩子终成大累，所以决心将两个孩子送托外家抚养去了。两孩都活泼可爱，直妹②本不舍离开他们，但又没有办法。直妹连年孕，产，乳，哺，也受累够了。十九年曾小产了一男孩，二十年又产一男孩，养到八个月又夭折了，现在又快要生产了。这次生产以后，我们也决定不养，准备送托人，不知六嫂添过孩子没有？如没有的话，是不是能接回去养？均望告知徐家三妹（经过龚表弟媳可以找到）。

再者我们希望诸兄及侄辈，如有机会到武汉的话可以不时去看望两个可怜的孩子，虽然外家对他们痛爱无以复加，可是童年就远离父母，终究是不幸啊！外家人口也重，经济也不充裕，又以两孩相累，我们殊感不安，所以希望两兄能不时的（地）帮助一点布匹给两孩做单夹衣服（就是自己家里织的洋布或胶布好了）。我们这种无情的请求，望两兄能允许。

家中情形请写［信］告我，经徐家三妹转来。八娘子及孩子们生活情况怎样？诸兄嫂侄辈情形如何？明格听说已搬回乡了，生活当然也很困苦的，但现在生活困苦，决不是一人一家的问题，已经成为最大多数人类的问题（除极少数人以外）了。
（我的状况可问徐家三妹）

澄上
二月二十二日

陈潭秋（1896—1943）：名澄，湖北省黄冈县人。中国共产党的创始人之一。十月革命后，陈潭秋同志开始接受马克思主义，积极投入反帝救国运动，先后创建了"湖北人民通讯社"、"共进中学"等革命组织，并经常深入工厂、农村，开展广泛的宣传活动。

一九二○年十月，他与董必武等同志一起创建了武汉共产主义小组，一九二一年七月一日，又一同出席了中国共产党第一次全国代表大会。会后回到武汉，积极筹建党的地方组织，并任中共武汉区委委员，负责工运工作。一九二三年，他参加并领导了"二七大罢工"。后去安源，任安源地委委员、安源工人俱乐部教育股副股长。一九二四年秋，任武汉地委书记。一九二七年春，任湖北省委组织部长。四月，出席了党的第五次全国代表大会，当选为候补中央委员。

　　大革命失败后，陈潭秋同志离开武汉，先后担任中共江西省委书记、江苏省委秘书长、中共中央组织部秘书、中央驻顺直省委代表和中共满洲省委书记等职。一九三三年初，去中央苏区，先后任中共福建省委书记和中华苏维埃临时中央政府粮食人民委员。一九三四年秋，中央红军长征后，陈潭秋同志留下坚持游击战争。一九三四年冬，去共产国际工作，并负责我党在国外的《救国时报》的工作。一九三九年，从苏联回国，中央决定他担任中央驻新疆代表和八路军驻新疆办事处负责人。一九四二年九月十七日，被军阀盛世才逮捕入狱，次年九月二十七日被秘密杀害，时年四十七岁。

（陈志远）

[注释]

① 此信于一九三三年写于上海。
② 直妹：名徐全直。陈潭秋烈士的爱人，中国共产党党员，一九三三年在上海被反动派逮捕，次年一月牺牲于南京雨花台。

朱学勉

给哥哥的信（一）（节录）

我现在虽然仍旧闹穷，但生活是有意义的，精神是愉快的！其实穷又算什么？现在难道还是闹穷与否的时候吗？做人的意义难道［是］在金钱上吗？不！绝对不！故做官发财的念头，在弟的心灵上，这一生是不会存在的了！

一九三八年六月十七日

给哥哥的信（二）（节录）

二年半了，虽然这一段时间并不算短，但是我却真如眼睛一瞬般就过去了的。当然在上海的八年工夫，现在回想起来，也是如此匆匆的，但正因为如此，才更觉到过去把时光浪费掉可惜！不知怎样，虽然我自信我还是一个青年，也希望能够永远做一个青年，但一想到年龄已近三十，而事业呢便不禁感慨系之。不过这是没有办法的，正因为对过去把时光浪费底惋惜，才觉到更应抓紧现实,不能让一丝光阴白费。二年来我便是这样努力着的,虽然有时也想起一些不高兴的事情,如家庭的经济问题等等,但马上就把它克服了。因此我变成了忘了家的人,如现在就差不多有八、九个月没有写信到家里去了。

一九四〇年三月九日

朱学勉(1912—1944):原名应端贤,浙江省宁海县人。少年时起就开始做店员、绘图员等工作,业余常给进步报刊投稿。一九三一年,日本帝国主义侵略中国后,他写了不少宣传抗日的具有爱国主义思想的诗文。一九三七年十月,他千里迢迢从上海奔赴延安。同年十一月,在陕北公学学习时加入中国共产党。一九三八年二月,党派他回浙江工作,曾任中共鄞县县委组织部长、余姚县委书记、诸暨县委书记。一九四三年任浙东游击队金萧支队第一大队大队长。一九四四年五月,在诸暨北乡墨城与日伪军作战时壮烈牺牲,时年三十二岁。

(雍桂良)

邹韬奋

遗 嘱

我自愧能力薄弱，贡献微少，二十余年来追随诸先进，努力于民族解放、民主政治和进步文化事业，竭尽愚钝，全力以赴，虽颠沛流离，艰苦危难，甘之如饴。此次在敌后根据地视察研究，目睹人民伟大斗争，使我更看到新中国光明的未来。我正增加百倍的勇气和信心，奋勉自励，为我伟大祖国与伟大人民继续奋斗，但四五年来，由于环境的压迫，我的行动不能自由，最近更不幸疾病经年，呻吟床褥，竟至不起，但我心怀祖国，惓念同胞，愿以最沉痛的迫切的心情，最后一次呼吁全国坚持团结抗战，早日实现真正的民主政治，建设独立自由幸福的新中国。我死后，希望能将遗体先行解剖，或可对医学上有所贡献，然后举行火葬，骨灰尽可能带往延安，请中国共产党中央严格审查我一生奋斗历史，如其合格，请追认入党，遗嘱亦望能妥送延安。我妻沈粹缜女士可参加社会工作，长子家骅专攻机械工程，次子家骝研究医学。幼女家骅爱好文学，均望予以深造机会，俱可贡献于伟大的革命事业。

一九四四年六月二日口述签字

邹韬奋（1895—1944）：名恩润，江西省余江县人。新闻记者、政论家和出版家。从一九二六年在上海主编《生活》周刊起，毕生从事新闻出版工作。一九三一年"九·一八"事变后，反对国民党的不抵抗政策。一九三三年初参加中国民权保障大同盟。七月，被迫流亡海外，周游欧美，并至苏联参观。一九三五年八月回国，积极参加中国共产党领导的救亡运动，先后在上海、香港主编《大众生活》周刊、《生活日报》、《生活星期刊》，并担任上海各界救国会和全国各界救国联合会的领导工作。一九三六年与沈钧儒等一起被国民党政府逮捕。抗日战争开始后获释。先后在上海、汉口、重庆主编《抗战》、《全民抗战》等刊物，主持生活书店，积极参加反对蒋介石反动政策的政治斗争。皖南事变后，被迫流亡香港，复刊《大众生活》。香港沦陷后，在中国共产党的帮助下，辗转赴广东东江游击区，于一九四二年到苏北解放区。次年秘密赴上海治癌症。一九四四年七月二十四日病逝，时年四十九岁。

邹韬奋同志在生命弥留之际，请党中央审查他的历史，要求追认为党员。邹韬奋同志逝世后，中共中央接受他临终的请求，追认为中共正式党员。

（学　英）

吴红妹

给三班同志的信

亲爱的三班同志们：

战斗中，流血牺牲这是平常的事情。农民要下田，没有一个不被蚂蝗（蟥）叮咬过的，军队要打仗，就免不了要伤亡。要是我牺牲了，同志们不要流泪。

我用（的）那根（杆）枪，是莲塘潘打鬼子缴来的。枪托上有一块伤疤。把我的枪交给谁用，班里可以讨论一下。

日本鬼子是我们的敌人，地主、国民党反动派也是我们的敌人。一个都饶不得。我们的革命还没有成功。枪要握牢啊！

你们的班长　吴红妹

吴红妹（1924—1945）：浙江省义乌县人。从小失去父母，童年时就外出学徒、做长工。一九四三年参加党领导的浙东游击队金萧支队第八大队特务一中队，不久担任班长。一九四五年八月二十三日在攻打浦江县黄宅伪军据点战斗中牺牲，时年二十一岁。

（毛　英）

吴泽光

遗 嘱

一个革命同志为了长期为革命服务，固然要爱护身体，但不能因此而妨碍工作，要用鞠躬尽瘁的精神。

每个干部同志，都要深入下层，与群众打成一片，解决实际问题。我们要把思想打通，首先就是要有群众观点。我们要知道：我们是群众中一个普通的人，没有什么了不起，不必骄傲。

吴泽光（1910—1946）：广东省潮阳县人。一九三五年参加红军，一九三六年加入中国共产党。历任瓦窑堡通讯学校校长、陕甘宁边区通讯学校校长、延安三局通讯学校校长、晋冀鲁豫通讯分局局长等职。吴泽光同志工作一向勤勤恳恳，终于劳累成疾，不幸于一九四六年二月逝世，时年三十六岁。

（晋冀鲁豫烈士陵园）

王若飞

狱中给舅父①的信

亲爱的舅父：今日得读舅父一月十八日来信，并汇来洋五元，前次汇来十元亦已收到，因上次发信时，写的过多，竟忘告诉。舅父对我生活如此关切，真是说不出的感激。前日由高等法院转来绥远省政府发还存款尾数57元3角（因为从前领过50元绥币，合大洋20元，所以此时实发37元3角）给我狱中零用，至于全部存款，须俟本案判决，始能定夺。所以我现时的钱，已够一年的花消（销），以后请舅父不必挂念。

舅父信谓改造社会与打破环境之人，必须注意个人环境的修养而后可以取信于人，这是很对的。舅父举中庸之好学、力行、知耻相勉，自当接受。好学、力行的功夫尚不困难，"知耻近乎勇②"，是含有很大意义的。常见一般人，总喜欢掩饰自己的错误，掩饰自己的缺点，掩饰自己的不能，去盗名窃信，而终于站不住脚。

只有真正的大勇者，才不以名位系心，才不以明白的承认自己的弱点为可耻；而以不知自己的弱点，不能除去这些错误弱点为可耻，努力的实行"过则勿惮改"③的精神，努力的除去自己的弱点。所以"知耻近乎勇"，能知耻者，终必成事。

舅父寄来历史图说，已看见秦良玉④一套，编印都很好。还有五套在科内，尚未交下来，舅父题郑子尹⑤先生巢经巢诗抄。及郑先生醉寄内妹诗，均已反复讽诵，颇感兴趣。

数日前提笔给铭兄⑥写信时，正当岁尾年头，不免有刘玄德⑦髀肉复生之感，故语气亦自然反映出一些感慨之言。现在狱中对于健康颇知注意，近来尤特别于饮食及清洁加意。更可告慰者，是甥之精神并无丝毫颓丧，所以一切能熬耐，务请舅父不必挂念。冬令天短，房中常是阴暗，自然使精神上也受些影响，好在现已交春，天气渐暖，日光春风能渐送入，身体亦当较现状为佳。

近日传闻日军已占山海关，进攻热河，必然要使华北震动，舅父原已定期南下度岁，竟反因此不走，以视一般之临难苟免仓皇远避者，愈见舅父精神之不可及。传说是战争甚紧，绥远傅主席⑧将率三十五军东下参加作战。我未能看见报纸，不知中国是否已经对日绝交宣战，实行抵抗，实力夺回东三省，抑或只是增加防御。如果真是已经绝交宣战，则这个战争与其意义十分重大。我认为这个战争是中国民族革命的战争，每个真正的革命者，都应参加这个战争，拥护这个战争的胜利。所以我写了一信给傅作义主席，说明我对于这个民族革命的抗日战争的意见，并要求能给我以实际参加的机会，使我的血能流在这伟大的革命战争中。也许我的意见我的要求很难被采纳。但我的自信是每个真正的革命者在这严重的局面下，在这关系民族存亡的革命战争中

必须有的表示。我将原信抄在铭青兄信后，嘱代转送舅父。今接舅父信，知他已南迁，所以连给他的信一并寄交舅父。祝舅父健康

甥　若飞一九三三年一月三十日

狱中给舅父的信

亲爱的舅父：吾幼受舅父教养之恩，未有寸报；孤苦老母未受我一日之奉养，今日被捕，又劳舅父于风雪残冬远来塞外看视，尤其令我感激的，是舅父能了解我，不以寻常儿女话相勉。吾观舅父精神仍如往昔，又知老母及至亲骨肉，均各无恙⑨，以后清贫之生活，亦尚能维持，使我更无所念。

舅父所著书及诗，尚未奉读，他日读后如有所见，能写信时，自当奉告。吾尝谓舅父思想行动，为托尔斯泰⑩伯爵一流人物。托氏身为贵族，然极不满于上层社会残暴豪华的生活，十分同情于下层平民被践踏的生活，愿意到平民中去，并帮助他们。可惜他只有满腔的同情心，而没有使穷苦群众得到解放的方法，所以他只能是穷苦群众的好友，而不是革命的领导者。这是我与舅父思想行动分歧的地方。舅父思想，宗教色彩甚浓。一切宗教哲学的发生，都是当时当地社会的反映。时代变动，环境变动，这些宗教哲学也必然要随着变动。现在回、耶、佛等教，已非复最初的本来面目。我之读宗教书籍，只是为知道当时及现在人们的社会生活，怎样在思想上反映出来。我们的哲学，是认为一切东西都是在流动变化着。我们不仅要认识世界，而且是要改造世界。这样的精神刚与"金刚经"⑪，所谓"一切有为法，如梦幻

泡影，如露亦如电，应作如是观"的静的观点相反。以上请舅父恕我狂妄的批评。

我妻现在闸北，干戈遍地，音讯难通。特留数行，请舅父代为保存，将来有机会见面时再交给他。舅父此来，情义已尽，塞外苦寒，不敢久留。舅父回去时，对诸知爱亲友，均请代甥问安。

甥　若飞书一九三一年一月七日

给铭兄的信

铭兄：

岁尾年头，最易动人怀抱。况我今日处境更觉百感烦心，念国难之日急，恨己身之蹉跎[12]。冲天有志，奋飞无术。五更转侧，徒唤奈何！虽然楚囚对泣[13]，惟弱者而后如此。至于我辈，只有隐忍以候。个人生命，早置度外。居狱中久，气血渐衰，皮肉虚浮，偶尔擦破，常致溃烂。盖缘长年不见日光，又日为阴湿秽浊所熏染。譬之楠梓豫章之木，置之厕所卑湿之地亦将腐朽剥蚀也。又冬令天短，云常不开；又兼房为高墙所障，愈显阴黑，终日如在昏幕中，莫能细辨同号者面貌。人间地狱，信非虚语。有人谓矿工生活，是埋了没有死，大狱生活，是死了没有埋。交冬以来，吾日睡十四小时（狱规：晚六时即须就寝，直至翌晨八时天已大明方许坐起），真无殊长眠。当吾初入狱时，见一般老号友对于囚之死者，毫无戚容，反谓"官司打好了"，深诧其无情。后乃知彼等心理皆以为与其活着慢慢受罪，反不如死爽快也。

以上琐琐叙述大狱生活，吾兄阅后，或将以为弟居此环境中,将如何哀伤痛苦,其实不然。弟只有忧时之心。一息尚存,终当努力奋斗。现时所受之苦难,早在预计之中,为工作过程所难免,绝不值什么伤痛也。因此弟之精神甚为健康,绝不效贾长沙⑭之痛哭流涕长太息⑮;惟坚忍保持此健康之精神。如将来犹有容我为社会工作之机会,固属万幸。否则亦当求在狱能比较健康而死。弟并无丝毫悲观颓丧之念也。与吾同号者,尚有五人,彼等官司皆在十年以上,时常咨嗟太息,以为难望生出狱门,我尽力慰解彼等,导之有希望,导之识字读书,导之行乐开心(下棋唱歌),一面使彼等有生趣,一面使我每日的生活亦不空虚。当彼等诅咒此大狱生活时,我尝滑稽地取笑说:"我们是世间上最幸福的人。每天一点事不做,一点心不操,到时候有人来请睡,一睡就是十四点钟;早上有人来请起,饭做好了就请我们吃;难道还不够舒服么?"同时又叙述遭受天灾或兵灾区域难民的痛苦,冰天雪地中沙场战士的生活,我们较之,实已很舒服。自然任何人都愿在沙场争战而死,不愿享受大狱的舒服。吾之为此言,一面取笑,一面亦示人世间尚有其他痛苦存在,不可只看到自己也。即如吾兄现时之生活,想来亦必有许多难处,不过困难内容性质与弟完全不同耳。弟处逆境,与普通人不同处,即对于将来前途,非常乐观。这种乐观,并不因个人的生死或部分的失败、一时的顿挫,而有所动摇。弟现时所最难堪者,为闲与体之日现衰弱,恨不能死于战场耳!每日天将明时,枕上闻军营号声,不禁神魂飞越!嗟乎!吾岂尚有重跃马于疆场之日乎?

一九三三年一月

给傅作义先生的信⑯（节录）

近日由同监牢犯传出得之于来看望彼等的友人说：日军已攻下山海关，进犯热河甚急，先生将率三十五军东上御敌。这个消息，可以推见日本帝国主义既占我东三省后，仍积极向我进攻。我在很早就主张中国对日本帝国主义的侵略应实行坚决的抵抗。我认为中国反对日本帝国主义的侵略的抗日战争是民族革命战争，所以我热烈的拥护这个民族革命的抗日战争，并竭尽所能去为这个战争效死。兹将我对于这个战争应取的策略详细写出，以供先生的参考，并向先生有以下要求：立在现实中国民族坚决反对日本帝国主义之侵略压迫的民族革命战争立场上，我希望先生能设法给我以实际参加这个战争的机会，让我的血洒在这伟大的民族革命战争中。或参加军队赴前线作战，或赴东三省、热河组织义勇军与其他各种抗日工作。我不是贪生怕死言不顾行的人。我之参加民族革命的抗日战争机会，或许不会是完全没有一点用处。我恳切地盼望先生立在中华民族革命战争的利益上，详细考虑我对日抗战工作的意见和个人的要求，我等候先生英明的回答。

王若飞（1896—1946）：贵州省安顺人。幼时家贫，得舅父黄齐生先生之助，才得以读书，后留学日本。一九二〇年赴法勤工俭学。一九二一年，在法与蔡和森、赵世炎、向警予等同志组织马克思主义工学互助社。一九二二年参加旅欧中国共产主义青年团，同年秋转为中国共产党党员。一九二三年春，转赴莫斯科入东方劳动大学学习。一九二五年春回国后，历任中共豫陕区党委书记、中共

中央秘书长等职。一九二七年,在中国共产党第五次全国代表大会上,当选为中央委员。同年夏,调任中共江苏省委常委。一九二八年,任驻共产国际中国代表团代表。一九三一年回国后,在内蒙古一带从事革命活动,不幸被捕入狱。一九三七年获释。同年至延安,历任中共陕甘宁边区委宣传部长、八路军总部副参谋长、中共中央华北华中工作委员会秘书长、中共中央秘书长及党务研究室主任等职。一九四五年,在中国共产党第七次全国代表大会上,当选为中央委员。

一九四六年二月到重庆参加同国民党谈判,四月八日,乘机由重庆返回延安。不幸于山西黑茶山遇难,时年五十岁。

(学 英)

[注释]

① 舅父:即黄齐生先生(1879—1946),贵州省安顺人。著名的人民教育家,终生献身于教育事业。他抚育王若飞长大成人,赞助王若飞同志从事革命工作。王若飞同志被捕后,他不畏艰险,设法营救。一九四六年四月八日,同王若飞等同志同机遇难,享年六十七岁。

② 知耻近乎勇:知道廉耻,就是近乎勇敢的行为。出自《礼记·中庸篇》:"子曰,好学近乎知;力行近乎仁;知耻近乎勇。"

③ 过则勿惮(dàn音旦)改:过则,知错;惮,畏惧,怕。过则勿惮改,即知错就不要怕改。出自《论语·学而篇》:子曰:"君子不重则不威;学者不固;主忠信;无友不如己者;过则勿惮改。"

④ 秦良玉:女,明朝人。能文善武,有勇有谋,系明朝有名武将。

⑤ 郑子尹:名珍,清道光举人,经学家。精通音韵学,诗称大家,也擅长书画。著作较多,有《巢经巢诗抄》行世。

⑥ 铭兄:王若飞烈士的表姐夫熊铭青。

⑦ 刘玄德:即刘备,三国时蜀主。

⑧ 傅主席:即傅作义先生。当时任国民党绥远省政府主席。

⑨ 无恙:没有疾病,没有受害。

⑩ 托尔斯泰(1820—1910):俄国作家,写有《战争与和平》、《安娜·卡列尼娜》、《复活》等作品。全部创作生活达六十多年,作品深刻反映出以宗

法社会为基础的农民世界观的矛盾：一方面无情地揭露沙皇制度和新兴资本主义势力的种种罪恶，一方面想以"自由平等的"小农社会来代替沙皇制度。他的作品对欧洲文学有很大影响。

⑪ 金刚经：佛教经名。全称《金刚般若波罗蜜经》，因用金刚比喻智慧，有断疑的功用，故名。

⑫ 蹉跎（cuō tuó）：光阴过去，事情没有进展。

⑬ 楚囚对泣：成语。楚囚，本指春秋时被俘到晋国的楚人钟仪，后借以比喻处境窘迫的人。楚囚对泣，即处境窘迫的人相对哭泣。

⑭ 贾长沙：即贾谊，西汉思想家、文学家。因力主改革政制，为当时大臣周勃、灌婴等排挤，谪为长沙王太傅，故世称贾长沙。渡湘水时，他有感而发，为赋吊屈原，以自伤悼。后为梁怀王太傅。怀王堕马死，贾谊郁郁自伤，常哭泣，不久去世。烈士当时身陷囹圄，胸怀天下，只有"忧时之心"，所以说："不效贾长沙之痛哭流涕长太息。"

⑮ 太息：叹气。

⑯ 王若飞烈士给傅作义先生的信，写于绥远狱中。当时，日寇已攻下山海关，此书可见他见识的高远和爱国的赤诚。

叶 挺

给党中央的报告[①]

我已于昨晚出狱，我决心实行我多年的愿望，加入伟大的中国共产党，在你们的领导之下，为中国人民的解放贡献我的一切。我请求中央审查我的历史是否合格，并请答复。

叶挺（1896—1946）：字希夷，广东省惠阳县人。一九二四年赴莫斯科东方劳动大学学习，同年加入中国共产党，一九二五年回国。第一次国内革命战争时期，历任国民革命军独立团团长、二十四师师长、十一军军长等职。一九二七年先后参加南昌起义和广州起义。抗战爆发后，任新四军军长。一九四一年皖南事变发生，叶挺同志被国民党反动政府逮捕。先后因于江西上饶、湖北恩施、广西桂林等地。一九四五年转押重庆"中美合作所"集中营。由于中共中央坚决要求，于一九四六年三月获得自由。出狱后即电中共中央请求重新加入中国共产党，次日即获中共中央批准，四月八日自重庆返回延安途中，因飞机失事遇难，时年五十岁。

（学　英）

[注释]

① 叶挺同志出狱后，立即给党中央拍了电报，要求重新入党。电报很快到了延安，毛主席立即召开会议，讨论并批准了叶挺同志的请求。第三天，党中央复电叶挺同志，电文如下：

亲爱的叶挺同志：

五日电悉。欣闻出狱，万众欢腾。你为中国民族解放与人民解放事业进行了二十余年的奋斗，经历了种种严重的考验，全中国都已熟知你对民族与人民的无限忠诚。兹决定接受你加入中国共产党为党员，并向你致热烈的慰问与欢迎之忱。

中共中央
三月七日

邓　发

给堂弟的信（节录）

碧群①：

　　抗战八年，我虽未死于战场，但头发却已斑白了，但我比起遭难的同胞，战场牺牲之英雄，不但算不得什么，而且感到无限惭愧！国家所受破坏是惨重的，人民的牺牲，房舍的被蹂躏，这一切固然付出了巨大的代价，然而中华民族不但在东方而且在全世界站立起来了。倘若国内和平建设十年八年，中国就会成为世界头等强国，人民生活文化将大大的（地）提高。国家未来的伟大前途都寄托在你们青年一辈的身上。现在你在高中肄业当然很好，如果可能的话，我希望你能进大学。同时希望你除功课之外，应多阅些课外书籍和文学著作，以增加一些课外知识。

　　宏贤②叔父在努力办学，这是个好消息，你若有暇，应帮助叔父，一则可以锻炼办事本领，二则可予叔父一些鼓励。我不敢对你有所指教，只提供一点意见作你参考而已。

兹附上照片两张以作纪念！在不妨碍你功课条件下，望常来信为盼！

顺祝

学习进步

元　钊
一月廿一日草于渝市

邓发（1906—1946）：别名元钊，广东省云浮县人。因家贫，童年便当海员。一九二二年参加香港海员大罢工。一九二五年加入中国共产党。同年，参加并协助苏兆征、邓中夏等同志领导省港大罢工，负责罢工委员会的宣传工作。不久，任国民党广东省党部北伐青年工作队队长。一九二七年任广东油业总工会中共支部书记。广州起义时，为工人赤卫队队长。一九二八年任中共香港市委组织部长，全国总工会南方代表及香港工人代表会议主席。以后历任中共香港市委书记、中共广州市委书记、中共广东省委组织部长等职。一九三〇年，在中共中央六届三中全会上当选为中央委员。同年，任中共闽粤赣省委书记。一九三一年转任江西中央苏区保卫局长。一九三四年参加二万五千里长征。红军到瓦窑堡时，邓发同志受党中央指示，步行到苏联参加第三国际会议。一九三七年回国，在八路军驻新疆办事处工作，任办事处主任。一九四〇年去延安，历任中共中央党校校长、中共中央职工委员会书记及民运委员会书记等职。一九四五年去巴黎参加世界职工大会，当选为该会理事和候补执行委员。一九四六年一月去重庆参加政治协商会议，四月八日由重庆返回延安途中，因飞机失事遇难，时年四十岁。

（学　英）

[注释]

① 碧群：邓发烈士的堂弟。
② 宏贤：邓发同志的堂叔，现已去世。

王 奔

给党和战友的信

我亲爱的党,我亲爱的战友,就要永别了,为了革命事业,为了人类解放,为了劳苦大众的幸福,请你们不要为我难过。因为这是革命,革命就得这样。请你们把解放的红旗插遍全中国,让人民永远幸福、安康。

明天是我们伟大的党成立二十五周年的日子,请你们代我在节日里高呼中国共产党万岁!祝你们胜利前进!

中国共产党党员　王　奔
一九四六年六月三十日夜

王奔(1921—1946):原名王庆福,河北省安平县人。一九三九年参加革命,一九四〇年加入中国共产党。历任西里屯村武装委员会自卫队长,青年抗日先锋队副队长、队长,安平县交通站站长等职。一九四五年十月随干部大队赴东北开辟革命根据地。一九四六年二月到辽北省辽源县(现吉林省双辽县)高家炉区(现王奔公社),同年五月二十三日凌晨,被国民党军包围,在突围中因被叛徒出卖而被捕,不久光荣牺牲,时年二十五岁。

(张荣久)

关向应

给叔父的信[①]

叔父尊前[②]:

谕[③]书敬读矣,寄家中的信之可疑耶?固不待言,在侄写信时已料及家中必为之疑异,怎奈以事所迫,不得不然呵,侄之入上海大学之事,乃系确实,至于经济问题,在未离连以前,已归定矣,焉能一再冒昧?当侄之抵沪为五月中旬,六月一日校中即放暑假,况且侄之至沪,虽系读书,还有一半的工作,暑假之不能住宿舍耶,可明了矣。至于暑假所住之处,乃系一机关,尤其是秘密机关,故不能恣意[④]往还信件,所谓住址未定,乃不得已耳。

至侄之一切行迹,叔父可知一二,故不赘述。在此暑假中,除工作外,百方谋画(划),使得官费赴俄留学,此亦幸事耶。侄此次之去俄,意定六年返国,在俄纯读书四年,以涵养学识之不足,余二年,则作实际练习,入赤俄军队中,实际练习军事学识。至不能绕道归家一视,此亦憾事,乃为系团体,同行者四五人,故不能如一人之自由也。遂同乘船、车北上,及至奉天、哈尔滨……等处，必继续与家中去信。抵俄后若通信便利，当必时时报告状况，以释家中之念。

侄此次之出也，族中邻里之冷言嘲词，十六世纪以前的人，所不能免的。家中之忧愤，亦意中事。"儿行千里母担忧"之措词（辞），形容父母之念儿女之情，至矣尽矣，非侄之不能领晤（悟）斯意，以慰父母之暮年，而享天伦之乐；奈国将不国，民将不民何！"天下兴亡，匹夫有责。"爱本斯义，愿终身奔波，竭能力于万一，救人民于屠（涂）炭，牺牲家庭，拼死力与国际帝国主义者相反抗，此侄素日所抱负，亦侄唯一之人生观也。

以上的话并非精神病者之言，久处于被帝国主义者……这一段不能明写，领会吧！出外后之回想，真不堪言矣。周围的空气，俱是侵略色彩，黯淡而无光的。所见之一切事情，无异如坐井观天。最不堪言的事，叔父是知道的，就是：教育的黑暗，竟将我堂堂中华大好子弟，牺牲于无辜之下，言之痛心疾首！以上是根据侄所受之教育，来与内地人比较的观察，所发的慨语！叔父是久历教育界的，并深痛我乡教育之失败，也曾来内地视察过，当不至以侄言为过吧。

临了，还要敬告于叔父之前者，即是：侄现在已彻底的觉悟了，然侄之所谓之觉悟，并不是消极的，是积极的，不是谈恋爱，讲浪漫主义的……，是有主义的，有革命精神的。肃此，并叩

金安

侄

向应禀

（改名向应）

关向应（1902—1946）：辽宁省金县人，满族。青年时期，正值五四运动爆发，他积极参加爱国运动。一九二四年加入社会主义青年团。同年五月，组织派他去上海闸北市民协会工作；年底，又派赴苏联学习。一九二五年一月加入中国共产党。"五卅"惨案后回国，在上海沪东做团的工作。一九二六年调到共青团山东省委工作。"四一二"反革命政变后，关向应同志先到汉口、河南工作，后回上海，在共青团中央组织部工作。一九二八年六月，出席了中国共产党第六次全国代表大会，当选为中央委员。会后任共青团中央委员会书记。一九三〇年后参加中国工农红军军事委员会及中共中央长江局的工作。一九三四年任中国工农红军第二方面军副政委。抗日战争爆发后，任八路军一二〇师政委，与贺龙师长共同创立了晋绥解放区。一九四〇年回延安养病。一九四五年在中国共产党第七次全国代表大会上，再次当选为中央委员。一九四六年七月二十一日病逝，时年四十四岁。毛泽东同志亲笔为关向应同志题词。

忠心耿耿，为党为国，向应同志不死。

（温　野）

[注释]

① 此信系关向应同志去苏联留学前写的。
② 尊前：在长辈跟前。旧时书信的一种程式。
③ 谕：吩咐。对上级或长辈吩咐的尊称。
④ 恣意：任意。

罗世文

狱中给党的信

据说将押往南京,也许凶多吉少!决面对一切困难,高扬我们的旗帜!

老宋处尚留有一万元,望兄等分用。

心绪尚宁,望你们保重奋斗。

罗世文(1904—1946):原名罗世闻,四川省威远县人。五四运动后受《向导》、《觉悟》等革命刊物的影响,思想提高很快,在共产党员萧楚女、杨闇公等同志的帮助下,于一九二三年加入社会主义青年团。一九二四年任青年团地委书记。一九二五年转为中国共产党党员。一九二四年底,入上海大学学习,不久被选送莫斯科东方劳动大学学习,后至德国研究炮科二年,卒业回国。这时正值第一次国内革命战争时期,罗世文同志按党的指示转入地下工作,任中共四川省委宣传秘书。一九三○年任省委宣传部长。同年底,任川西特委书记。继而在红四方面军工作,参加长征。到延安后曾先后任川陕苏区党校校长、红军大学教授、抗日军政大学教授。后被派至成都任八路军办事处主任，兼《新华日报》成都经理处主持人。一九四〇年三月被捕，一九四六年八月十八日被害，时年四十二岁。

（学　莫）

车耀先

先说几句①（遗书节录）

民国二十九年三月，余因政治嫌拟（疑）被拘重庆，消息不通，与世隔绝。禁中无聊，寝食外辄以曾文正公②家书自遣。遂引起写作与教子观念。因念余出世劳碌，磨折极多；奋斗四十年，始有今日。儿女辈不可不知也。故特将一生之经过写出，以为儿辈将来不时之参考。使知余：出身贫苦，不可骄傲；创业艰难，不可奢华；努力不懈，不可安逸。能以"谦"、"俭"、"劳"三字为立身之本，而补余之不足；以"骄"、"奢"、"逸"三字为终身之戒，而为一个健全之国民。则余愿已足矣。夫复何恨哉！？

车耀先（1894—1946）：四川省大邑县人。一九二九年加入中国共产党。曾任中共川西特委军委委员。抗日战争爆发后，在成都从事抗日救亡运动。一九四〇年三月被国民党反动派逮捕，狱中忠贞不屈，坚持斗争。一九四六年八月十八日在重庆中美合作所遭杀害,时年五十二岁。

(学　英)

[注释]
① 这是车耀先烈士为教育子女而写的遗书的开头话。
② 曾文正公:即曾国藩,字涤生。湖南省湘乡人,道光进士,清末湘军将领。他以封建地主的卫道者自居。勾结外国侵略者,镇压中国人民革命,为中国近代史上反动人物的典型。病死于一八七二年。

许柏龄

给党总支委员会的信

总支委员会同志们,为了保卫人民,保卫党中央,保卫毛主席、朱总司令,消灭地主及蒋贼进犯军,我以流鲜血拚性命的决心,完成党给我的任务。我希望党审查我的行动,看我具备了这样决心没有?在战斗中是否表示了我有最高的党性?是否够人民的、毛主席、朱总司令、党中央的忠实可靠的警卫员和一个最好的战士?假使我在战斗中流血牺牲了,也是愉快的。我够得上一个好的警卫员,好的战士时,请即写:"人民的,毛主席的,党中央的警卫员,共产党员许柏龄之墓",插于墓前,虽死亦身心愉快……希望党负责将我的家信转给我的妈妈。我是河北饶阳县许张保村人,告诉他们我光荣牺牲了,为了党,为了人民,为了毛主席,请他们努力继续我的事业。

给母亲的信

妈妈：你别难过，你是光荣的，因为你有这样一个对人民忠实的儿子。妈妈：大哥、二哥、三哥，都参加了革命，这是妈妈的光荣，妈妈是革命的母亲。告诉他们，他的弟弟为人民光荣的牺牲了，希望他们继续努力！

祝妈妈

健康

儿　柏龄

一九四七、三、三一日夜

于子长

许柏龄（1918—1947）：号巨年，河北省饶阳县人。青年时代，正值军阀连年混战，民不聊生，社会极度黑暗。在共产党员的影响和帮助下，他开始关心国家大事，经常阅读进步书刊，思想进步很快。立下"头可断，血可流，坚决不做亡国奴"的誓言，参加了村里的"抗敌救国后援会"，组织青年讨论国内形势，揭露国民党不抵抗主义和日本帝国主义的暴行，激发群众的抗日热情。他还积极开展募捐活动，支援党领导的抗日队伍。"七七事变"后，许柏龄同志参加了吕正操同志领导的抗日纵队，先后担任指导员和文化教员，并于一九三八年加入了中国共产党。后随军西征，一九四三年到达延安，在三五八旅骑兵营任政治教导员和总支书记。一九四七年，在攻打三岔湾的战斗中英勇牺牲，时年二十九岁。

（许英年）

续范亭

逝世前给党中央和毛主席的信

敬爱的毛主席和中共中央：

范亭自辛亥以来，即摸索为民族和人民解放的真理，奋勇前行，在几经波折之后，终于认清了只有中国共产党领导的革命道路，才是中华民族和中国人民彻底解放的道路。七七抗战之后，即欣然接受领导，参加晋西北抗日民主根据地的抗战建设工作，想从此更好为人民服务，以偿平生夙愿[①]。孰料[②]范亭方奋力以赴之时，竟以身染重病，去延休养。在延数年，蒙党百般爱护，尤觉欣幸[③]者，得以时常聆听毛主席和中共中央的教导。范亭奋斗一生，始于今日目睹解放区广大人民的真正翻身，真正看见了新中国的光明前途，每自不禁感奋，热泪夺眶而出。屡欲请求入党，作（做）一名革命军的马前卒，以终余年，但以久病床褥，迄未提出。现范亭已病入膏肓，恨不能亲睹卖国贼蒋介石集团之行将受审，美帝国主义之滚蛋，与全中国人民之彻底解放，是为憾耳。范亭数年来愧无贡献，然追求真理之志未尝一日或懈也。

在此弥留④之际，我以毕生至诚敬谨请求入党，请中共中央严格审查我的一生历史，是否合格，如承追认入党，实平生之大愿也。专此谨致布尔塞维克的敬礼！

续范亭

续范亭（1893—1947）：山西省崞县人。十六七岁开始从事民主革命活动，加入了孙中山先生领导的同盟会。辛亥起义时，他担任革命军山西远征队队长，率部赶走清朝统治者，占领雁北重镇大同。一九二四年后，续范亭同志历任国民军第三军第二混成支队参谋长、第六混成旅旅长、国民联军军事政治学校校长、甘肃绥靖公署参谋长等职。一九三五年，他不忍目睹国家民族陷于危亡，赴南京呼吁团结抗日，在中山陵前剖腹明志，震动全国。

续范亭同志自杀遇救后，开始探求马列主义真理，了解共产党。西安事变后，他接受了共产党的建议和杨虎城将军的委托，回到故乡山西，联络阎锡山抗日。这期间，他担任共产党领导的"第二战区民族革命战争总动员委员会"的主任委员和第二战区保安司令和暂编第一师师长。

一九三九年秋，阎锡山召开秘密军事会议，部署反共战争，诱迫续范亭一起进攻八路军。续范亭同志十分震惊，不等会议结束，冒着生命危险，飞骑去八路军三五八旅旅部告急，并率部与我军一起，粉碎阎军的进攻。

一九四○年，续范亭同志任晋绥边区行署主任，兼晋绥军区副司令员，与贺龙司令员、关向应政委并肩战斗，建设抗日根据地，开展抗日游击战争。

一九四一年夏天，续范亭同志积劳成疾，赴延安休养。在养病中，他写下了许多充满革命激情的战斗诗文。他写的寄山西土皇帝阎锡山的一封五千言书，毛泽东同志看后，亲笔给他写了一封信，称赞这是一篇"檄文式的文章"，"廉顽立懦，振奋人心"。

一九四五年，日本投降后，延安成立中国人民解放区人民代表会议筹委会，续范亭同志被推为副主任委员。一九四七年九月十二日，续范亭同志病逝于山西临县，终年五十四岁。他在弥留之际，遗书致中央，请求入党。中央在复电中指出："本党决定接受续范亭同志的要求，追认为中国共产党正式党员，并以此引为本党的光荣。"毛泽东同志获悉续范亭病逝的噩耗，派专人渡过黄河送来花圈和挽联，挽联上写着：

范亭同志千古

为民族解放，为阶级翻身，事业垂成，公胡遽死？！
有云水襟怀，有松柏气节，典型顿失，人尽含悲！

毛泽东敬挽
（南新宙）

[注释]
① 夙愿：久已怀着的志愿。
② 孰料：谁能料到。
③ 欣幸：欢喜而庆幸。
④ 弥留：病重快要死了。

陈振先

狱中给同志们的信①

我敬爱的大哥及闽中全体同志们：

别来行将半年了，对于你们，我是寄以何等深长的怀念呵！

自别以还，反动之狂涛依然是不断地猛扑着我们，家唐、水仙②等三十余人相继死难，于是我不得不去找庆弟③而完成回来使命，终于在执行任务中，不幸被庆弟祖健出卖，旋以包车驾往保安司令部；这完全是出于我的麻木与不智致此，而致在这大奋斗之前撇下了你们，不能和你们并肩作战，这确是我一种莫大的遗憾与罪过。同志们！你们能够原谅着我吗？

羁囚此间后，先后历经十数审，当然不外是威胁、利诱与不断的迫害，这是独裁者有名的奸杀灵魂三部曲；好在我们如今已变成了一个熟练之水手，能在海洋之怒涛下纵情游泳。同志们！这是堪以告慰者！

前月里，我得到了许同志④殉烈的消息，你们该懂得它是怎样地绞痛着我创伤的心呵！妈的！反动派你有着枪与大刀，而我们却有的是血和意志,你活埋掉我们的躯体,那就更会长存了由它上面所开出来底复仇的鲜花;"血债惟有以血来偿还",同志们:我如今已深深地明白了甚么叫做"爱"与"恨"呵!

让暴风雨来得更厉害些吧!我们已在此准备好一切了。

别后,生活之艰难未能使我们心伤,惟对你们之惦念增深心之负担。同志们!我惦念着你们,惦念之情与日俱增。你们近来好吗?当我在这里写信给你们时,想你们都已投入这历史的伟大斗争了吧!我谨伸出一只热情的手,遥向你们欢呼!向你们致敬!向你们祝祷!愿你们勇敢地踏着先烈们的血迹向前迈进吧!我们日后是否还有见机,我不得而知,但不管怎样,我将永远是你们底(的)忠实的胜利祝愿者!

此致
革命的敬礼!

振先
三十六、九、廿三
狱中匆此

狱中给母亲与弟妹们的遗书

亲爱的母亲与弟妹们:

我知道你们为了我的原(缘)故是洒下不少辛酸之泪滴了,但,这完全是多余,而且是不应该的了。"人生自古谁无死,留此(取)丹心照汗青"⑤。我觉得这当是我们的无上光荣与慰安。目前虽是黑暗重重,然这正是黎明前的象征,请你们安心地等待

着吧:度过了这冷的严冬,春天一定就会来到人间了!

心妹的小宝宝可好?我很爱他哩!愿上帝祝福他,聪明的孩子!那么再见了!

我亲热地握紧了你们的手!

细哥⑥

于道山路

羁押所

陈振先(1922—1947):福建省福清县人。中国共产党党员。学生时期,因积极从事革命活动被学校开除。后经组织安排转入福州市第一中学就读,仍从事学生运动,为此被反动当局追捕。他被迫离开学校到闽中游击队,担任闽中地委委员、游击队负责人等职。后因叛徒告密,不幸被捕,一九四七年十月英勇就义,时年二十五岁。

(陈辉明)

[注释]

① 这两封信是陈振先烈士狱中写在草纸上的,请一位被他争取过来的看守人员送交其母亲收藏,后交党组织。
② 家唐、水仙:均系游击队员,在战斗中牺牲。
③ 庆弟:叛徒,被我处死。
④ 许同志:即林汝南同志,新中国成立后曾任福州大学党委副书记,已故。陈振先烈士狱中误听林汝南同志殉难。
⑤ "人生自古谁无死,留此丹心照汗青":是南宋民族英雄文天祥的诗句,诗句原文是:"人生自古谁无死,留取丹心照汗青。"烈士摘引时,将"留取"笔误为"留此"。
⑥ 细哥:指陈振先烈士。

杜斌丞

狱中给友人的信①

建白②弟鉴：近日此间情况恶化，事急时迫，未知前致居恭③之函，已否转达？兄困幽数月，诸病交作，日益沉重，自思三十年来，无日不为民主而奋斗！反动诬陷，早在意中，个人死生，绝不能阻挠人类历史之奔向光明，终必为民主潮流所消灭也。惟望人民共起自救，早获解放自由，则死可瞑（瞑）目矣。请转告诸生至友，共同努力，以期实现合理平等之社会国家，则公理正义，自可伸张于天地之间。居恭遭遇至苦，弟应多去照料，并通知鸿模④此时不必返陕，良民⑤随兄受害，令人悯痛，现在究押何处？设法营救，为要。呜呼！悲愤交集，言不尽意，吾弟知我最深，务须珍重，信及款袜，均已收到。兄斌十月五日。

杜斌丞（1888—1947）：原名丕功，陕西省米脂县人。一九一七年于北京高等师范学校毕业后，回乡创办榆林中学，长校十年，育才甚众。一九二六年后，从事政治，历任陕西清乡局长，甘肃省政府秘书长等职，为人民兴利除弊，尤热心于垦务水利事业。因愤蒋介石不抵抗主义,曾参加西安事变,抗战初期,任陕西省政府秘书长,运筹后方要政,掩护革命青年,救济平津流亡学生。抗战后期,反对蒋介石官僚资本、特务政治及破坏抗日统一战线,并积极致力于民主运动。抗战胜利后,当选为中国民主同盟中央常务委员,兼西北总支部主任委员。赞助人民解放战争,并资助《工商日报》、《秦风日报》、《老百姓报》、《新妇女》等报刊,宣传人民革命思想,推行民主运动。一九四七年三月被反动派逮捕入狱,十月七日被杀害于西安玉祥门外,时年五十九岁。

(学 英)

[注释]
① 此信送到友人手中,杜斌丞先生已牺牲一个月了。
② 建白:即高建白,杜斌丞先生的表弟。
③ 居恭:即斌丞先生长子媳高居恭女士。杜先生长子杜鸿范,抗战时任第五辎重团团长、九十师副师长,殁于昆明。
④ 鸿模:杜先生的次子。
⑤ 良民:杜良民,系杜先生多年的随从,在杜先生牺牲后亦被杀害。

查茂德

给妻子的信

喜如妹：

我两（俩）又要短期之分开了，这是我们的敌人给我们的分开之痛苦，只有消灭了我们[的]敌人，才能消除这个痛苦。

我的病暂时也没有什么要仅（紧），因病得很长，一时亦难完全除根。我很高兴在党和上级爱护之下给我这五个月的时间休养，很不错。我这次决心到前方要与我们当前的敌人搏斗，拿出最大决心和牺牲精神与（为）人民立功。

我第二个高兴是你很好，特别是对我尽到一切的关心和爱护。同时我有两个很天真活泼的小孩，又有男又有女，你想这一切都使我很满足，永远是我高兴的地方。

战斗是比不得唱戏，不是开玩笑，是要有牺牲的精神才能打垮和消灭敌人。趟（倘）若这次到前方或负伤牺牲都不要难过，仅（谨）记我以下之言：

无产阶级的革命一定是会成功的，只是时间之长短，但也不是很长的，穷人一定要翻身，要求民主与独立，这是全世界劳苦大众都走革命这条道路，苏联革命成功是我们的好榜样。

就是我牺牲了，也是很光荣的，是为革命而牺牲，是有价值的，在任何情况下，我是不屈不挠［地］坚决指挥自己部队与敌人战斗到底，一直把敌人消灭尽为止。

望你好好的（地）保重身体，多吃饭，不生病，我就在前方放心。同时希你好好扶养丰丰小儿，小女雪，长大完成我未完之事［业］，一直完成社会主义革命到共产主义社会，仅（谨）记仅（谨）记。

茂德
一九四七、四、二二夜
于魏县临别之写

查茂德（1919—1947）：安徽省霍山县人。十二岁参加红军，一九三三年加入中国共产党。在十几年的革命斗争中，查茂德同志转战于安徽、湖北、四川、西康、甘肃、陕西、河北、河南、山西等九省，经历了无数次战斗。历任排长、宣传队长、参谋长、红四方面军指挥部参谋、冀南军区特务大队政委、冀南军区第二支队副司令员、晋冀鲁豫军区独立旅副旅长等职，一九四七年，我军挥兵南下，准备歼灭安阳之敌。当时查茂德同志因病正在邢台疗养院休养，当听到这个消息后，坚决要求参加战斗。后在战斗中英勇牺牲，时年二十八岁。

（晋冀鲁豫烈士陵园）

朱 林

逝世前给党组织的信①

告别我最亲爱的党组织与同志一封信

当我最后告别我最亲爱的组织与同志的时候,我有着无限的热爱与留恋。十多年党的教育和实际斗争,更加深刻的觉悟到阶级的痛苦与对阶级敌人的仇恨,同时也更多一些懂得如何更好的(地)为阶级解放更有效的消灭敌人。十多年党所分配给我的唯一的工作岗位是教育,从我个人说来十年多做一样工作尚未作好,但我们军大光荣的传统作风和丰富的教育经验却不断的(地)提高着我,总之我应是更好为党工作为阶级服务的时候,可是由于我爱护身体不够,虽然组织上的爱护,同志的关心和我个人的最后努力,终于是一病不起了,但是亲爱的组织和同志们,我病死在党的旗帜下、在教育工作岗位上,我却感到莫大的光荣和愉快。最亲爱的组织与同志们,我去了!日益强大的我们的队伍在我们伟大的党的领袖毛泽东和党的中央领导下,将不会给革命的敌人以喘息的机会一直到最后把敌人彻底消灭的,最后我高呼：

  中国共产党万岁！

  党的领袖毛主席万岁！

  共产主义万岁！

朱林敬礼
一九四八年二月二十三日

  朱林（1912—1948）：安徽省泗县人。一九三八年四月在陕北公学学习时加入中国共产党。一九三九年在冀鲁豫抗大干部班任班长，一九四〇年任宣传干事，后历任山东军区教导团指导员、干事、宣传股长等职。一九四五年到东北，任东北军政大学三支队七大队政治委员。一九四八年二月二十三日病逝，时年三十六岁。

（赵　宁）

[注释]

① 这封信是朱林同志逝世前口述、警卫员记录的，后由朱林同志亲笔签名。

王 元

狱中遗言

我们工人阶级应该认清当前的形势，更该积极地工作，我们曾经受过酷刑，受过考验，在特刑庭看守所里，曾经受到浓烈革命气息的培养和共产党的教育，在今天应该表现得更坚强些。

苦难是给我们的锻炼，看谁经得起考验，就是遭到杀害，这牺牲是值得的。为大众谋幸福，求生存，争自由，死也值得；为革命铺下一条血路，让成千成万的群众踏着血路向魔王奋斗，死又何惜。

王元（1918—1949）：江苏省镇江市人。当过学徒、小工，电车司机。曾任上海公交公司职工、员工福利会常务理事。因从事革命活动，被国民党政府逮捕。出狱后仍不畏强暴威吓，继续为工人谋利益，又第二次被逮捕。一九四九年二月十七日，在上海江湾被国民党反动政府杀害，时年三十一岁。

（中国共产党第一次全国代表大会会址纪念馆）

曾应书

逝世前给同志们的信

给一切我所认识的同志
亲爱的同志们:

医生宣布我已到了油尽灯枯的时候了。死神就在我的面前了。在将和你们分别的时候,我要写这最后一封信给你们,向你们表示诚挚的敬意,并对你们过去给我的鼓励和帮助,特别是许多同志对我的看护表示衷心的感谢。

我病了九年,把养病始终作为一个任务来执行,经过了千辛万苦,重难叠险,才能支持到现在。虽然中间曾犯过一些错误,不注意自己的健康,但一经发觉或同志们帮助提醒立刻改正。可是我的病体总是一年比一年衰弱。在这全国胜利的前夜,竟不能完成任务而结束了自己的性命。我最大的遗憾是不能重新回到工作岗位上,在党领导下继续为人民服务。

同志们:

全国范围的胜利,就要到来了,接着将来展开伟大的新民主主义中国的建设。希望同志们团结在以毛泽东同志为首的中央之下，领导全国人民为完成这光荣的历史任务而奋斗。

共产党万岁！毛泽东同志万岁！

曾应书

三月

曾应书（1919—1949）：原名陈北镐，又名陈烈丰，广东省潮安县人。一九三四年参加中国共产党。抗日战争爆发后，调到汕头青年抗敌同志会工作，积极开展抗战宣传活动。后又调任中共潮汕工委宣传部副部长、潮汕中心县委宣传部长、闽西南特委青委委员。一九三八年调任汕头市工委书记。他亲自领导创办《路报》，经常以诗歌、政论、杂文等形式，对国民党反动派破坏抗日的丑恶面目予以揭露，并指导教育青年积极参加抗日救国运动。

曾应书同志患有严重的肺病，经常咯血，但他仍坚持工作，逝世前不久还为党组织写了一篇《告国民党官兵书》。一九四九年三月十三日，不幸病情恶化，医治无效，在汕头逝世，时年三十岁。

（广东省博物馆）

穆汉祥

给杨锡林[①]的信

锡林：

今天反倒收到你八月二十二日的信，很奇怪？但是我是高兴的。

久未给你写信，一方面因我时间大部分被工作占据，剩余的时间我都很疲倦，懒得写信，现在我又在打哈欠了，但是看到你的信，我兴奋，我不愿时间拖延不回你的信。

从前我在考虑是否给你写信，因为我的思想，我的言论，总是反对现在执政的政党，我觉得他们是总理[②]的叛徒，他们走上了袁世凯第二。几十年的革命，没有把中国走（引）上进步的路上去，反要把几千万人民血汗得来的胜利送掉。贪官，污吏，政治的腐败，跟满清末年一样，比那时还要利（厉）害。那时他们嚷国家危急，要革命，现在不危急吗？他们糊里糊涂就要把这四万万人的国家送掉，那时我不愿写，一写我就是憎恨，这要影响你平静的生活，会给你带来不幸。

对的，反对内战，全中国的人民谁不反对内战，只有王八蛋不反对。对的，八年的抗战你受了好多苦，全中国的老百姓都在受苦，那时一切贪污，腐败，人们都原谅。人们还有一个梦想一个希望，战后美满的梦，希望他战后会改好。但是胜利了，旁的事都不干，只晓得接收贪污，反而比战时坏。全国大部分在闹灾荒，他们偏要打内战。从前打日本只知会跑，现在打内战倒得意得挺凶，这些我们人民还有什么希望？……奴才不能受的一天也会反脸，看吧有那一天！

你沉闷好吗？我不希望你有所行动，我只望你多读书，认清现在的中国。

你好

祥弟　九月十五日

家　信

父亲

母亲

奶奶：

钱已经收到了，请勿念。

上海这两天物价又在飞涨。鸡蛋已经卖到七元一个，合起法币来是两千多万了，这样的通货膨胀世界上倒找不出第二个国家来的。

教［育］部一直在打算迁校，学生不愿意迁，教授也不愿意迁，谁都看得很明白，现在还有什么地方可以一迁呢？迁反而是死路。看见唐山交大迁校的例子真是惨不忍睹，倒不如老师学生团结在一起，一切问题都可以解决，清华、燕京就是一个好例子。

学校组织了应变委员会③。我被全校同学选出了，在这个时候当然应该尽力服务才对，存粮工作和寒假上课都大致完成了。忙虽然忙点，倒是非常安心的，上海局势这两天看来还平静，但实际上却是外弛内张，战争是一触即发的，看看就是旧年后的光景。

上海随便都可以发生事体，在学校里三千多人，问题是可以解决的。在那时，请家里不要过于担心。动乱的时候，一个短时的没有信息是不足以为奇的。看看北平就知道了，过两天它们那里不就是一个快乐的都市吗？厂里加工，父亲又要辛苦的工作了，心里是很不安的。

庆祥　秀刚好

男　汉祥敬上

给交大同学的信

四〇社④的朋友们：

争民主的斗争里，多少朋友牺牲了生命，我流点血，算不了什么，实在担受不起诸位友情的慰问。

自己这点伤，躺在医院，比起逮捕在集中营中的同学实在是够人惭愧。

够得上致敬的是他们。

今后望我们"团结"的工作更坚强，团结所有受苦难的人民，不幻想，不妥协，彻底的着实的消灭敌人，胜利才真正属于我们。

汉祥
二月二日

四〇社的朋友

你们是交大的生力军，望你们更加紧的"工作"。

穆汉祥（1924—1949）：天津市人，回族，幼年时全家迁居重庆。中学毕业后，进兵工厂做工，经常和工人一起议论时事政治，引起特务的注意，并阴谋对他进行迫害，他被迫离开工厂。一九四五年秋，他考入在重庆的交通大学，抗战胜利后随校迁往上海。在学校里，他努力学习马列主义，积极从事革命活动，一九四七年五月加入中国共产党。他庄严地宣誓："我要做泥土，献出自己的血肉，给人民铺成通向共产主义的道路。"一九四八年一月二十九日，交通大学学生前往支援同济大学学生的斗争，穆汉祥同志在与国民党马队的搏斗中受伤。他躺在病床上仍不忘斗争，写信给交通大学的同学，勉励他们要更努力地工作。一九四九年上海解放前夕，穆汉祥同志接受党的指示，负责徐家汇地区各工厂迎接解放的准备工作，不幸被国民党特务逮捕。五月二十日英勇就义，时年二十五岁。

（上海交通大学）

[注释]

① 杨锡林：穆汉祥烈士小学时的同学。
② 总理：指孙中山先生。
③ 应变委员会：新中国成立前夕，地下党领导下的群众组织，主要任务是保护学校，迎接解放。
④ 四〇社：是上海交通大学一九四七年进校的同学的进步组织。

江竹筠

狱中给亲友的信[①]

竹安[②]弟：

　　友人告知我你的近况，我感到非常难受。幺姐及两个孩子给你的负担的确是太重了，尤其是现在的物价情况下，以你仅有的收入，不知把你拖成甚么个样子。除了伤心而外，就只有恨了……我想你决不会抱怨孩子的爸爸和我吧？苦难的日子快完了，除了这希望的日子快点到来而外，我什么都不能兑现。安弟！的确太辛苦你了。

　　我有必胜和必活的信心，自入狱日起（去年六月被捕）我就下了两年坐牢的决心。现在时局变化的情况，年底有出牢的可能。蒋王八的来渝固然不是一件好事，但是不管他若何顽固，现在战事已近川边，这是事实，重庆在（再）强也不可能和平、京、穗[③]相比，因此大方的给它三、四月的命运就会完蛋的。我们在牢里也不白坐，我们一直是不断的（地）在学习，希望我俩见面时你更有惊人的进步。这点我们当然及不上外面的朋友。话又得说回来,我们到底还是虎口里的人,生死未定,万一他作破坏到底的孤注一掷,一个炸弹两三百人的看守所就完了。这可能我们估计的确很少,但是并不等于没有。假若不幸的话,云儿④就送你了。盼教以踏着父母之足迹,以建设新中国为志,为共产主义革命事业奋［斗］到底。

孩子们决不要骄(娇)养,粗服淡饭足矣。幺姐是否仍在重庆?若在,云儿可以不必送托儿所,可节省一笔费用。你以为如何?就这样吧。愿我们早日见面。握别。愿你们都健康。

竹姐　八月二十七日

来友是我很好的朋友,不用怕,盼能坦白相谈。

江竹筠(1920—1949):原名江竹君,四川省自贡市人。因家境贫困,幼年当过童工,住过孤儿院。后在党的培养教育下迅速成长,于一九三九年加入中国共产党。入党后,一直在国民党统治区从事地下工作。一九四七年下半年开始搞学生运动。这时,重庆地下党派江竹筠同志的爱人彭咏梧同志带一批人去川东发动武装起义,迎接解放。江竹筠同志担任这一斗争的联络工作,经常护送文件、药物下乡。一九四八年,彭咏梧同志在战斗中牺牲,她毅然留在丈夫战斗过的地方继续工作,并任下川东地委委员。不久,由于叛徒出卖,在万县被捕,当即押送"中美合作所"渣滓洞监狱。一九四九年十一月十四日英勇就义,时年二十九岁。

(重庆"中美合作所"集中营美蒋罪行展览馆)

[注释]

① 这封信,是江竹筠烈士在狱中用竹签子蘸着用棉花灰制的墨水写在极薄的毛边纸上的。
② 竹安:即谭竹安,共产党员,江竹筠烈士的亲友。
③ 平、京、穗:即北平、南京、广州。
④ 云儿:江竹筠烈士的儿子彭云。

许晓轩

狱中给哥哥的信

半月前曾分别寄渝申新章剑慧先生转施之铨先生转锡铁樵兄及京张、震国先生处三信，不知收到否？信内曾分别请寄款及留交款，现在如还未办，都请不必办吧，因为人事又有变动了。

几年来想到你的时候，总觉你是一个善良的兄长，虽则我们之间隔着一段距离，但只是另一方面的事，就手足之谊来说，我是很觉内疚的。记得逃警报的时候你的两句诗是"货殖为求慈母喜，时难倍觉弟兄亲"，当时我读完了竟仍懵然，现在才体会到你的心情，也才了解到自己的稚气。

想到母亲，我也很觉有罪，当时我偶而（尔）回家，总是淡然的，记得母亲说过我是"哑吧（巴）"，真是的，为什么我不能体念到老人家的心情呢？这自然是时代的距离，可是对于伟大的母爱，竟能这样淡然忘之吗？想来想去，我觉这仍是由于稚气所致（这决非想掩饰，确系实情，至少是此时作如此想法）。此外我还检讨出我从父母继承到的性格。从父亲那里继承到了淡泊和大度，从母亲那里继承到了扶弱抗强，这些在后来我走的道路上都曾起过积极作用的，也可说是二老给我的宝贵产业，我会好好保存和发扬它的。

现在我没有什么可以安慰母亲了，说我还活着吗？然而何时可以回家呢？想来还不如不提起，也许可以省掉一番伤心吧。今后还请你继续为我多尽一些责任，衷心感谢你！

我和华①相处几年，始终未能好好体谅她过，没有帮助她，慰藉她，而总是冰冷和又有不决绝的样子，虽则基本的成因不在我（当然更不能责她），但以我们之间的地位处境、学力，等等来说，我也应该负起没有积极主动地设法改善我们的生活的责任来，从而我也应对她致衷心的歉意。

现在我有三点意见要对她说——这是几年来的私心，总没有机会吐露出来，现在所以写了一封信，又写一封，也是恐怕信有遗失，不易达到她手的原（缘）故。我的意见是这样的：（一）我无归期，请她早作打算，不必呆等。说起来似乎很不适合，其实是很合理的。侭这样等下去，到何时是了呢？固然办起来是不容易的，所以我又想到第（二）②希望她能找点无论什么事做做，以此走出家庭，并谋自立。（孩子请嫂嫂或诚姊代照顾一下。）如果她愿意而又能够设法到我的老友们那里去找事做去，那就更好了。（三）新（馨）儿长大务必送到我的老友们处去教育。这三点希望全家人帮助她，说服和开导她，我衷心感激你们！

清姊的婚事后来如何解决的呢？提起此事我就很难受，我愿这事已经完满解决，那么就可减低我的"遗憾"了。

家里其他人的情形不明了，也无话可说，只望大家生活得好,有发展,不必记挂我。我已经历的得多,什么都无所谓了。侄儿们有书可读固好,否则也应早点各自奔前程。

许晓轩(1916—1949):江苏省无锡市人。一九三八年加入中国共产党,曾在重庆《新华日报》工作,担任《青年生活》主编,并任中共川东特支青委宣传部长。一九四〇年被捕,囚于重庆"中美合作所"白公馆监狱里。狱中,他英勇斗争,坚贞不屈。一九四九年十一月二十七日就义,时年三十三岁。

(中国共产党第一次全国代表大会会址纪念馆)

[注释]

① 华:许晓轩烈士的爱人。
② 此处,许晓轩烈士在信旁加了一句话:"有了第二点,还是要行第一点,也可说是为了第一点!"

宋绮云

送含章①同学赴金陵序②

人不可离世而独立,然性行端方,才智卓越之士,投闲置散③,幽岩穴④而不用者,又所在多有;此世之相遗,非所以遗世也⑤。至若志存公忠,睿智英发⑥,能为生民造福利者,其被世之摒斥也必益剧⑦;甚且必欲逐之蛮貊,弃诸四夷⑧而后快。然疾风有劲草,板荡出英雄;世虽欲遗之,而又每不可得。孔氏所谓"虽欲勿用,山川其舍诸?"⑨余之认识含章,殆如是耶!

含章,姓梅氏,又名士珩,浙东天台之望族⑩,幼生成于名山胜水间,秉赋坦率耿直,超然不泥流俗,对人诚恳,对事公忠。而勇往迈进不计个人利害之精神,尤有足多者⑪。倜傥⑫头角之露,乡里固已交誉;梅氏有子矣。

民十九年⑬含章方十八岁,由高中毕业,投入军校⑭八期。二十一年受训期满,以成绩优异,留校服务,任区队长职务。越二年投考训练总监部外语班。受训期满,考准留德,适抗日军兴,德乃日寇之与国⑮,因未成行。对日血战方殷之际,含章转入装甲师团，先任参谋，继调机械化营营长，数创顽寇，虽书剑小成，耻无闻焉⑯。乃于二十九年考入陆军大学，苦攻三年，三十一年毕业后，分发三十四集团军任装甲兵团副团长，旋又奉召至重庆军令部军研班受训三月，方拟束装返胡宗南部工作，因事牵连，幽居岩穴，已三年又三越月矣。兹者，阳春三月，雾散天清，始复奉命赴首都国防部报到，候派工作。然痛定始痛，感慨丛生，临别之际，余又乌得无言乎！

含章与余，在军校为先后同学，而小余八岁，在学校未及相晤，在社会又天南地北无缘聚会，独于岩穴幽栖之时，把晤⑰于患难悲痛之中，同为世所遗弃⑱，正不谋而合，此冥冥⑲之中，聚合殆亦有数⑳。幽栖以来，各自检讨，仰观俯察，实无愧于天下，忠贞不改，以至于今，赤胆忠心，洁志砥行㉑，为世之所不容也固宜㉒。此则余与含章又有同病㉓。物以类聚，人以群分，余与含章之相识，岂为偶然？每于傍晚，散步小院，谈论风生，辄㉔恨相见之晚。庄生有言：空谷闻跫音橐橐则色然而喜㉕，余与含章每有同感焉。思家忧国，情怀万千，一经畅叙，辄复破涕为笑。是含章之励我助我者不亦多乎！

顾㉖余等聚会甫㉗经三月，含章又奉召赴金陵，而余独留，以含章之聪明才智，吾固知㉘不能终相遗㉙也。愿效贡公之喜㉚，敢为儿女世态，作惜别之悲乎！唯人情所不能免者，余又岂能无动于衷耶！窃思，人生上寿，不过百年，七十三岁，已为稀矣！含章方当英壮有为之时，竟投闲三年，个人国家之损失，将如何弥补？余以衰颓无能，摒居㉛六年，以视含章，岂为过乎？昔贤谓："天道无亲，常与善人"㉜。司马公㉝独悲伯夷、叔齐、颜回㉞之徒，经至贫困以死，所谓常与善人者为何如哉㉟？！至若操行不轨，专犯忌讳㊱，而终身逸乐富厚，累世不绝㊲，如盗跖之徒，竟以善终者，比比皆是，天之报施，又何如哉㊳？！哥马公遂不禁喟然�439而叹曰："余甚惑焉！"甚矣，司马公之不达也！孟氏不云乎："天之将降大任于是（斯）人也，必先苦其心志，劳其筋骨，饿其体肤，空乏其身，行拂乱其所为，所以动心忍性，增益其所不能"㊵。造物之所以困之者，适所以成之也㊶，虽困奚伤㊷？且也，社会进化自有其伟大之动律，一二人之喜怒，何与于奔腾澎湃之潮流乎？！一人之利害得失，从自我之立场观之，固不为不大，如从整个历史进程观之，直如沧海之一粟，诚渺乎小哉！昔司马公所谓天，即今日之所谓社会也，从整体言之，人类之残害倾轧，无不足以促进社会之进化。是个人之利害得失，有助于人类社会也㊸，不亦大乎？！西谚有言："最后笑者，乃善笑之人"，至哉言也㊹，含章之行也，余既为诗以留纪念，复为文以壮行色，因不禁抚髀㊺雀跃㊻，更为之歌曰：

青山葱葱，

绿水泱泱，

今日之别，

敢云忧伤？

日之昇矣！

其将痛饮于东山之上！！㊼

宋绮云（1904—1949）：原名元培，字复真，江苏省邳县人。五四运动后，

接受了马克思主义的影响。一九二六年入黄埔分校（中央军事政治学校）学习，在学习期间加入中国共产党。"四一二"反革命政变后，宋绮云同志根据党的指示，打入国民党内部，担任南京伪警察局警察大队长。一九二八年四月，回原籍邠县开辟新区，成立了中共邠县县委，并任县委书记。一九二九年到杨虎城部任《宛南日报》主编。一九三〇年随杨虎城部进驻陕西，他的公开职务是《西北文化日报》社社长，兼"西北各界抗日救国联合会"宣传部副部长。党内任地下党"西北特别支部"支部委员。"西安事变"后，随杨虎城将军去上海，"七七事变"后又回到西安。一九三八年受党派遣，参加河北临时政府，任政治处副处长兼组织科长，负责和八路军总部的联络工作。一九三九年，他按照党的指示，回到杨虎城旧部第四集团军任少将参议。一九四一年九月，他在回家探亲途中被军统特务秘密逮捕。不久，他的夫人徐丽芳及其幼子宋振中也被骗入狱。同年十二月，国民党特务将他们转至重庆。关押在"中美合作所"白公馆监狱里。一九四三年转押贵州息烽监狱。一九四六年又押回重庆。一九四九年重庆解放前夕，宋绮云同志及其夫人、幼子均被秘密杀害。宋绮云同志时年四十五岁。

（宋振华　宋振镛）

[注释]

① 含章：即梅含章，原国民党将领，因不满蒋介石的反动统治，和王凤起等人组织了一个反对蒋介石的"青年将校团"，后被军统特务发觉，被捕入狱，囚于重庆"中美合作所"的渣滓洞监狱。一九四六年，宋绮云同志从贵州息烽监狱转来重庆，与含章等同囚渣滓洞监狱，不久又一起囚于白公馆监狱。他们在宋绮云同志的启发和教导下，认清了国民党反动派的反动本质，决心弃暗投明。

梅含章出狱后，根据宋绮云同志的指示，与地下党取得了联系，在我大军突破长江防线的战役中，在江阴要塞率部起义，使我解放大军顺利渡江。

② 赴金陵序：一九四七年三月，梅含章奉召去南京。出狱时，宋绮云同志为他写了一首长诗，作为临别赠言。鼓励他出狱后跟着共产党走革命路。这篇遗墨是为长诗作的序，由其子宋振中（即《红岩》中的小萝卜头）送交梅含章

同志。梅将其缝在棉絮里，冒着生命危险带出牢房。一九六四年，梅含章同志得知宋绮云烈士的子女还在，便将这篇珍藏已久的《赴金陵序》送交给宋绮云烈士的子女。可惜宋绮云同志写给他的长诗丢失了。金陵，即南京。

③ 投闲置散：投置于闲散之地。

④ 幽岩穴：幽禁在山岩穴洞。指白公馆、渣滓洞之类的秘密监狱。

⑤ 此世之相遗，非所以遗世也：世，人世社会。这里指国民党反动派的统治。是他们排挤、迫害我们，而不是我们遗弃社会。

⑥ 至若志存公忠，睿智英发：至于像那怀抱公忠之志，具有聪明才智。英气勃发，能给人民谋福利的人。

⑦ 益剧：更甚。

⑧ 逐之蛮貊，弃诸四夷：赶到野蛮荒凉的边远地方。这里借喻息烽集中营，或泛指国民党反动派特务机关的秘密监狱。

⑨ 虽欲勿用，山川其舍诸：出自《论语·雍也章》："子谓仲弓，曰：犁牛之子骍（xīng）且角，虽欲勿用，山川其舍诸？"仲弓是孔子的学生，其父为人不好，对此，孔子议论说："犁牛，杂色牛，是不能用来祭山川之神的，但它生的小牛是骍色，即红色，正好作祭品，周朝是尚红色的。有人虽想不用它来祭山川之神，山川会舍弃它吗？比喻人若是有用之才，有人虽不想用他，最终也还是不会被摒弃的。

⑩ 望族：有声望的家族。

⑪ 尤有足多者：更有足够称赞的地方。

⑫ 倜傥：有才华，不拘泥。

⑬ 民十九年：中华民国建立于公元一九一二年。民国十九年即一九三〇年。文中所用年代均为民国年。

⑭ 军校：指黄埔军官学校。

⑮ 德乃日寇之与国：在第二次世界大战时，德国是日寇的盟国。

⑯ 虽书剑小成，耻无闻焉：读书和打仗小有成就，但没有于出闻名于世的功业来，引以为耻，不满足。

⑰ 把晤：握手相见。

⑱ 同为世所遗弃：同被国民党反动派所迫害，关押于监狱。

⑲ 冥冥：幽暗之处，泛指有鬼神的地方。

⑳ 聚合殆亦有数：相聚在一起，恐怕也是有定数的。这是借"定命论"来抒发两人在狱中相识之不寻常。

㉑ 洁志砥行：使意志不被污染，象细磨刀石那样严格要求自己的行为。
㉒ 为世之所不容也固宜：为反动派所不容，本来就是会这样的。
㉓ 此则余与含章又有同病：宋绮云烈士与梅含章都不满于国民党反动派的黑暗统治。
㉔ 辄：常常，总是。
㉕ 空谷闻跫（qióng穷）音橐橐（tuó驼）则色然而喜：人在空旷无人的山谷中，听到橐橐的脚步声就喜形于色。出自《庄子》。原文："夫逃虚空者……闻人足音跫然而喜矣。"后来变形成"空谷足音"这句成语，来比喻难得遇见的人或不常谈的言论。
㉖ 顾：不过、但是。
㉗ 甫：刚刚。
㉘ 固知：本来就知道，料定。
㉙ 相遗：被弃置。
㉚ 愿效贡公之喜：贡公即西汉贡禹，王吉的好朋友。王吉字子阳，世称"王阳在位，贡公弹冠"，意思说王阳作官，其施政必然和贡禹政见相同，贡禹即弹冠相庆。这里借喻愿象贡公那样，好友含章能出去做革命工作，感到欢喜，是应该庆贺的。
㉛ 摒居：被摒弃，被绝于社会而住在一起。指被监禁。
㉜ 天道无亲，常与善人：上天之道不分亲疏，经常是关怀照顾善人。见《史记·伯夷列传》。
㉝ 司马公：即司马迁，《史记》的作者。
㉞ 伯夷、叔齐、颜回：伯夷，叔齐是殷末孤竹君的两个儿子，不满周武王灭殷，认为是以下犯上。因而立誓不吃周朝的饭食，饿死在首阳山。颜回是孔子的学生。因为贫穷，不到三十岁就死了。
㉟ 所谓常与善人者为何如哉：所谓天道经常照顾善人的话又怎么解释呢？
㊱ 至若操行不轨，专犯忌讳：操行不合规矩，不正当，专干些不应干的、为人民所忌讳的事。
㊲ 而终身逸乐富厚，累世不绝：终身安逸享乐、富裕优厚，一代一代地不断绝。
㊳ 天之报施，又何如哉：这一段话是根据《史记·伯夷列传》中的一段文字讲的，借古讽今揭露国民党反动派的黑暗统治。
㊴ 喟然：很有感慨，很有情绪的样子。

㊵ 天之将降大任于是（斯）人也，……增益其所不能：出自《孟子·告子下》。原文是："故天将降大任于是（斯）人也，……曾益其所不能"。
㊶ 造物之所以困之者，适所以成之也：上天之所以给他经受困难，正是要他锻炼成长。
㊷ 虽困奚伤：虽然困苦，有什么不好。
㊸ 是个人之利害得失，有助于人类社会也：指革命者个人虽受摧残，但对革命之胜利是有大贡献的。
㊹ 至哉言也：说到了家啊。
㊺ 抚髀：抚，抚摩；髀，大腿上部。刘备因久不骑马征战，有髀肉复生之叹，后来便用抚髀来表示渴望投入战斗的心情。
㊻ 雀跃：象雀鸟那样的跳跃。形容高兴。
㊼ 这首诗的意思是：青山常在，绿水长流，革命事业必然胜利，那么你我之分别怎敢说忧伤呢？待革命胜利之时，我们将在东山上痛饮，以庆祝革命的胜利。

宣 灏

遗 书[①]

亲爱的朋友,思想上的同志——请允许我这样称呼你。

从今天下午老邓的走,(还不清清楚楚地摆着么:他们是完结了呵!)我想:你们的案子是结束了,你和老刘(国毯)[②]的生命也许是保全了;但从另方面,我们得到确息,我们这批从贵州来的同志,已于十日"签呈"台湾,百分之八十是要完结的了;因此在临死之前,我想向你说几句我久想向你说,而没有说成的话。请你了解我,而为我和其他的同志报仇!

我是江苏江阴人,父亲是一个鲜鱼小贩,因为家庭穷困,十一岁上母亲逝世后,我即帮助父亲挑担作生意,一面在小学读书。小学毕业后,曾在初中肄业半年,十六岁,到无锡一家水果店学生意。但我异常厌恶那种狭小而庸俗的生活,希望求取知识,和到大的世界去活动。我知道我的家庭是不能满足我的这种希望的,于是我便逃到扬州一个驻防军里去当兵,大概干了三个月,我就被我的父亲找来领回家去了。

在家里，上午我帮着父亲挑担作生意、煮饭烧菜，下午，便独自躲在光线暗淡的小室里学画，读当时新兴的小说，和浅近的社会科学书籍。我没有相好的朋友。因为即使有钱人的子弟愿意与我交往，他们的父母却讨厌我到他们家里去玩："你看他身上穿得多破烂，多肮脏呀！朋友多的（得）很，为什么独独要找他，给人家看了笑话啊？！"我的孤僻矜持的性格，就是从那时候开始形成的；同时，那样的生活也给我带来了坏影响：求点知识，学些本领，"我"将来要往那些有钱人淘（窝）里爬！——现在想起来，当时的心理是多卑劣，多无耻呵！

到我十八岁那年的秋天，我的一位有钱的远亲，把我介绍到上海东南医专的解剖实习室去当助手和绘图（解剖图）员。

除了规定的工作而外，我也可以选择很多和自己的工作有关、（，）或感到有兴趣的功课，随班听讲。两年半时间，使我懂得了一些生物学，和别的自然科学的知识，幽静的实习室生活，也养成了我沉默而不管时事的个性。

二十四年年底，上海学生为了"何梅协定"事件，赴京请愿抗日，我也参加了那些伟大的行列；从那时以后，我忽然又感到自己生活的狭小无味，和前途的黯淡了。我到处托人活动转业，最后回到家乡小学里当了教师，接着又当了一学期小学校长。这样我的生活是"独立"了。因为职业关系，也得到少数人的尊敬了。但我应当说，我是一直在个人主义的道路上横冲瞎撞而已！直到抗战爆发，因为接触到了一些新的人和新的事物，我才开始意识到要为人类作一点真正有意义的事业，但可惜的是：我走进了一个反动的军队，还认为他们是为民族谋利益的阵容。因为想学一点军事学识,三个月后,我考进了这"团体"的"息烽训练班"(他们是以"中央军校特种技术训练班"的名义来招生的)受训。但因当时不明其性质和纪律(那时是缺乏政治常识和经验的呵!)我照常和外面的朋友通信,照常读我爱读的书籍,因此不到四个月我就被捕了!

在监禁之初,我的情形是并不很严重的;他们只要我表示悔过,并想利用我的亲笔信去诱捕与我通信的在贵阳的朋友——"读新书店"经理——就可以放我。可是朋友,我这时已经明白了他们所谓"团体"的政治性质,我是真正的人民之子啊,我怎么能入于这些狐群狗党之流?怎么能出卖我敬爱的朋友,以换取一己的荣华富贵?于是在那个暗黑的微雨茫茫的夜晚,我从禁闭室里冲出来,想跑到我所憧憬的新天新地——驻有人民队伍新四军的皖南去,然而由于自己的幼稚无识,在十里之外我又被捕了!

虽然不是党员,但我对共产主义和人民的党的诚信,也象(像)你们一样,用行动来保证了的。在九年多监禁期中,我不断地读书和磨练自己的文笔;我郑重地发过誓:只要能踏出牢门,我依旧要逃向那有着我自己的弟兄的队伍中去!

一次次难友的牺牲,更加强了我这心愿:我决定,只要我能活出来,我要运用我熟悉的工具——笔——把他们秘密着的万千的罪恶告诉给全世界,作这个时代的见证人[3]!可是朋友啊,我的希望将要付之流水了!我是多么可怜自己,替自己惋惜,替自己哀悼啊!

朋友,我们的生命,是蒋介石匪帮,在人民解放军就要到临的前夕,穷凶极恶地杀害了的!他们既然敢犯罪,他们就应当自己负起责任来！朋友，请你牢牢记住：不管天涯海角，不能放过这些杀人犯！当人民法庭审判他们的时候，更不能为他们的甜言蜜语或卑贱的哀恳所哄过！"以血还血"，这是天经地义的事！

我相信革命党人对死难朋友的忠诚，一定会满足我上述的希望，使我含笑于九泉的！

灏弟上言

十一月十五日

宣灏（1917—1949）：江苏省江阴县人。因家境贫穷，小学毕业后便去当学徒。一九三五年回乡当教师。坎坷的生活，使他认识到社会的黑暗，从而产生了要为人类做点有意义的事业的思想，但误入了军统训练班，因不懂训练班的性质和纪律，不久就被反动派逮捕。他一直想参加新四军，便越狱潜逃，不幸途中又遭逮捕。九年多的铁牢生活，使他深知反动派的残暴，立誓把黑幕内的罪恶公诸于世。在狱中，他每晚半夜起来写作，数年不懈。一九四九年十一月二十七日在重庆"中美合作所"白公馆遇难。

（学　英）

[注释]

① 这封信是宣灏同志秘密钉在白公馆地板下面，由另一个同志侥幸脱险后取出来的。
② 刘国鋕十一月二十七日晚与宣灏同时遇难。
③ 宣灏同志在狱中每天半夜里偷偷起来，借牢门缝里透进的一点点灯光写作，数年不懈。

朱振汉

给母亲的信

我最亲爱的妈妈：

　　我这次写给你是最后的一封信，也是最后一次和你谈话，你儿子的死是光荣的，为了全中国的人民解放而死是最有价值的。妈！个人是没有两次死的，一个人一定有死，但有的死了是无声无息的，我想一个人生出来做什么呢？其最有价值的就是为了光荣的死。妈！你或许认为你的儿子大不孝了吧：其实你应该欢喜你有一个光荣的儿子，你辛苦抚育是有价值的，全中国的人民都忘不了你，好了，最后我希望你努力教育伟汉仔准备建设将来的新中国。并祝　　快乐

　　　　　　　　　　　生命诚可贵
　　　　　　　　　　　爱情价更高
　　　　　　　　　　　若为自由故
　　　　　　　　　　　两者皆可抛

　　　　　　　　　　　　　　　　小儿　振汉

朱振汉（1933—1948）：广东省兴宁县人，一九四八年参加游击队，担任文化教员。太湖乡之役，开誓师大会作战斗动员时，他报名参加决死队，留下书信给母亲表示决心，并希望死后党能批准他做一名共产党员。后在战斗中英勇牺牲。太湖乡战斗胜利结束后，船塘乡党组织追认他为共产党员。

（邝少史）

下 编

刘 华

遗 墨①

国家衰弱强邻欺侮，神圣劳工辄②为鱼肉，我亦民族分子，我亦劳工分子，身负重任，何以家为，须知有国，方有家也。

给叔叔的信③（节录）

我的工作是非常紧张的，也是非常光荣的，我的敌人是帝国主义、中国军阀。苟一息尚存，我要与他们斗争到底。失败不过一时挫折，据我看来也算不了啥。凡是不怕困难，终有公理战胜蛮横［的］一天。因为既经我们认清了的前途是光明的伟大的，而况此时工人拥护我，党信任我，应该完成党的任务。岂能与敌人作白刃战时为了私事就随便抽身回家呢。二叔请你向家里人说，劝他们不要挂念我。中华民族必须解放，工人必须斗争。时艰敌迫，革命是流血的事情。我处此，纵流到最后一滴血，也［在］所不惜。

刘华（1899—1925）：字剑华，四川省宜宾县人。一九二〇年到上海，在中华书局印刷厂当学徒。一九二三年入我党主办的上海大学学习。入学后，积极参加革命活动，不久加入中国共产党。一九二四年夏，党在上海小沙渡办了一所政治夜校，党派刘华担任夜校的义务教员。一九二五年二月，与邓中夏同志一起领导了沪西工人大罢工，并取得了胜利。后被选为日商内外棉工会委员长、上海总工会副委员长、全国总工会执行委员。同年，参加并领导了五卅运动。十一月在租界地被捕，由帝国主义引渡给军阀孙传芳，十二月十七日被军阀孙传芳秘密杀害，时年二十六岁。

（任武雄）

[注释]

① 一九二五年刘华同志在上海参加工人运动时，宜宾家乡惨遭匪劫，父亲被绑架，祖母病危，母亲受重伤，弟弟被打死。他哥哥刘峰贤接连打电报催他回乡，指责他忘了老家。这是刘华同志复他哥哥的电文。

② 辄：总是，就。

③ 五卅运动后，刘华同志患病，叔父写信来，希望他回家乡一趟。这是刘华同志的复信。

赵世炎

给友人的信（节录）

吴明①：

接到你三月十七的信。

我日前复有隆郅②一信并你一信，想已收到。

我今天正在忙迫，明日"五一"去巴黎，并拟去蒙达尼、里昂、准也几③等处绕一遍，完全为青年团事。青年团事，前信已略告，所谓全欧大组织即青年团，依我所计人数约三四十，然我不知者尚多，尚待各友之总汇名单于我。我现在持意两点：（1）初步亟端严格；（2）又务求没有遗漏，因此至今没成立。日前德国诸友联名——寿康④、申府⑤、伯简⑥、恩来⑦、清扬⑧、子暲⑨、披素⑩——给我信促于"五一"告成，但实办不到。……我被迫不得已，故决定于明日丢了工作出去跑一趟，大概一月以内准可告成，下一次的信定可告诉你详情。……

关于青年团的事，尚有下列诸件，亟待你们在国内的帮忙、接济并答复。

1. 速寄关于青年团一切的书报、印件等来；
2. 关于C. P.⑪的；
3. 请转告青年团总部指示应有的方略等等；
4. 法国旧时安那其⑫如二陈⑬等近时倾向大变，望你们有私人关系者，速来信接洽（即以青年团为题）；
5. 请你转告存统⑭希望他与我通信。

……………

匆复　并愿

你好

弟"Lefeu"

四月三十日下午

这封信写的（得）太匆忙只许你一人看

赵世炎（1901—1927）：笔名施英，四川省酉阳县人。一九一五年考入北京师范大学附属中学，一九一七年结识李大钊同志，并投入新文化运动。从此，开始了他的革命生涯。一九一八年，参加了李大钊同志发起的少年中国学会，先后主编《少年》半月刊、《工读》半月刊和《平民》周刊等刊物。一九一九年五四运动前夕，他被选为附中学生会总干事，组织并领导了学生参加五四运动。一九二〇年五月，赴法勤工俭学。留法期间，他一边做工一边学习，努力钻研马列主义，并和李立三同志一起组织了留法学生的进步团体"劳动学会"。一九二一年与周恩来同志组织旅法共产主义小组，一九二二年六月，他与周恩来、李维汉等同志组织了中国社会主义青年团旅欧总支部，并任第一届书记。同年八月，根据国内党中央的通知，原来参加共产党小组的成员组成"中国共产党旅欧总支部"，赵世炎是负责人之一。一九二三年赴苏联学习。一九二四年六月出席了共产国际第五次代表大会。同年秋回国,任中共北京地委书记。一九二五年,调任北方区委宣传部长兼职工运动委员会书记。一九二六年三月十八日,赵世炎同李大钊、陈乔年等同志领导了北京人民抗议日本帝国主义干扰中国内政的游行。在这段时间里,他主编了党委的机关刊物《政治生活》。五月一日,赵世炎去广州参加第三次全国劳动大会,大会后被调往上海,任中共江浙区委组织部长兼上海总工会党团书记,不久又调任中共江浙区委第二书记,和其他同志一起领导了上海工人三次武装起义。一九二七年"四一二"后,他仍在上海坚持斗争,并兼任上海市总工会委员长。同年在党的第五次全国代表大会上当选为中央委员。大会后,赵世炎同志在中共江苏省委担任工人运动的领导工作,六月任中共江苏省委代理书记。一九二七年七月由于叛徒出卖,不幸被捕,不久英勇就义,时年二十六岁。

(学 英)

[注释]

① 吴明:即陈公培。一九一九年至一九二一年间,在北京法文专修馆和在法国勤工俭学时,与赵世炎在一起。

② 隆郅:即李立三同志。

③ 蒙达尼、里昂、准也几:法国城市名。

④ 寿康:即谢寿康。留法时与赵世炎在一起。

⑤ 申府:即张申府,曾赴法勤工俭学。

⑥ 伯简:即张伯简,中国共产党党员,曾赴法勤工俭学,一九二六年病逝。

⑦ 恩来:即周恩来同志。

⑧ 清扬:即刘清扬,早年参加革命,是周恩来同志领导的"觉悟"社成员,后赴法勤工俭学。

⑨ 子暲:即肖三同志,一九八三年二月四日在北京病逝。

⑩ 披素:即熊披素,曾赴法勤工俭学。

⑪ C.P.:中国共产党的英文缩写。

⑫ 安那其:即无政府主义。

⑬ 二陈:即陈延年、陈乔年二兄弟,曾赴法勤工俭学。最初,他们信仰无政府主义,后转变为信仰马克思主义,大革命失败后先后在上海牺牲。

⑭ 存统:即施复亮,曾任中国社会主义青年团中央委员会第一任书记。

蒋先云

遗 墨[①]（节录）

亲爱的革命的官长同志们：

相处将及一月了，在这短时期中，虽然没有经过十分严重的枪林弹雨的战况，而餐风宿露的辛苦，总算是尝试过了。我很能从你们的辛苦中深认和钦佩你们的精神，然我对于革命同志的素习，是历来不愿意互相标榜我们的强处，只是严格的批评其弱点。因为革命者只有自己从精神上去表示努力，从工作成绩上去自慰，用不着空受他人无谓的嘉奖。只有严格的批评，方可弥补自己的弱点，训练和增进我们实际作事的能力。因此我对于本团亲爱而革命的同志，只能沿其旧习，不客气的要求及评责。我相信本官长同志最少也能知道我是革命的，我希望进一步认识我的革命性，尤希望各同志时时接受我立在革命观点上的评责。

尽管自称革命是不够的。革命者是必须要从工作上去表示他的努力，尤其是困苦艰难之中，枪林弹雨之下，更要能表示他能坚忍、能牺牲的精神，否则决不是一个真实的革命者。本团是脱胎于旧军队,我未始不知道诸同志的困苦艰难,可是我同时相信诸同志是忠勇于革命的青年,青年的革命者,只可缺少作事的经验,绝不应当缺少作事的精神。我们要以勇敢的坚忍的能牺牲的精神,去训练我们作事的能力,增进我们作事的经验。人们不是生来即是能作事的,生来即不怕死的。任他什么事体,最初避免不了许多的困难,令人难干,令人胆怯,但是有了大无谓(畏)的精神,决没有打不破的困难和艰险。……

自信是勇敢的、最能牺牲的还不够,必要具有临事不惧而沉着的修养。天下没有大不了的事,经过多了自可习以为常。遇事先要沉着,能沉着才能确实去观察,观察确实才能有正确的判断,判断正确才能有坚决的决心,决心坚决则胆自壮、气自豪,什么也不怕。要知道部属是以上官为转移的。上官心怯,部属则不战心寒。治军首重胆大心细,但必先胆大,而后能心细;胆怯没有不心慌的,心慌则什么也谈不上。只忙于生命一件,这才真所谓天下无事,庸人自扰②。

亲爱的革命的官长同志们!我们是知道革命理论的,我们是受过革命的训练的,我们不努力,不奋斗,不牺牲,不沉着,部下没有训练的士兵,又将怎样?善于带兵,决不专靠军纪来管束士兵,决不专靠几元饷洋来縻系士兵,更不能专以空头话来鼓舞士兵,必要以革命的精神去影响士兵。平时官长能努力,士兵没有不服从的,战时官长能身先士卒,士兵决没有怕死的。我前已说过,只要"舍得干",天下没有干不了的事!

革命者必先能顾虑党国的前途,而后及于自己。我们要自信为革命者,能容得我们怕困苦怕危险吗?……

亲爱的革命的官长同志们！"岁寒然后知松柏之后凋也"[3]。天下无难事，只要舍得干，望诸同志振作起来，共相奋勉！

团　长　蒋先云
五月七日

蒋先云（1902—1927）：字湘耕，别号巫山，湖南省新田县人。由于家境贫寒，十一岁时，在亲邻的资助下，进村立国民小学就读。一九一七年跳级考入湖南省立第三师范。在这里他开始寻求革命真理，在捅学中组织革命团体，谋求中国的改革。一九一八年夏秋，他和进步同学共同发起组织秘密群众团体"学友互助会"，公开出版《嶷麓警钟》月刊，宣传新文化运动。五四运动爆发，他积极投身于运动中，与夏明翰等同志组织"湖南学生联合会"，并担任该会第一届总干事。一九二一年，他发起组织了革命团体"心社"，一九二一年中国共产党成立后，经毛泽东同志介绍加入中国共产党。一九二二年被派到安源，任工人俱乐部党支部书记兼文书股长，组织和领导了安源工人大罢工。同年十一月，受党派遣，到水口山筹备工人俱乐部，并任俱乐部主任，组织工人罢工，取得胜利。一九二四年，根据党的指示到黄埔军校学习，结业后留校工作，任政治部秘书。一九二五年二月，军校成立以共产党员和共青团员为骨干的"中国青年军人联合会"，蒋先云同志为主要负责人之一，主编了《中国军人》杂志和《青年军人》旬刊。同年，参加广州革命政府的两次东征，任东征军第七团党代表。一九二六年北伐战争时，先后任北伐军总部秘书、补充第五团团长等职。一九二七年反革命政变后，他前往武汉，号召黄埔同学反蒋，并任湖北省总工会纠察队总队长。第二次北伐时，他任国民革命军七十七团团长，一九二七年五月二十八日在河南临颍战役中壮烈牺牲，时年二十五岁。

（学　英）

［注释］

① 本文是蒋先云烈士写给国民革命军七十七团军官的，名谓《敬告本团官

佐》。写于一九二七年五月七日。不料,二十天后蒋先云同志就壮烈牺牲了。

② 天下无事,庸人自扰:庸人,平凡的人;自扰,本来无事,而自找麻烦。

③ 岁寒然后知松柏之后凋也:语出《论语·子罕第九》。凋,即衰败的意思。

侯绍裘

给友人的信（节录）

选千^①：

…………

请上海党部办暑校事，我已写信去建议了。

汉口诸烈士之死^②，使我从前的浪漫的热血几乎又涌起来，然而不久便平静下去了。我们只有沉毅的进行我们力所能及的工作，只须遇到了烈士他们的境遇时，能和他们一样的死就好，感情作用是无所用事的，我最服代英^③的话，暗杀等事，都属浪漫，虽则极美极壮烈，然而不是办法，所以我们对于这几位烈士，固然抱热烈的钦仰，却不因此而生浪漫的报复等念头，只更加努力于所从事的工作而已。

你的自疚的话，其实我们都不是完人，那里能免，惟有欲寡其过而已。墨子^④是我认为中国人所惟一应崇拜的，他是功利主义的，然而是自己克（刻）苦的，和现在有赞和功利主义而又自己享乐的，如泰戈尔^⑤一班人，适相反对。你到新塍（chéng音诚）去宣传，祝你成功。改组共读社事，非常赞成。

杭州省党部方面，沈玄庐⑥、我和季恂⑦都认得，沈观澜⑧是我的要好朋友。

顺祝党祺

侯绍裘

侯绍裘（1896—1927）：江苏省松江县人。在少年时代，他就富有正义感和爱国心。他热爱科学，反对迷信及封建恶习。一九一八年考入南洋公学。在这期间，他经常阅读《新青年》、《星期评论》等进步刊物，学习马列主义，坚定了改造社会的信念。他在同学中，组织了"南洋公学九人书报推销处"。他们不辞辛苦，四处奔走，购买新书，大力宣传新思想。

一九一九年五四运动爆发，他带领南洋公学的同学投身于这一运动中，不久，他当选为南洋公学学生会评议长。这年七月，他与其他进步同学一起创办了"南洋义务学校"，招收工人子弟免费入学。侯绍裘同志的革命活动，引起学校当局的不满，一九二〇年暑假被校方秘密除名。从此，他离开南洋公学到中学去教书。

一九二一年，侯绍裘同志加入了孙中山领导的国民党，为了反对封建，解放妇女，他创办了景贤女中。

一九二三年，侯绍裘同志加入了中国共产党。这期间他主持出版了《问题周刊》和《松江评论》，组织青年问题讨论会，宣传马列主义，引导青年走向革命的道路。这年六月，中国共产党与孙中山领导的国民党合作。侯绍裘遵照党的指示，在江苏省从事领导和发展党的工作。一九二五年八月任国民党江苏省第一届省党部常委，并兼任宣传部副部长。一九二六年五月起主持江苏省党部工作，同国民党右派进行了坚决的斗争。

一九二六年十一月至一九二七年三月，侯绍裘同志参加了中国共产党领导下的上海工人的三次武装起义，并做出了贡献。一九二七年四月被国民党反动派逮捕，秘密杀害于南京，时年三十一岁。

（学　英）

[注释]

① 选千：即沈选迁，大革命时期曾在国民党浙江嘉兴县党部工作。
② 汉口诸烈士之死：一九二五年六月十一日，汉口码头工人二千余人举行罢工和游行示威，抗议英商太古公司英籍船员无故殴打中国工人，游行队伍遭到英租界军警开枪射击，死伤工人数十名。英帝国主义的暴行，激起全国人民的极大愤怒。
③ 代英：即恽代英，江苏常州人。中国共产党优秀党员，早期著名的青年运动领导人之一。一九三一年四月二十九日在南京被杀害。
④ 墨子（公元前468—前376）。名翟，春秋战国之际的思想家、政治家。墨家的创始人。
⑤ 泰戈尔（1861—1941）。印度作家、诗人和社会活动家。
⑥ 沈玄庐：浙江早期共产党员，1925年春被开除出党，成为国民党右派。
⑦ 季恂：即朱季恂，大革命时期在国民党江苏省党部工作，是国民党左派。
⑧ 沈观澜：即沈志远，大革命时期曾在侯绍裘烈士创办的景贤中学任教。

张应春

给柳亚子先生的信

亚子先生：

　　昨天奉上一信谅已收到。今天执行部女同志开会，我们省部方面不过我和光颖两人。……我[昨]天的会议结果是预备出席第二次代表大会的使命及报告要求的问题有三个：1、经济；2、妇女部独立，不要男子做部长；3、注重劳动妇女的工作。其余的要求可以增加的，我想不出什么，您可以代我想出几个么？全国大会我们省部也是要出席的，我们也可以先想了些事情去要求的，您还（看）何如？

　　（二）议决下星期日开[会]庆祝东江胜利，藉此宣传，我希望那天我们[江]苏省妇女运动委员全体出席不知做到么？很急！再会

　　　祝您

安！

　　　　　　　　　　　　　　　　　　应　春
　　　　　　　　　　　　　　　　　　二十一日

张应春（1901—1927）：又名秋石、蓉城，江苏省吴江县人，中国共产党党员。少年时代生长在农村，与农民相处，深知其疾苦，对农民被压迫情况极表同情。一九一六年在家乡黎里女子高等小学读书，一九二二年毕业于上海中国女子体育专门学校。一九二三年任职于松江景贤女中，与侯绍裘同志相遇。一九二五年夏，任国民党江苏省党部执行委员兼妇女部长。一九二六年春，北京"三一八"事件发生，刘和珍诸先烈殉难，上海震动，张应春同志激昂奔走，终日开会宣传，并于此时入上海大学为旁听生，研究社会科学，同时主持出版《吴江妇女》。一九二七年蒋介石背叛革命后，张应春同志被捕，同年被害，时年二十六岁。

（南京雨花台烈士陵园）

邓贞谦

绝　笔（节录）

中国的革命已经进为（入）一个新的阶段，新的时期了。统治阶级虽尽量的屠杀，可是革命高潮，不但不曾低落，并越发进展了。这可证明民族的要求已经到要求分配土地，管理矿山工厂等。事实告诉我们：所谓国民党不过是残杀工农的工具，豪绅资产阶级的集团，国民革命军不过是新军阀争权夺利的一种护身符。……同时，工人因生活不安，欠饷太多，农民受不了豪绅地主阶级的重利盘剥和反动政府的苛捐杂税，到处起来暴动，谋本身的彻底解放。

我们知道：帝国主义是依靠军阀，军阀要靠反动政府，反动政府要靠土豪劣绅才可以生存的。这样一层一层的建筑，似乎很稳固，可是现在将反动的下层（豪绅）根本推翻……上层亦不稳固，这是一定无疑的。这种莫大的力量，不消说是无产阶级团结的成绩，同时也是无产阶级指导机关由实际中得来的经验教训。所以我们知道民众的力量，比枪杆还健全，充足得多。不过我们不要象（像）那些改良派的手段公开的欺骗民众，我们要兑现的，坚决执行的才对。

贞　谦书
1928年4月18日

邓贞谦（1907—1928）：江西省萍乡人，从小当学徒。一九二三年，入萍乡中学读书，积极参加学生运动，并利用暑假，在村子里办了一所平民夜校，采用安源工人夜校的教材，用问答、对比、歌谣、故事、算账、书信等形式宣传阶级压迫和阶级斗争的道理。一九二六年考入北京师范大学附属中学，积极参加反帝、反封建、反军阀等革命活动。

一九二七年"四一二"反革命政变后，邓贞谦同志回到南昌，参加了方志敏领导的江西党组织举办的农民运动讲习班。同年，加入中国共产党。七月，农民运动讲习班结业，邓贞谦同志根据党组织的指示，回萍乡开展革命活动。不久又根据党组织的决定，打入了敌人机关，担任《新萍周刊》的主编。他利用这个阵地，积极开展工作，为我党掌握武装力量作出了贡献。秋收起义后，他遵照上级党的指示，积极组织萍乡地区农民的武装斗争，不久，便在萍乡县城建立了第一个党支部。同年十二月被选为中共安源市委委员。

一九二八年一月，他和同志们一起积极组织了上粟、东桥两地的农民武装起义，缴获了靖卫队的一批枪支，在斑竹山一带开展游击战争。此时，他担任了湘东特委、湖南省委和井冈山的秘密交通工作。不久，邓贞谦同志受党组织的委托，秘密上了井冈山，向红军前委会汇报工作，并接受了新的战斗任务，返回萍乡时，不幸在莲花、萍乡交界处的南坑高步岭突然遇到一股地主武装搜查而被捕。

邓贞谦在监狱里，面对凶恶的敌人，抱定了为革命牺牲的决心，他在一首词中写道："活是革命人，死是革命鬼"，"我今日虽死，精神犹存"。

一九二八年六月八日从容就义，时年二十一岁。

（任武雄）

陈逸群

给同学的信（节录）

我想人的一生也不必求什么富贵，什么势力，只要能为国家尽义务，为社会造幸福，才算是好国民。况且今日五洲交通文明日进，吾辈青年人的学问，不但自己晓得就算够了，并要介绍到那穷乡僻壤……

陈逸群（1902—1928）：字力群，江西省铜鼓县人。一九二三年加入社会主义青年团。入团后积极参加学生运动，不久，加入中国共产党。一九二六年任铜鼓县总工会常委。一九二七年积极响应毛泽东同志领导的秋收起义，协助浏阳工农义务队在铜鼓打击敌人。同年十月，反动派进攻铜鼓，十二月，陈逸群同志不幸被捕。次年四月十三日英勇就义。

（邱　锋）

赖怀凯

遗 书

我致力党务、工运,不幸被本县土劣所陷害。凡我共产党同志,而今后,应自勉自觉,百折不回,以继续前人之志。

一九二八年二月

赖怀凯(1891—1928):江西铜鼓县人。刻字工人。一九二五年加入中国共产党。同年九月在铜鼓开"公有"商店,秘密地进行革命活动。十二月中共铜鼓县支部成立,他被选为支部委员。一九二七年铜鼓县总工会成立,赖怀凯同志被选为总工会主任。一九二八年他往万载迎接平江起义队伍,路过宜丰,不幸被反动派逮捕。一九二八年被害于南昌德胜门外下沙窝。

(邱 锋)

王孝锡

给父母的遗书①

纵有垂天翼,难脱今夜险。问苍天!何不行方便?驭飞云,驾慧船,搬我直到日月边。取来烈火千万炬,这黑暗世界,化作尘烟。出铁笼,看满腔热血,洒遍地北天南。

一夕风波路三千,把家园骨肉齐抛闪。自古英雄多患难,岂徒我今然。望爹娘,休把儿挂念,养玉体,度残年,尚有一兄三弟,足供欢颜,儿去也,莫牵连!!

附诗四首:

(一)②

丑贼剪何急,皂隶临门催。
双亲堂上悲,儿女牵衣涕。
断袖出门去,天空任鸟飞。

(二)[3]

慷慨歌太平,从容作楚囚。
暴刀逞一快,何惜少年头。

(三)[4]

书剑漂流二十年,
国事无端尚依然。
革命未成身先捕,
普罗[5]自在人世间。

吊故友七人[6]

其 一

挽救工农登仙阶,
努力实现苏维埃,
生平浩气终难泯,
革命史上第一页。

其 二

议案一决凛冰霜,
红军奋臂赴杀场。
贪官污吏尽丧胆,
绅豪地主如亡羊。

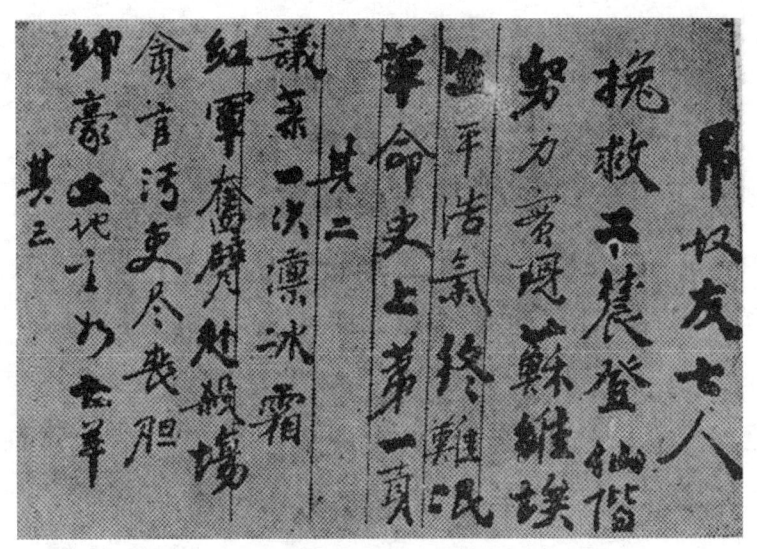

王孝锡烈士书信手迹

其 三

　　静夜悲声隐隐扬，
　　丑贼送君赴杀场。
　　枪声已息君犹哀，
　　烈士坑中含土亡。

其 四

　　一缕清风半轮月，
　　深山幽处暗举哀。
　　回忆往事肠欲断，
　　追荐惟有眼中血。

王孝锡（1903—1928）：字遂五，甘肃省宁县人。西北早期共产党员，甘肃党组织的创建人之一。

王孝锡同志上中学期间，就组织学生运动。一九二三年考入西安国立西北大学后，积极领导学生运动，并举办平民学校。一九二五年加入中国共产党。一九二七年受党组织派遣去兰州整理甘肃省党务。在这期间，他们改选了中国共产党甘肃特别支部，王孝锡并任特别支部组织部长。他利用在国民党省党部任职的合法身份，开展革命活动。大革命失败后，王孝锡以党的西北特派员身份，回宁（甘肃宁县）、长（陕西长武）、旬（陕西旬邑县）、彬（陕西彬县）一带坚持斗争。同年秋，在宁县太昌镇组织了中共彬宁支部，任支部书记。一九二八年春，他亲自指导并参加了旬邑农民暴动。旬邑暴动失败后，他又回到宁县开展党的地下活动。不幸于十月被捕，十二月三十日被杀害，时年二十五岁。

（巩世锋　王维蕃）

[注释]

① 这封遗书是在一九二八年十二月二十九日夜，王孝锡得知敌人要杀害他时写给父母的。连同四块银圆，请看守送给同乡王朗轩，转交父母。
② 这首诗是在遭受国民党反动派通缉，离家出走时写的。
③④这两首诗是在被捕后写的。
⑤ 普罗："无产阶级"的英文缩写。
⑥ 旬邑暴动失败后，和王孝锡一块领导这次暴动的七位共产党员被敌人活埋，王孝锡写了这首悼念故友的诗。

缪　忠

遗　书①

吾儿知悉②：

　　为父这次参加革命，精神并非倭冠之背③，实系是负有为国家、为社会、为人民谋幸福及利益之责。现为吾党幼稚，遭此不幸之失败。吾志未成，而革命事业未获效果，皆因是土劣之摧残，故被拘入狱，余命难存。吾虽死，而其党未亡，尚望幼子成人，毋入异党④。翻身有期，热血继起，愿子子孙孙尽忠职守，勿忘此嘱。吾儿密执。

父　忠　于泗汾狱中谕
民十七年三月五日⑤

缪忠（？—1928）：湖南省醴陵县人。中国共产党员。大革命时期先后担任党支部书记、区委委员等职。一九二七年马日事变后，不幸被捕，一九二八年被杀害。

（学　英）

[注释]

① 此遗书是缪忠烈士就义前写给儿子的。
② 知悉：知道。
③ 倭冠之背：原文如此，意义不明。
④ 异党：指国民党。
⑤ 民十七年：指民国十七年。即公元一九二八年。

吴宪猷

给弟弟的信①

嘉弟：

我俩于二号在县南门握别，是日②只歇热水坑。因为我既在桃源负责，抵了桃境，对于工作方面，就不得不注意注意。所以那天在热水坑，就检阅党部、农协和妇女会的工作成绩。

三号清晨起程，九时抵双市，在该市稍为留几时，即又提其行李向前跑，午时抵漆市，在第八区党部午餐，晚九时搭船，翌日③四时，抵白洋河，当即起岸，八时许抵桃县。

你在县里，总要努力的学习革命工作的经验和理论。我们工作，必先要有理论，但须要在革命工作中求得。

你的小资产阶级性质：如暴躁，如面子上下不去，如英雄思想，如封建思想，如袒护资产阶级及帮土豪劣绅说话，如高傲，如看不起人，如不与农民及最下（层）的工人接近，如不注意下层事，如不做下层工作，如吸食鸦片及赌博打牌，及一切的浪漫不正当行为，如工作不努力，及不努力学习、乘暇④看书等等，一切均要涤除尽净，方可成一真正的无产阶级者。我们要牺牲自己的利益，为无产阶级利益而牺牲、而奋斗。我们时时要莫忘掉了为党服务，无条件的为党服务，接受党的指挥和命令，这是我们革命的无产阶级所应持的态度。

你在那里的一切行动，总要听温、熊、邹各同志的指挥。我在此地的工作，刻下⑤忙碌不了，不能对你多谈。你如果在那里万以（一）不好，可写信给我，我再来替你设法。余不尽。

祝
你努力！

宪猷

四月初五手书

吴宪猷（？—1928）：又名象才，湖南省慈利县人。早年参加革命，一九二六年在中学读书时加入中国共产党。同年秋调湖南区委工作。不久，调任桃源县委书记。一九二八年，他从桃源去常德接洽工作，不幸途中被捕，不久被反动政府杀害。

（学 英）

[注释]
① 此信写于一九二七年。
② 是日：当天。
③ 翌日：第二天。
④ 乘暇：乘空闲时间。
⑤ 刻下；眼下。

陈三元

给母亲的遗书①

母亲大人：

　　男不幸惨遭毒手，但是革命的人，不畏死，是男久禀党训的。男之死，是为革命而死，是为被压迫民众奋斗、[争取]自由生活而死，死又何恨？！所可恨者，母（孝）道未尽；不共戴天之仇未曾报。去年以来，致家资荡然无存，致大人无一瓦一覆，一垅之植②，奔走风尘，避难不暇，言之实深遗恨。万望大人勿以不孝男为念，殷勤教弟辈，抚孙儿而已。此禀。

　　　　　　　　　　　　　　　不孝男　敦荪跪禀
　　　　　　民国十七年九月初七日忙草于哀家嘴之茅舍

给战友的遗书③

列列同志：

余自禀党训以来，深知努力奋斗、牺牲个人的大义。但事与人（愿）违，今不幸惨遭毒手，死又何恨？此可恨者，未遂初志④而已。万望诸同志继续努力，达到吾党圆满目的，以慰我辈死难者幽灵。是为至盼，此上。

弟　汀荪再草

陈三元（1904—1928）：名深源，字汀荪、敦荪，湖南省益阳县人。早年参加革命，一九二六年在益阳县农民协会工作，积极从事革命活动，不久加入中国共产党。后调任中共益阳县第六区区委书记。一九二七年四月，他按照党的指示，组织农民打击反革命势力，镇压土豪劣绅。同年马日事变后，他被迫离开益阳到华容等地从事革命活动。一九二八年十月，在华容被捕，后在解押回益阳途中牺牲，时年二十四岁。

（学　英）

[注释]

① 此两件遗书写于被捕后解押回益阳途中的旅店里。
② 无一瓦之覆，一垅一植：意指没有一间房屋，没有一垅可耕之地。
③ 同①。
④ 未遂初志：没有达到投身革命时所抱定的宗旨。

周树屏

自 挽 联

革命不怕死,怕死不革命,碧血洒中华,革命精神留世界;
共产不避难,避难不共产,雄心振岳北,共产实现定他年。

周树屏(?—1928):湖南省衡山县人。早年参加革命,一九二五年参与组织岳北农民协会,积极从事革命活动,一九二六年加入中国共产党。入党后调衡山县总工会工作,任总工会委员长。一九二七年马日事变后,去安源路矿开展党的地下工作。不久,又调回衡山工作。一九二八年调任中共衡山县委组织部长。同年三月不幸被反动政府逮捕,杀害于岳北。

(学 英)

胡仕虞

遗 墨

余①初入狱,同难百名,月余增至百七、八十名,大有狱中犯满之患。入狱数日蒙释者②系所罕见,常关数月未定罪,同难间有易入难出之叹。月来蒙释者不过一、二名,而入狱者率倍其数,何违法若是其多耶!政治不良,环境恶劣,有以致民于法网③耶!昔孔子曰:"听讼,吾犹人也,必也使无讼乎"④。此诚治本之论。方今当局盍⑤亦返求诸其本耶!

老子曰:"民不畏死,奈何以死惧之"⑥!斯言诚属至理。近闻有杀以遏⑦乱之说,然耶?否耶?吾则不愿闻此说者也。方今天下之乱,有以致乱之源,不恩情(清)源,而望流之清者宁⑧有是理!政治之未上轨道,民生之憔悴疲弊⑨,官府之黑暗污浊,人心之行险侥幸,民俗之萎靡不振,学说之各树一帜,党系之分门别户,均为致乱之源。今不此之求,而惟杀可以遏乱,是伤天地之正气也!犹治丝而棼之⑩,欲国之治,其可得乎?或曰:君为犯民,罪未定谳⑪,而晓之于国家大事,亦不知所务⑫者矣。余聆⑬之，默然无言者数日。

胡仕虞（1896—1929）：字辅仁，湖南省零陵县人。一九一二年考入湖南第三师范学校，毕业后在零陵县新民小学教书。一九一九年五四运动期间，开始接触马列主义，并积极参加进步活动，一九二四年加入中国共产党。不久，中共零陵县党组织正式建立，他是负责人之一。一九二七年马日事变后，零陵县党组织遭到破坏，主要领导人被捕牺牲。在白色恐怖中，他坚持斗争，重建零陵党组织，并任党支部书记。后由于叛徒出卖，于一九二八年八月被捕。在狱中，坚贞不屈，严守机密。一九二九年被敌人杀害，时年三十三岁。

（学　英）

[注释]

① 余：我。
② 蒙释者：被释放出来的人。
③ 法网：比喻严密的法律制度。
④ 听讼，吾犹人也，必也使无讼乎：语出《礼记·大学篇》第二段和《论语·颜渊第十二》。这句话是孔子说的。它的意思是审查诉讼，我和别人差不多。一定要使诉讼的事件，完全消灭才好。
⑤ 盍（hé音荷）：何不。
⑥ 民不畏死，奈何以死惧之：语出《老子第七十四章》。奈何，怎么。
⑦ 遏：抑止，阻止。
⑧ 宁：岂，难道。
⑨ 民生之憔悴疲弊：憔悴，困苦。语出《孟子·公孙丑上》："民之憔悴于虐政，未有甚于此时者也。"疲弊，人力、财力受到消耗。语出诸葛亮《出师表》："今天下三分，益州疲弊。"
⑩ 犹治丝而棼之：语出《左传·隐公四年》："犹治丝而棼之也。"棼（fén音坟），纷乱。
⑪ 定谳：审判定案。
⑫ 务：勉力从事。《论语学而第一》："君子务本。"
⑬ 聆：听。

江诗咏

就义前给父母亲的信①

父母亲大人膝下：

不孝男江诗咏，身长五尺，年达二十五，读书十有余年，大人之恩其何以报？不过，男一生未做害人之事，加入共产党，是劳（为）大多［数］工农无产阶级谋利益。今死于敌人之手，心中无恨。大革命成功，最久总不过三、六年。在（到）那时，大人有历史之先劳②，嗣孙万世之安乐，男之［孝］就在此地也。

两大人不要怙惜（姑息）③之爱而痛哭不休，致伤玉体，错过天菌（伦）之乐也。对大哥、二哥、嫂嫂等，总要更加宽平、团乐，于此乱世直到革命成功之世。书难尽意，永奉
福安

不孝男　诗咏　狱中写
红色五月　百拜

就义前给哥哥的信④

大哥、二哥亲鉴：

家庭困难，弟有令前⑤之造就者，不过为全世界大多［数］劳苦无产阶级谋利益而牺牲，终身无恨。如最近革命成功，你们子孙和你们自己有相当之安乐。切不要因燕雀之讥⑥或怙惜（姑息）之爱，痛哭不已，致伤德体。

弟出（去）世所不能放心者，就是白发双亲未能奉养，最后托付你们二台老兄。在家总要时刻顺亲之意，顺亲之行，使父母终归乐土。

你们对于钱财要放松些，切不可因钱或些小事情吵嘴。一面你们自己更增忧愁，［一面］父母更不乐。对于社曹（会）、一般熟人、亲戚切不（要）高声大骂。对儿女，总要教训他们，切莫持强抑弱。到了革命成功，公家当然有办法。对于幼妹满秀，手中稍为活动时，也送她读书，要教育她勤俭为主，切不可打骂，或抱（包）脚。二哥多不信我的话，你的性更强，总要和平对大哥总好些。时（实）难尽意，不过临死之言，总有几分善清（情），哥哥要时常放在心里。你们一生的苦山（酸），后当然有代价，永祝你们平安。

列列⑦各亲、族亲、朋友、长者、平班（辈）兄弟，晚多谢了。将来革命成功，［报］达（答）你们的恩点（典）。

一九三〇年
红色五月狱中

江诗咏烈士（1905—1930）：又名江曙生、江原，湖南省益阳县（今桃江县）人。一九二六年加入中国共产党。一九二七年任益阳县农民协会秘书。后调省农民协会工作，积极从事革命活动。一九二七年马日事变后，他带着一部油印机回到家乡转入地下活动，曾先后任桃江区委委员、白鹿区委书记等职。一九三〇年五月，他化装潜入益阳县一个反动团防局侦察，不幸被捕，不久被杀害，时年二十五岁。

（学　英）

[注释]

① 这封遗书写在同一纸上。江诗咏同志牺牲后，家属在收殓遗体时，从烈士的腰带中发现。
② 先劳：可能是功劳之意。作者笔误为先劳。
③ 姑息：无原则的宽容。这里指无克制的意思。
④ 同①。
⑤ 令前：令，敬辞，用于对方的亲属或有关的人。令前，这里指先于烈士而牺牲的革命先烈。
⑥ 燕雀之讥：语出《史记·陈涉世家》：燕雀安知鸿鹄之志。鸿鹄，即天鹅。意即燕子和麻雀哪里知道天鹅的志向。比喻庸俗人不能了解英雄的远大志向。这里指不要屈服于庸人的讥笑。
⑦ 列列：敬称。

唐 克

遗 墨①

走光明之路。

昔者汉班超②投笔从戎,志欲万里封侯。今吾辈则不然,抱努力革命之牺牲精神,而求中国国家之自由平等,解放全人类于倒悬③也。

十六·七·五④

唐克(1903—1930):原名唐绍尧,号哲夫,化名赵逸民,湖南省零陵县人。一九二四年去广州黄埔军校第二期学习,之后任国民革命军第一军第八团第五连党代表、第八军第十二团、第三十六军第六团政治指导员等职。参加过惠州战役。一九二七年大革命失败后回到故乡,坚持地下活动,遭敌人追捕,为此被调往驻南宁的广西省警备第五大队工作。一九三○年二月,参加龙州起义,任红八军顾问。同年三月,在龙州战役中不幸受伤被俘,惨遭杀害,时年二十七岁。

(学 英)

[注释]

① 这段遗墨是唐克烈士写在照片上的题词。一九二七年夏,唐克同志由河南回

到武汉，任革命政府总指挥部警卫团一个连的连长，这时，他寄往家中一张与战友的合影。这段话就题在照片的背面。
② 班超（32—102）：东汉名将。字仲升，扶风安陵（今陕西省咸阳东北）人。
③ 倒悬：比喻处境的困苦和危急，像被人倒挂着一样。
④ 十六·七·五，即公元一九二七年七月五日。

林育南

给友人的信^①(一)

若冰^②我妹！你觉得奇怪吧，如（为）何久无音信呢？我自己也觉奇怪，我今天处在此地，而且能忍耐到今天才写信给你，真是"出外由外"，那（哪）能由得自己呢？这些时的生活，真是难写。因为校务改革^③的奋斗用尽了我一切的力量，才得到了相当的成效，同时因为交通的困难，所以迟之又迟仍然还留在这湖山的胜地。倘若"时人不识余心'苦'，将谓偷闲学少年"呵！在未离沪之前，真使生活矛盾极了，倘如不是因为校务的关系我老早就要离开了，而且想飞快的（地）离开。但另一方面又不知不觉的（地）有点留恋，几次走到西行的电车和汽车的门口，本想跳上去找你，但一转念立刻把我制止了，横直是要走的，而且已经告别了，何必又要去扰乱她妨碍她的功课呢？这个警告终于使我退却了。告诉我妹，证明了我真不是小孩子了，而已有成人的"老练"——"老练"么？妹不会以为是"冷酷"？果如此说，那就正如我妹之"若冰"啊！冰真好啊，特别是在这眼前的时间和空间中，她是对待这冷酷的社会的人们的武器！在这冷透了的人与人的关系里④，我妹呵，真是不要"小热昏"，不要"学观音"，应当"坚如金"，应该"冷若冰"！这是我们的标语，是我们的圣经，识透此中之昧，一生受用不尽！

寒冻使人警惕，使人忍耐，使人奋发！在热的被窝里使人留恋，但"铁衾"就要威逼你早起——他真有极大的受用处！不要怕冷呀！记起我"学生时代"的冬令标语了："请看风雪严寒候，谁是当门立足人？"十几年来，我们仍在"程门立雪"，可惜而且可耻呵，吉兄们⑤竟已脱跑到暖阁里去了！但我仍很悔恨我过去还有立足不甚坚定之处，在最近校务改革的奋斗中发现了过去的缺点。此后我更当造成"山"一般的稳定，"铁"一样的顽强！好了，就以这自励，以后就叫我做"铁恋"吧！铁恋呵！好自为之！

西湖——十年前的故交，我们三度相见了，其实我并不很喜欢她而爱她的背景——那许许多多，重重叠叠，奇奇怪怪，百看不厌的山呵！我不喜湖而爱山，大概因为我是山中长大的孩子吧！

冰呵！别了！希望我们明年在此地相见，我们到山中去畅游，以偿你几年来杭游的"宿愿"！

祝　好！

铁　恋
十二月十五日

给友人的信⑥（二）

若冰：一个星期的船上生活又匆匆的（地）过去了，我的船行前三天是逆风后四天是顺风。在船上到（倒）不觉得怎样苦，但心地总有点怅惘，虽然两岸有不少的风景如富春山、严陵滩、钓鱼台、将军庙等等，都不能引起我的兴趣。□□我在船上颇能健饭，每日三餐，饭后闲谈或看看书，到也容易过了，但睡眠不佳，每晚只能睡去四、五小时，而且多梦，我很害怕我数年前失眠的旧病又要复发，不幸如此，那就是很苦恼的呵！我想大概是因旅途中无事做之故，倘若事忙疲乏或许不会如此。昨到衢州，暂住客栈，闻路上不靖，交通或有隔断之虞，现在正设法打听，大约数日后即可决定行期也。我是极想很快的（地）到达我的目的地，得个安身立命之所，倘若不能如愿，没有办法的话，那么也只有暂时回家，而我们也或许能够在短期内相见，究竟如何，只有天晓得呵！倘若真不得已而要回家的时候，我很希望你能来杭同游，这恐怕又是空想了，等几天再说吧！若冰，这些时我记念你，你的身心是否平安？工作及你的功课是否照常的做了？你的生活还是欢快还是苦恼还是平常呢？大哥还和你来往吗？年兄⑦代你谋的事⑧做到了么？最近校务改革的事你知道么？这一切都是我很关心的事，倘如你最近来信告我，那我在千里外的途中就不胜其慰快呵！这里的风习与生活都还好，我在这客栈生活中每日可到外面去看看风景或到公共体育场玩玩也很好。明天就是圣诞节了，再过几天又是新年了，在上海我想是很热闹的。若冰，圣诞节之夜呵，除夕之夜呵，你预备如何的消遣呢？我只希望在圣诞节或新年中接到你的来信，那我就有福了！期待着吧！为你祝福！

铁　恋
十二月二四

给友人的信⑨（三）

　　若冰：正当圣诞节的早晨，我收到你的两信，当友人交来的时候，我是如何的感觉到我的幸福呵——而我并未看到信的内容。我的朋友谈了几句，迫不及待的一气看完了两信。冰，这时真有难以描写的感想。我也可以不用写了，你当能料到。我本想昨天就回信，但圣诞节邮局休息，同时，我被你激起的心情想立刻到书局去找《爱的分野》，我即刻跑到书局去找它，找了好久公然被我获得此地书局唯一的一本书，封面是很旧的，因为没有人要的书，我给一元洋买回了，如饥如渴的读下去，读到昨天半夜还未读完，但我觉得这是我读《少年维特之烦恼》后第二次使［我］感受极深刻的小说，真是好极了——这是难以形容的说法，今天我要将它读完了，再写我的感想，此刻不能写了！冰！我十分记念有人对你辱侮的事和你身体的毛病，请你切要注意，你那对待恶人的态度和精神——不把它放在眼里，不示弱和奋斗的精神是很对的！同时你应当十分注意保卫你的身体，这［是］异常必要的！听说我的旅途还好，行期尚难定。
祝福！

铁　恋
二十六

给友人的信⑩（四）

若冰：

　　现在校务很有新的发展⑪，而有待于吾人之努力者更切，因此，这些时我得更要费力参加，大约在最近期间来你处（或许有空时亦可来的）。你如给我信，可寄原来通信的地点，我在三天内可收到。有暇请你务要切实的读读理论基础的书。

　　祝愉快！

铁　恋
1月3日

给友人的信⑫（五）

冰：

　　我太忙了，几乎"废寝忘餐"，因此，没有空来找你，请勿念！

　　敌人⑬与朋友⑭之分"几稀"，这比拿着枪在阵地上开火还要残酷，"阶级的生活"决定要我如此。

　　我们的生活环境和内容太相隔离了，希望有机会能及时接近！

铁　恋
1月15日

给友人的信[15]（六）

若冰女士：

兹接友函，谓贵同乡李君[16]于十七日被累，二十三日转龙华司令部，现在生活平安，请勿念。戚妹如要见他，可于每星期三12点至3点以亲戚名义到龙华司令部看守所要求会晤湖北黄陂人李少堂（广告商人）即可。如第一次不允见，送来之物（他要小说书）定可交到，且第二次必可接见他。案关政治，女戚接见较便，请戚友放心可也。知注特闻。

林育南（1897—1931）：湖北省黄冈县人。中国共产党党员。是我党早期的工人运动领导人之一。是中国社会主义青年团第二、第四届中央委员，曾任共青团中央组织部长。一九二二年任中国劳动组合书记部武汉分部主任，一九二七年任中华全国总工会执行委员兼秘书长。一九三一年在上海被捕，不久被害于龙华，时年三十四岁。

（学 英）

[注释]

① 此信写于一九三〇年十二月十五日，发自杭州。
② 若冰：即陆若冰同志，林育南烈士的好友。
③ 校务改革：指一九三〇年九月在上海召开的六届三中全会上纠正"立三路线"的错误之事。
④ 冷酷的社会，冷透了的人与人的关系：系指同党内的左倾路线的斗争，同国民党、帝国主义的阶级斗争，都是冷酷的、残酷的。
⑤ 吉兄们：指以前的战友卢吉叶等人，他们离开了革命，后来有的叛变投敌。

⑥ 此信系一九三〇年十二月二十四日写于浙江衢州上营冯雨记饭店（此饭店为党的地下联络站）。

⑦ 年兄：即肖昌年，江西省萍乡人。一九二七年在李求实烈士领导的地下小报《白话报》工作。为了掩护地下机关，陆若冰同志和他作过假夫妻。一九三七年肖昌年主编中央《红旗报》时，被捕牺牲。

⑧ 年兄代你谋的事：当时陆若冰经肖昌年同学介绍到国民党中央研究院（院长蔡元培、副院长陈翰笙）社会科学研究所农民组资料室剪报。肖昌年代表党，团结、争取所内进步研究生，由陆若冰联系并协助。

⑨ 此信一九三〇年十二月二十六日写于浙江衢州。林育南同志在那里准备进入中央苏区，因路上不靖，进入苏区的路线被敌隔断，他即于十二月三十日回到上海，与陆若冰同志匆匆见了一面，他说元月二日再来，但因参加反王明路线的斗争，终无时间来。

⑩ 此信系一九三一年一月三日写于上海。

⑪ 校务很有新的发展：指反对王明的《为中共更加布尔什维克化而斗争》的小册子的同志多了起来。

⑫ 此信一九三一年一月十五日写于上海。信中反映了林育南同志参加反对王明"左"倾路线的激烈斗争。当时陆若冰同志的社会职业是在国民党中央研究院的一个研究所做资料、剪报工作，住所在姚主教路海格里的一个亭子间，所以林育南烈士在信中说："我们的生活环境和内容太相隔离了……"但他还是赞成陆若冰同志有公开的社会职业的。

⑬ 敌人：指国民党和帝国主义。

⑭ 朋友：指党内执行立三、王明路线的同志们。

⑮ 此信系一九三一年林育南同志被捕后自上海龙华国民党淞沪警备司令部看守所寄出的。信纸是一张破烂白纸，用铅笔书写，信末没有落款。一月二十八日，陆若冰同志按信内约定的时间地点到龙华敌看守所探望他，但未被接见。陆若冰同志即送进五元钱，林育南写了一纸条给她。内容如下："收到大洋五元。谢谢，请下次送点小说诗歌等书及食物为荷。　李少堂　一月二十八日"

⑯ 李君：即林育南。林育南同志化名李少堂，职业广告商人。

龙大道

给父亲的信[①]（节录）

目下以全国而论何处不是刀火连天，留下老百姓坐吃苦头，家破人亡——徒为少数军阀争地盘之牺牲品，（遍地皆是！）而全国军队中真正为国为民者严格说来可说没有！不过较以国以民（以民志）为主者仅广东之国民革命军与北方之国民军也，其余长江北方各大军阀不为卖国贼便为帝国主义之走狗。中国如是，贵州更不堪言。日来广东北伐军已占长沙，如能直趋武汉，则中国内乱或可以稍告断（段）落，国民革命（打倒卖国军阀）始可有促成之希望，贵州问题也才可以得一个相当的解决，不然贵州军队仍屈于北方军阀吴佩孚利用之下，不说天灾，人祸将更一而再再而三连续而至，老百姓只有一天天蹈于水深火热境，其糜烂更不堪言。

儿累（屡）拟赴广东工作（无论军事政治），而上海乏人代理儿之职务，因是广东政府严电责儿不许离沪，只得又留此间，仍负上海总工会工人运动之组织与宣传工作，若北伐军能直趋武汉,则儿或可有调武汉长沙工作之可能,此不过想象中事也。北伐军是否是有势如破竹之顺遂尚难预卜,故儿之他调与否尚须以时局为转移。

  龙大道烈士(1901—1931):又名龙康,贵州省锦屏县人,侗族,中共党员。一九二三年在天津南开大学读书时就积极参加革命活动。一九二四年赴苏联学习。一九二六年回国,任上海总工会秘书,一九二七年三月上海工人三次武装起义胜利后,任上海总工会经济斗争部部长。"四一二"后,代表上海总工会到武汉出席全国第四次劳动大会。七月在武汉被国民党反动派逮捕,不久越狱,先后在杭州、芜湖、安庆、景德镇等地坚持地下斗争。一九三〇年调任上海总工会秘书长,一九三一年一月被捕,二月七日英勇牺牲于龙华,时年三十岁。

(任武雄)

[注释]

① 此信写于北伐战争期间,信中为北伐战争的胜利而欢欣鼓舞,对家乡贵州人民尚处于军阀残暴统治下的悲惨生活,寄予深切的关注。

张　炽

给弟弟的信（节录）

子昭三弟：

　　来信——二月二十八日写的——前两星期即已收到，因杂事太忙，——这两星期内，因为组织北京青年学会，（北京十八个大学的学生发起组织此会）开会数次。此外我参加的读书会、平民教育研究会……等都有会开。在星期二、五，又要到本校平校任教（系尽义务，无薪水。）所以差不多天天有事，天天课后，都要去应付。——所以不能即时回信。你说"前进呀！……跟着你的弟弟，随后就来了"，你这种精神，志气，不失为一个青年，为一个有希望的青年，令我多么的高兴！弟呀！我们一同前进罢！反正有志者是会事竟成呢！（"反正"二字是北京话，他的意思是：无论如何或终归）我十年前在私立高小时，很有志留省、晋京，当时我不管能不能达到这目的，我只是每日读书并大改一切旧习惯（恶劣习惯），因此能稍有所得，并得了家庭和地方的信用，今日竟能达了（到）目的。你最后又说要我原谅你这抱悲观的我。这一点又不能不令我大惊了！为什么你前面还说前进呀！前进呀！后面竟说出抱悲观来？我以为青年人不应当抱悲观……可是不一如意抱了悲观，万不能就会如意。暂时一不如意，只有拿出勇气来努力奋斗，将来才有如意之日。于此我不多言，惟望你"吃苦耐劳，努力奋斗"。

……现在我要说的是：国内的政治经济情形，和今后我们应走的路与应作的工作。这话我早就想同你说，又因为非千言万语说不尽，不见面说不尽，所以竟未吐出。现在可待不住了，所以约略的同你说说，说不尽的，只好等到明年见面时再说。

亲爱的弟弟呀！你们晓得现在中国的政治情况如何？简直是什么鬼[政]治，无时不日趋愈下，无时不是军阀和洋大人们在后面支派着，（英法美日……各强国）名虽共和、民主，实是专制，一人主。（他们比军阀还恶得很，处处都可以看得见他们侮辱我们的同胞，干涉我们的内政——虽不是直接，间接则免不了。）名虽是独立国，实在与印度安南等亡国园也差不了多少了。（无日中国不在洋大人的掌握中，加税要得他们的许可才能加，借款要向他们借……所以驱逐不尽洋鬼子一日，我国就不能太平一日）有学有才的人不得见用，见用的，尽是些无用的东西，（好的自然也有，不过太少了。）只知道害民，吞公款，这派与那派争，有实力的上来，无实力的下去，堂堂的政府机关，尽是他们升官发财的场所。主人翁的国民，反做了他们的牛马奴隶。办教育，办实业……等的钱都被他们拿去争地盘打战（仗）去了。（中国每年为私战所买进的枪械不下数千数（万）或数万万）中国的政治，不仅是说不上轨道，我以为恐怕轨道也还没有。我们国民现在言论,书信,结社集会等什么自由?我们的国民经济事业、学业、生产……(物品的生产,这是经济学上的一个名词,不是普通所说的生产)那件不被这种鬼政治的影响,以致不能发展、进步、增加……因此,大多数的人,饭碗问题不能解决,饥寒起盗心,因之遍地皆是的土匪,于是乎产生了。这种现象产生的原因,"帝国主义。"也要负一半的责任。其原因,一时也说不尽,留待以后再说。"帝国主义"这个名词,解起来,也是麻烦得很,现在简单的说一说就是英法日美……等强国,以武力为工商之后盾,向殖民地(如印度、安南、朝鲜……等)半殖民地(如我国)行经济的侵略,(如洋货充斥,每年卖得数万!拿去他们外国,和我国的关税权被他们掌握等。)更进而行政治的侵略。(如他们的各种条约限制我国,和其他种种的限制等)这叫做"帝国主义"或"资本主义"。——这种主义是我国最大之一仇敌,此敌不去,我国永无强盛之一日。此处要说的话甚多,可惜限于时间与篇幅,不能多说。现在政治方面,暂且搁下,来说一说中国的经济。状况经济状况也是不堪一言了,差不多也要破产了。每年出口货卖得的钱不多,而进口货(军械也在内)被洋鬼子卖了(得)去的钱,则每年不下几万万——注意万万为亿,这数目大极了——土货则一日销路不如一日,因之造成土货的小规模的工厂,停业的一日比一日多,失业的工人也是一日比一日多,——匪多的原因之一——军阀争地盘,打一次战(仗),直接间接的损失,少的几十万,几百万,多的几千万,几万万。(去年江浙战争,公私损失约二十万万元)各省的税厘金等,被军阀加的一日比一日多,国民的担负,一日比一日重，——也是匪多的原因之一——各省都被军阀强迫种烟，占地过多，因之杂粮之出产少，而米粮之价值贵，得食之人，其何能全？也是匪多的原因之一——是以百物昂贵，（本省更甚，书至此我不禁流泪矣，呜呼云南，呜呼云南之同胞）金融恐慌，生计日难。而可恶之辈，尤日日大借外债，加国民之重担负。这种影响，（听说本省汇京之汇水已涨至一百〇五元了！唉，怎么办呀！）我们是受着的，真是不小。中国现在，真是民穷财尽了。——每百元的汇水——上面说了这么多的话，我把他归纳了起来简单的说一说就是：我国的（之）所以贫弱，我民的（之）所以穷苦，是因为外国的侵略——指经济政治两方面——和军阀的胡闹，所以弄得政治不良，而政治复影响经济，所以弄成这种现象。再简了来说就是：我国之所以贫弱与我民之所以穷苦，都是帝国主义和军阀所致——（用所造成或罪恶均可）军阀和帝国主义者是常相勾结作奸。因为军阀勾结他们，好向他们求军械的供给，帝国主义勾结军阀，好求他们履行条约或新订有利于他们的条约。这种例子很多，只要人留心看，就发现了。——所以我们现在要救国救同胞救自己都非革命不可，非国民革命不可。（这种话在外省已成一种口号了。只是云南人尚未知道）什么是叫做国民革命？就是大家国民要组织起来（打倒帝国主义和军阀的方法与步骤，各种报上说得详，以后寄来给你们看罢），打倒帝国主义者与军阀！（改造政治、建设政府也是包在内的）舍了这条路，我国就无希望了。青年是社会的中坚，所以青年的我们，应当走这条路——革命——应当作这种工作——革命工作——（革命二字在外省已经是看得很平常了，只是在山国的云南，不然你们切莫听了生畏。）我现在不忍心见国家沦亡，不忍心见同胞穷苦，将为亡国奴，奴隶。立志走这条大路，作这种有价值的工作。你说你要跟我前进，就请一同前进罢！要说的话甚多，说不尽了，再谈！

……我今年不能回家，拟明年暑假回家，未来前两〔天〕当先通知。望转告受益大兄。我们今年本想回家，可与你们晤谈，并可以替地方做一点事——教育，实业，风俗等的改良和建设——只是事实上不能回来。现在我们只有将我们的一些主张，拟成具体的意见书寄来（正在起草中不日即可寄来），请地方办事的先生们采纳罢了。自来水笔，不日定当买了寄来。书籍是要些什么书？（这久不买书寄来，就是因为不知道你们是要些什么书。）可以开个单子来，因为我们看的，是政治经济一类的书，恐怕你们不能看或不爱看。并且寄书也是不方便得很。其他下次再说。祝你

  安好 立信、立中诸表弟代我致意！

老历四月初二日午 兄 炽于北京客次

  再者，此信可以拿给立信表弟他们看看。有相知的友人或你的同学都给他们看看。四舅父等也可以拿给他们老人家看看，使他们知道中国真正贫弱的原因在那点。

  又外国的传教者，看外面他们是慈善；实在他们是帝国主义者的侦探，在外省早已有人反对，可惜云南人尚不知道，尤其是路南人。你们不肯信，可以细细的（地）调查罢。其详下次再说。

  吾邑放足的人是否现在尚少？为什么汝嫂日前来信问我菊英

他们究竟缠不缠？人家的女儿现在大家都是缠足。听见了，真是又惊又好笑，这样容易的事都做不到，这样无益的勾当还要保存，路南人真是可笑亦可怜了！

又我们学校目前赴颐和园旅行。此园建筑费去了七千余万，风景极佳，红楼梦上的大观园比着他（它），恐怕是小巫见大巫吧。我今提笔书此，已尽三千言了。颐和园的详细情景不能再写了。

张炽（1898—1933）：字子昌，化名章阿昌，云南省路南县人。一九一九年进云南省立第一中学，在校成绩显著，名列前茅。他目光远大，素怀大志，中学时代就立志献身于人民革命事业，以改造社会。常语人云："要挽救中国非革命不可，非打倒帝国主义、摧毁封建势力不可。广大人民要组织起来，行动起来，为摆脱穷苦与奴隶的生活而战斗。"

一九二四年张炽同志考入北京民国大学政治经济系。此时他追随李大钊等早期的马克思主义者，学习新思潮，参加组织北京青年学会、平民教育研究会、读书会，负责开办平民学校。常在北京《晨报》上撰文评论国内政治经济。同年加入中国共产党。

一九二六年五月，张炽同志作为中共北方区的特派员，由北京到大连巡视工作。七、八月间离开大连赴广州参加北伐，任营指导员。以后又到江西、广州、香港等地从事革命工作。一九三〇年由港赴沪，在上海党中央训练班学习，任支部书记，从事工人运动，不幸被捕，旋解南京，囚禁江东门伪中央军人监狱，被判徒刑五年。在狱中张炽同志积极活动，团结难友，恢复了狱中党的组织，编写狱中手抄小报，并与狱外党取得了联系。他还利用各种合法机会，组织难友在改善生活待遇等方面展开了不懈的斗争。后因联络交通失事，狱中党支部遭破坏，张炽同志被解往南京警备司令部，一九三三年四月壮烈就义于南京雨花台，时年三十五岁。

(南京雨花台烈士陵园)

传辦吗？皇于心要想從軍，這一上我極端的反對，我所持的理由如何，你可以想想我不贊成你了。現在我要說的是：國內的政治經濟形勢和今後我們各走的路与各作的工作。這話我早就想同你說，又因為非言萬語說不盡，不見面說不盡，所以竟未吐出。現在了待不住了，所以烤夜的同你說，說不盡的只好等到明年見面時再說。

扼要的第一呀！你們現在中國的政治情況如何，简直是群魔鬼，无時不經急下，无時不是軍閥和洋大人們在發起微商，名雖和、民主，实是专制的，正吾名雖是獨立国，实至与邻度安南等无国国。

七是不了多少了，有學有才的人不得見用，見用的東西，只知道害民，奉公欸，這派与那派争，有志力的上马，无气力下，麥是此二等用的。

周炳文

狱中自挽联[①]

肉躯壳无足轻重,但求身后有灵魂,死一时实生千古;
鬼伎俩何等凶险,寄语党中诸巨子,鉴已往宜慎将来。

狱中遗书

炳枝弟:

你是我最友爱的兄弟。我的儿女,你一定要抚养,将来长大成人,你一定要教育她踏我的血迹,走我的路,否则,在天之灵也不干休于你。

炳文最后笔

周炳文(1892—1931):湖南省长沙人。一九一五年在江西萍乡安源煤矿中学毕业后,在矿局任小学教师。他通晓法英等五国文字,后到矿局任口译。一九二二年加入中国共产党,积极从事革命活动。一九二四年回到湖南,与地下党员郭亮取得联系。不久,到铜官以教书做掩护从事党的地下工作。一九二六年北伐军进入湖南,他回到家乡长沙,与刘艮生组织农民协会,开展清算、平粜斗争。一九二八年三月,重调安源工作。不久,又调回湖南,在靖港建立党的地下机关,并任省委委员兼机关负责人。一九二九年先后调武汉、湘阴等地工作。一九三一年三月被捕,四月在长沙英勇就义,时年三十九岁。

（学　英）

[注释]
① 周炳文同志被捕后抱定必死的决心,在狱中自设灵台,自挽自奠。

邹子侃

给父亲的信[1]

父亲大人膝下：敬禀者，日昨大人来此相探，嘱男在彼狗官面前书立悔过书，以求释放出狱。舐犊情深[2]，思之黯然[3]。男午夜扪心自问，天良未泯[4]，爱国无罪，今身在缧绁[5]之中，固不知有何"过"之可"悔"！？"悔过"也者，敌人颠倒是非，混淆黑白，妄想沦全国人民于奴隶之境之大骗局耳，幸 勿堕反动派之术为祷。男在狱中虽苦，尚幸灵魂洁白无瑕，故宁死而不求虚伪、卑污、罪恶的自由。大丈夫头可断，志不可屈也，男非敢故违 严命，亦非不念慈母之恩与夫弟妹之亲。然为国宗为革命，也顾不得这许多了。望 大人好好督促弟妹用功读书，将来长大以后，一定要走上我所走过的道路。肃此，敬请
金　安

　　　　　　　　　　　　　　　　　　　男　子侃叩上

邹子侃（1912—1932）：浙江省临安人，一九二六年在杭州笕桥农业专科

学校加入中国共产党，担任该校支部书记。一九二七年被捕，关在"浙江陆军监狱"。邹子侃同志在狱中立场坚定，他父亲花钱来保他，他坚决反对，不向敌人低头。在狱中曾组织暴动，因叛徒告密失败。邹子侃同志为了保全大家，用自我牺牲的办法，把暴动计划已泄露的情况宣扬给大家，使难友们能对付敌人的搜查。一九三二年二月慷慨就义。

（学 英）

[注释]

① 邹子侃同志被捕后，他父亲来杭州要出钱保释他，他写了这封信表示了自己宁死不屈的决心。
② 舐犊情深：舐犊，老牛用舌头舐干净新生牛犊身上的脏物。舐犊情深比喻父母对子女的慈爱。
③ 黯然：情绪不佳。
④ 天良未泯：泯，丧失。天良未泯，良心没有丧失。
⑤ 缧绁（léi xiè 音雷泄）：捆绑犯人的绳索。

邓中夏

就义前给党的信（节录）

……

同志们，我快要到雨花台去了。你们继续努力奋斗吧！最后胜利终究是属于我们的。

狱中遗言

"一个人不怕短命而死，只怕死得不是时候，不是地方。中国人很重视死，有重于泰山，有轻于鸿毛。为了个人升官发财而活，那是苟且偷生的活，也可以叫做虽生犹死，真比鸿毛还轻。一个人能为了最多数中国民众的利益，为了勤劳大众的利益而死，这是虽死犹生，比泰山还重。人只有一生一死，要生得有意义，死得有价值。"

附诗一首：

  那（哪）有斩不除的荆棘？

  那（哪）有打不死的豺虎？

  那（哪）有推不翻的山岳？

  你只须奋斗着，

  猛勇的奋斗着，

  持续着，

  永远的持续着。

  胜利就是你的了！

  胜利就是你的了！

  邓中夏（1894—1933）：字仲獬，又叫邓康、邓安石。湖南省宜章县人，我党早期工人运动的领导人之一。一九一九年，在北京大学学习时，积极参加五四爱国运动，努力学习马克思主义，一九二〇年参加了北京的共产主义小组，一九二二年曾任中国劳动组合总书记部主任，领导过长辛店铁路工人大罢工，开滦煤矿工人大罢工，京汉铁路工人大罢工。以后到上海办上海大学。一九二五年领导了上海日本纱厂工人二月大罢工。同年被选为全国总工会秘书长和宣传部长，后领导了香港大罢工。党的"二大"、"五大"当选为中央委员，"三大"、"六大"当选为候补委员。同陈独秀右倾投降主义作过坚决斗争。一九二七年，在党的"八七"会议上当选为中央临时政治局候补委员。后任江苏省委书记，广东省委书记。一九二八年，出国任全总驻赤色职工国际的代表，并被选为赤色职工国际执委。此间著有《中国职工运动史》一书。一九三〇年回国后，任红军第二军团政治委员。一九三三年任中国革命互济会党团书记，五月在上海被捕，同年十月就义于南京雨花台。时年三十九岁。

（雍桂良）

吉鸿昌

给冯玉祥将军的信①

先生钧鉴②：睽违③日久，深渴孺慕④。兹奉颂⑤抗日周年纪念大会函一件，才长心细⑥；银杯一尊。窃⑦自去年此日，先生感四省之沦陷，痛察省⑧之危殆⑨，振臂一呼，毫士⑩云集。昌⑪以下愚⑫得附骥⑬尾，赖全国民众之拥护与先生虎威⑭之素播⑮，康、宝、多、沽⑯相继克服，民族沉痼⑰行见转机。而朝无李刚⑱，权奸压迫于外，小宵⑲诱惑于内，胜利之局顿成瓦解。昌自挈孤军，转战径时⑳，兵败将亡，而无补于时艰。息影㉑津门㉒，实为补过之图，非敢置身世外也。今乃褒词及于败将㉓，誉扬形之杯铭㉔。反躬自思，实觉汗颜㉕。惟自察事㉖失败以来，华北危机日甚，帝国主义复进而企图分割中国，徒以淫暴之下，人民讳言反帝，实为民族生命夭亡逼于眉睫。昌窃以为过去之失败，乃为吾人此后所应借镜；而未来之奋斗，实为吾人夙夜所应筹划者也。先生处此危局，谅亦已动心，伏望本平生之大勇，号召民族，为民众而奋斗，组织同志，誓死抗日，誓死反帝。昌虽驽骀㉗，决当追随。覆巢之下,焉有完卵;锋镝㉘余生,尚何所惧耶!谨陈寸衷,并致谢忱,恭祝健康。

学生　鸿昌　恭叩
六月九日

吉鸿昌(1895—1934):河南省扶沟县人。一九一三年入伍,曾任西北军冯玉祥部师长、国民党第二十一军军长和宁夏省政府主席。一九三一年因反对进攻中国工农红军,曾被蒋介石强令出国。一九三二年加入中国共产党。一九三三年五月,联合冯玉祥、方振武等在张家口组成察绥民众抗日同盟军,任同盟军第二军军长兼北路前敌总指挥。同年九月到平津等地从事抗日活动。一九三四年十一月九日在天津法租界被捕,二十四日在北平英勇就义,时年三十九岁。

(廖永武)

[注释]

① 一九三三年五月,吉鸿昌联合冯玉祥、方振武等在张家口组成察哈尔民众抗日同盟军。九月,同盟军在日军和国民党军的夹击下失败,吉鸿昌到平津等地继续从事抗日活动。一九三四年六月九日致冯玉祥的亲笔信一封。在信中,恳请冯"本平生之大勇,号召民族,为民众而奋斗,组织同志,誓死抗日,誓死反帝"并以"锋镝余生,尚何所惧耶!"两语,表示了他愿以死自誓,抗日反帝到底的决心。
② 钧鉴:敬辞。对尊长或上级用。
③ 瞑违:分离。旧时书信用语。
④ 深渴孺慕:渴慕,非常思慕。孺,小孩子,这里作者谦指自己。这句的意思是非常的思念。
⑤ 颂:此字疑系"颁"字之误。
⑥ 才长心细:有才德,办事慎重。

⑦ 窃：谦指自己。
⑧ 察省：即原察哈尔省，后分化归内蒙古和河北省。
⑨ 危殆：危险到不能维持的地步。
⑩ 毫士：毫可能是豪的笔误。豪士，才能出众的人。
⑪ 昌：即吉鸿昌。
⑫ 下愚：愚笨。这里是作者自谦的说法。
⑬ 骥：好马。旧时比喻贤能。
⑭ 虎威：旧时指武将的威风。
⑮ 素播：平时的影响。
⑯ 康、宝、多、沽：指原察哈尔省康保、宝昌、多伦、沽源四县。其中康保、沽源在今河北省；宝昌、多伦在今内蒙古。
⑰ 沉痼：长久而难治的病。这里指民族灾难。
⑱ 李刚：疑是李纲之误。李纲（1083—1140），今福建人。宋代大臣，政和进士。北宋末任太常少卿。靖康之年（1126年）金兵初围开封城，李纲团结军民，击退金兵。不久被耿南仲排斥。次年高宗即位，用他为宰相。他主张用两河义军收复失地。在职七十天，又被黄潜善、汪伯彦排斥。后历任湖广宣抚使等职。多次上书，陈说抗金大计，都未被采用。
⑲ 小宵：指盗贼。现泛指坏人。
⑳ 转战径时：径，狭窄的道路，这里指绝路。转战径时，指打仗打到绝路时，兵败将亡。
㉑ 息影：退隐闲居。
㉒ 津门：天津市的别名。
㉓ 今乃褒词及于败将：褒（bāo 音包），赞扬。这句话的意思是，今天把赞扬的词放到败将身上。
㉔ 誉扬形之杯铭：誉，荣誉。杯铭，把功绩刻在杯状的器物上。
㉕ 汗颜：因羞惭而出汗，泛指惭愧。
㉖ 察事：指一九三三年五月，吉鸿昌联合冯玉祥、方振武在张家口组成察哈尔民众抗日同盟军，九月，同盟军在日军和国民党军队夹击下失败一事。
㉗ 驽骀（nú tāi，音奴抬）：劣马。比喻庸才。
㉘ 锋镝（镝，dí，音敌）。锋是刀刃，镝是箭头，泛指兵器，也比喻战争。

童长荣

给母亲的信①

母亲大人:

　　好久没写信回家了,劳你老人们挂念,心实不能安,老人们或者以为我忘了家罢,其实我决不,我无日不想回去看看乡里的沧桑,家庭的状况,你老母的平安!

　　想回去而不回去的理由很简单,因为来回要百多元。——春假了,还是欲归不得!

　　乡里的兵匪之乱,怕还未平静吧,——这是不能平静的呵。在社会未变革,上下未颠倒以前。——这不独是中国,全世界都走到五叔所常说的"大劫"的关头,但也是黑暗和光明的天晓。日本近日全国捕去了千多革命者,但是劳农的反抗也就随着更加高涨起来,压不下去的。

　　我在求学之时,听到或看到这些事情,就常常不禁浩叹!——我家为什么这样破落?你老人家年老了,为什么不能得到事养?我读书之年为什么没钱读书?怎样解决这些问题?

　　又听说广东东江和海南岛一带的小百姓全都赤化起来,田塍也废掉了,田契债据都烧毁掉了,生意也兴盛起来了,——他们胆子真大呀,简直是无法无天!

在日本消息非常灵通,真是触目接耳心酸!

以后来信,统寄日本东京府下大冈山李仲明样,内封长荣收。因为春假要去他处旅行,以后又要住贷间的。

诸长,诸兄,诸友,皆问好!

敬叩金安!

荣儿

三·二十日

童长荣(1907—1934):又名张长荣,安徽省湖东县(今枞阳县)人。一九二一年考入安庆安徽省立第一师范学校。入校后积极参加学生运动,不久加入社会主义青年团。一九二四年在上海加入中国共产党。一九二五年夏考取公费留学日本,仍从事革命活动。一九二六年春参加中共日本特别支部的领导工作。一九二八年夏因领导旅日中国留学生和华侨反对日本侵略中国的革命活动,被日本反动当局逮捕并驱逐出境。同年秋回国,历任中共上海沪中区委书记、中共河南省委书记、中共大连市委书记等职。一九三一年"九一八事变"后,任东满特委书记,是东满抗日游击队创建人之一。一九三四年三月二十一日,在吉林省汪清县十里坪东南岔与日军战斗中,英勇牺牲,时年二十七岁。

(温 野)

[注释]

① 此信是童长荣同志一九二六年三月二十日于日本留学期间写给他母亲的,信中表达了他对旧军阀统治下的黑暗中国社会的不满,对党领导的人民革命斗争给予热烈的赞颂。

童长荣烈士书信手迹

何叔衡

给儿子的信①（一）

新九②阅悉：

接十一月祖父冥寿期，由葆③代笔之信，甚为感慰。我承你祖父之命，抚你为嗣，其中情节，谁也难得揣料。惟至此时，或者也有人料得到了！现在我不妨说一说给你听：一、因你身瘠弱，将来只可作轻松一点的工作；二、将桃媳早收进来；三、你只能过乡村永久的生活，可待你母亲终老。至于我本身，当你过继结婚时，即已当亲友声明，我是绝对不靠你给养的。且我绝对不是我一家一乡的人，我的人生观，绝不是想安居乡里以善终的，绝对不能为一身一家谋升官发财以愚懦子孙的。此数言请你注意。我挂令你母亲，并非怕她饿死、冻死、惨死，只怕她不得一点精神上的安慰，而不生不死的乞人怜悯，只知泣涕。我现在不说病深的理论，只说一点可做的事实罢了。1，深耕易耨的作一点田土；2，每日总要有点蔬菜吃；3，打长④要准备三个月的柴火；4，打长要喂一个（口）猪；5，看相、算命、求神、问卦，及一切用香烛钱纸的事（敬祖亦在内），一切废除；6，凡亲戚朋友，站在帮助解救疾病死亡、非难横祸的观点上去行动，绝对不要作些虚伪的应酬；7，凡你耳目所能听见的，手足所能行动的，你就应当不延捱、不畏难的去做，如我及芳宾等你不能顾及的，就不要操空心了；8，绝对不要向人乞怜、诉苦；9，凡一次遇见你大伯、三伯、周姑丈、袁姊夫、陈一哥[⑤]等，要就如何做人、持家、待友、耕种、畜牧、事母、教子诸法，每一月要到周姑丈处走问一次；每半月到大伯七婶处走一次，每一次到你七婶处，就要替他担水、提柴、买零碎东西才走，十九女可常请你母亲带了，你三伯发火时，你不要怕，要近前去解释、去慰问；10，你自己要学算、写字、看书、打拳、打鸟枪、吹笛、扯琴、唱歌。够了！不要忘记呀！我（你）接此信后，要请葆华来（要你母亲自己讲，他的口气，我认得的），请他写一些零碎的事给我。

父 二月三日

（十二月二十日）笔

给儿子的信[⑥]（二）

新九：

许久未发家信了，我亦未接得有家信，只有嗣女[⑦]转来数语，云[⑧]你尚能负担侍养你老母的责任，这是非常欣幸的。前阅报章，云湖南夏秋又遭旱灾，并且非常普遍，到底情形怎样？颇难释念！我在外身体甚好，所学所行，均能如愿，毋烦挂念。你老母近况如何？全家大小怎样？各至戚家情形怎样？地方情形怎样？日用所需价格怎样？家中耕种畜牧情形怎样？务请你详细列表写告！你甚不愿意你十分闭塞，对于亲戚邻近人家也要时常走谈一下，讨论谋生处世的事，一切劳力费财的事，总要仔细想想。要于现时人生有益的才做。幸福绝不是天地鬼神赐给的，病痛绝不是时运限定的，都是人自己造成的。此理苟不明白，碌碌忙忙，一生没有出头一日。我平生对于过去的失败，绝不懊悔；未来的侥幸，绝不强求；只我现在应做的事，不敢稍为放松，所以免去许多烦恼。你能学得否？我知你大伯、三伯等，现在的齿发，怕不像从前了吗？你兄弟诸侄的能力，应比从前能独立了些吗？你如写信给我，应该要从有关系有意义的地方着笔，不要写些应酬的话呢！我在外即写字也弄了几十元，但无法汇寄你老母及老伯用。又知此信到日，或在你老母生日左右，苟葆倩来，可以商量答复也。祝大小全吉！

旧历六月二十八　衡笔

何叔衡（1876—1935）：原名何瞻岵。湖南省宁乡县人。家境贫寒，自幼苦读，一八九四年考取了秀才。一九一二年考入湖南第一师范学校，学习期间结识了毛泽东同志。一九一四年毕业后到长沙楚怡学校教书。一九一八年参加毛泽东同志创办的新民学会，后来主持新民学会的工作。一九一九年参加了影响较大的"驱张（敬尧）运动"。一九二〇年与毛泽东同志创办了"文化书社"和"俄罗斯研究会"。一九二一年七月出席了中国共产党第一次全国代表大会，随后任中共湘区委员会组织委员。后又任湖南自修大学和湘江学校的校务主持人。大革命失败后,转去上海做地下工作,筹建了党的地下印刷厂,同时担任上海互济会书记。一九二八年七月去苏联学习,一九三〇年回国,继续担任上海互济会书记。同年十一月到中央革命根据地瑞金,担任工农检察人民委员部部长、内务人民委员部部长等职。一九三四年十月,中央苏区红军突围长征。他留在根据地坚持斗争。一九三五年,在福建长汀水口遭敌人袭击,壮烈牺牲,时年五十九岁。

(学 英)

[注释]

① 此信写于一九二九年二月三日,即阴历十二月二十日。信中的黑点是何叔衡同志加的。
② 新九:何叔衡烈士的过继儿子。
③ 葆:指袁葆华,新九的叔伯姊夫,共产党员,早年逝世。
④ 打长:宁乡土语,即经常的意思。
⑤ 陈一哥:指陈咏阶,新九的表哥,共产党员,一九五〇年逝世。
⑥ 此信写于一九二九年阴历六月二十八日,即阳历八月三日。信中黑点是何叔衡同志加的。
⑦ 嗣女:指何实嗣同志,共产党员,早年做党的地下工作,新中国成立后在北京某单位做领导工作。
⑧ 云:说。

吴焕先

遗 墨

（一）

四望众山低，

昂然独雄奇，

白云分左右，

要与黄天比。①

（二）

深山密林是我房，

沙滩石板是我床，

尽管敌人逞凶狂，

坚决斗争不投降。

赤胆忠心为工农，

气壮山河志不移，

何惧今日艰难苦，

坚持斗争定胜利。②

吴焕先（1907—1935）：河南省新县人。一九二四年在麻城职业学校上学时参加革命，一九二六年加入中国共产党。同年冬，他组织吴先筹、占以贤等同志办起了三堂革命红学，建立了农民武装。大革命失败后，他继续在箭河地区发展党组织，扩大革命武装。一九二七年十一月参加领导了黄麻秋收起义。一九二九年参加了白沙关万人暴动。一九三〇年任黄安（今红安）县委书记。一九三一年红四方面军建立后，吴焕先同志担任总政治部主任，兼红二十五军政委，参加并领导了鄂豫皖人民粉碎国民党对苏区的一、二、三次围剿，红四方面军转移后，吴焕先同志留在大别山坚持斗争，他重建了红二十五军，并任军长。一九三四年红二十五军长征北上抗日时他任军政委。一九三五年秋，在甘肃泾川县与敌人战斗中英勇牺牲，时年二十八岁。

（段铁安）

[注释]

① 这是吴焕先烈士生前到天台山开展革命活动时，看到天台山奇峰突兀，甚为壮观，便写了这样一首诗。后来天台山成了我红军战士经常活动的场所。天台山在新县的西南部。

② 这是吴焕先烈士生前在大别山的山洞口用粉笔写下的一首诗。表达了自己继续革命的坚强意志。当时大别山的红军处在白色恐怖之中，经常吃、住在山缝、石洞里。

罗 英

给岳父的信

欲俟卒业后而投军,但家严①及家慈②,以佳儿不充兵之习惯膏印脑中极久,未必能相许也。如蒙许诺,当即别开生面,投笔而置身军界,且不要钱不惜死,期尽国民分子之义务耳。惟五月前婿曾阅申报载,日兵在沪冲突,良家妇女被其淫,待青年学子任其捕打,此等国耻何日可雪,且首并③我流球及台湾彭(澎)湖……最后夺我胶州湾,今又欲取青岛,其势弗④吞中国弗已也。婿以为中国之领土可征服而不可断送,中国人民可杀戮而不可屈辱。现在世界竞争,"优胜劣败",国亡而奴隶随之,有吃者弗能吃,有穿者弗能穿也,故真正国民热血男子不克外平异种,内国富强,与其生也宁死,且不以得失喜忧。身之存亡非所计,而马革裹尸⑤乃常有之事耳。故宁为武愚⑥勿为文驹⑦;宁为玉碎,勿为瓦全。若得斗死于战场,真减少中华之一奴隶耳。

罗英同志（？—1935）：号国华，江西省余干县人。一九二四年一月考入黄埔军校第二期学习，在校期间加入中国共产党。后参加广东革命战争。一九二六年在黄埔军校毕业后，参加北伐，任国民革命军连长。后由党组织介绍赴莫斯科大学学习，回国后在家乡搞党的地下工作。一九三二年九月十四日，领导县伪警察队起义，参加红军。后一直在赣东北红军中工作，一九三五年在赣东北的武装斗争中不幸牺牲。

（邱　锋）

[注释]

① 家严：谦称。对人称自己的父亲。
② 家慈：谦称。对人称自己的母亲。
③ 首并：首，首先。并，吞并。
④ 弗（fū音夫）：不。
⑤ 马革裹尸：革，皮革。指在战场上被打死以后，没有棺木盛殓，用马皮把尸体包裹起来。形容作战勇敢、死在战场上。出自《后汉书·马援传》："男儿要当死于边野，以马革裹尸还葬耳，何能卧床上在儿女子手中邪。"
⑥ 武愚：武，关于军事的，与"文"相对。愚，愚笨。武愚，即笨拙的军人。
⑦ 文驹：文，非军事的，与"武"相对。驹，少壮的马。文驹：文才方面的优秀者。

杨介人

给母亲的信[①]

母亲大人：

儿这两三月没有往家写信，实在因为儿的事情太忙了。

儿来法国漂洋过海，作工，求学。这都是因为家中贫团不能不来外国了。儿这几年来，东跑西走，不但是为家，虽然（更则）是为国。咱家贫穷，我是知道的，洋人每年把咱中国黄金都运往外洋去，你是不知道的。洋人们买咱中国的麦，把麦就买贵了。咱们中国人要不想法子把洋人们打跑，咱们都成了洋奴了。你的儿子在外国亲眼看见洋人戴着钢盔、刺刀和大炮、洋枪，到咱中国去了。你的儿子，要大大的与洋人作个对头。你的儿子，一、二年就要回中国了。母亲不要忧念，不要挂念。我快回中国了，儿快回中国了。

你的儿媳妇，上学读书，这是应该的。女人们不读书不识字就是睁眼瞎子。你的儿媳妇不识字、不读书，是很可怜而可恶的。这怨她的娘家，她的娘自小就不叫她读书识字，叫她一辈子当个睁眼瞎子，这不可怜吗？

我的姐姐，不识字，不读书，这怨我的爹，我的爷，为什么叫我读书、上学，不叫我姐、我姑上学读书哩？这是很不对。我现在知道了，女人们不上学不识字是很不对的。洋大闺女没有不上学不读书的。

你的儿媳妇，你要叫她好好上学，叫她能写信，会算帐（账），能看下来书信。我不能在家，她就是你的大儿。你没有闺女，你要把她当作闺女。

我的兄弟火泰，今年已十二岁了。他是你的小儿，你要叫他读书上学，不要叫长大了，连个信都看不下来，这是不对的。儿不能在家，不能教他读书。我心中时时刻刻忧念他。

我不久要回来，要在俄国过，再住一二年。俄国是穷人的国家，有钱人家的房院土地都充公了。没贫没富，男女上学，男女都做工。"谁不做工没有饭吃"。这是俄国的俗话。我上的大学也不出钱。

母亲。我要起身了，一半年就回中国了。儿想说的，千言万语，说不尽。

敬问母亲身体安康！

咱家人口平安。

儿　介臣（一月十六日法国）

杨介人（1898—1936）：字廉泉，原名杨介臣。河南省沁阳县人。一九一九年赴法勤工俭学，一九二二年在法国加入中国共产党，并主办《廉泉》周刊，宣传马列主义。一九二三年回国后，负责安阳、新乡、焦作等地的工运工作。一九二四年冬在安阳建立了党组织，任县委书记。一九二五年参加了著名的焦作煤矿工人大罢工。一九三二年因叛徒出卖,在天津被捕,后解押保定监狱,一九三六年被反动派杀害,时年三十八岁。

(段铁安邓宏里)

[注释]

① 这封书信是杨介人烈士一九二二年将要离开法国赴俄国去学习前写给他母亲的。由杨介人烈士的儿子杨殿立同志保存。一九八一年春天献给国家。

杨介人烈士书信手迹

向热生

给友人的信

少甫亲爱的世兄：

我接到你的信，我是非常之难过，你说：要摆背水阵，与社会决斗那句话，我很赞成。但是你又说：要遁入空门。你不是自相矛盾吗？厌世主义的话，不是我常常在口头谈吗？现在我又觉得人生存在社会，总不外乎牺牲两个字，推想起来，我们何不抱定一基本主义，靠着牺牲，先生助我们的胆子去与社会决斗起来，……至于（不要因）受这回的打击，就灰起心来，抱定厌世主义。你要晓得这算不了一回事。你想想现在办事的人，知道了那一部分？你却不要因此灰心而厌世。

少甫——毋自馁，赶快振作精神，努力求学，蓄着些精锐的气，去与社会开火，我愿为你的先锋。

向热生（1908—1938）：又名昔仙，江西省德安县人。幼时家境贫寒，被一恶霸威逼改名换姓到他家做儿子，后经叔父帮助夺回向家。

一九二四年，向热生同志在九江省立第六师范读书时接受马列主义，加入了中国共产党。入党后，积极从事学运工作，担任九江学联宣传部长。后因九江军阀的追捕，在同学的保护下，脱险到上海，进入我党领导下的上海大学学习，并负责上海学联的宣传工作。一九二六年北伐军攻克九江，组织上派他回到九江开展工作，先后担任九江团委书记和宣传部长。大革命失败后，向热生同志被派到武汉。不久，又回到团江西省委工作，秘密组织武装斗争。一九二八年至一九二九年，向热生同志在德安彭山组织了游击队，开展游击战争。后调到湖北省委宣传部工作。一九三〇年，他又先后被调到上海、青岛、济南等地的互济会工作。

抗战爆发后，向热生同志回到故乡，积极从事抗日救亡工作，担任"抗敌后援会"总干事和德安职业学校校长。

一九三八年五月三十日，向热生同志在乡下结束宣传工作返回县城时，不幸被武装特务杀害，时年三十岁。

（邱　锋）

黄 道

给孔生的信

孔生：

　　离别以后，不觉就有十年了。我总想探听你的消息，总是探听不到。这次偶然在报上看到你在河口一个中学当校长，才知道你现在在河口。

　　我自从与你别离后，是在照旧地抱着我原来的志愿去干，这大概你也知道一些。在这十年中，我经过人所未经过的艰难困苦的生活，尝过人所未尝过的咸酸苦辣的味道，但这对于我都是滋滋有味的生活。你原来是有文艺天才的，如果把这十年来的经过详细告诉你，你一定可以写出一部好的文艺作品。

　　你呢？大概和从前不同了吧！？我还是劝劝你，不学鲁迅，也得学一学茅盾，不要轻易埋没了自己的天才！

　　现在因为形势变动，国共两党的合作又重新告成，我现在正在集中我们的部队，准备参加抗战。朋友！你还记得吗？一九二七年在南昌时，你曾玩笑地说："不料这班小孩子现在居然坐在桌上谈起政治来了。"可是现在我已经不是小孩子而快成为老人了。现在不但是仍然谈政治，而且又干了十年政治运动，还能稍为（微）谈谈军事。这是稍能向离别十年的朋友告慰的。

你最近的感想怎样？能不能告我？铭竹兄近来如何？在璇、廷瑜、刘轶等老同学的消息你知道吗？请告诉我！虽然志各不同，但是这些老同学，我还是不能忘记的。特别是待朋友象（像）慈母待爱子的廷瑜，我更不能忘记他。玉冰是我们同学中最出色的一个，他已为自己的信仰而光荣的牺牲了，大概你知道吧！对于他，我是极佩服的。

不多谈了。你如有信，请寄铅山第二区署转交黄道，即可收到。

祝你

康健！

黄　道

十一月一日于惠安之长涧源

黄道（1900—1939）：江西省横峰县人。一九一九年考入南昌第二中学。入学后，积极投入五四运动，一九二〇年底，他和袁玉冰等同志一道组织了"江西改造社"。一九二一年元旦，创办了《新江西》杂志，宣传进步思想。一九二二年考入北京师范大学后，努力学习马克思主义，积极参加学生运动。一九二三年加入了中国共产党。一九二四年在横峰县组织"岑阳学会"，研究马克思主义。在此基础上，横峰县于一九二五年成立了第一个党支部，并开始在乡村一带开展农民运动，组织农民协会。一九二六年北伐军进入江西。黄道同志离开了北师大，回到横峰组织农民运动。一九二七年八月一日，黄道同志参加了周恩来等同志领导的南昌起义。南昌起义部队南下后，黄道同志由党组织派回赣东北工作。是弋（阳）德（兴）横（峰）中心县委的负责人之一，负责领导弋阳九区的农民起义。一九二八年夏天，黄道同志出席了方志敏同志主持召开的方胜峰会议。会后，黄道同志化装成"中医"，深入到贵溪一带农村，发展党组织，建立农民革命团。同年冬天，发动了贵（溪）余（江）万（年）大起义。不久成立了信江特委和信江苏维埃政府，黄道同志当选为特委委员和苏维埃委员。

一九三〇年，赣东北省委和省苏维埃政府成立，黄道同志先后担任省委常委、组织部长、省苏维埃主席团委员、秘书长、信江特委书记、省军委政治部主任等职。后又调任闽北特委书记。一九三四年方志敏同志率抗日先遣队北上及中央红军长征后，黄道同志坚持游击战争。一九三六年成立了闽赣省委，黄道同志任省委书记。抗日战争时期，黄道同志担任了中共中央东南局委员兼宣传部长、统战部长，并担任新四军驻赣办事处主任。一九三九年五月二十三日，国民党反动派趁黄道同志治病时机，收买医生，毒杀了黄道同志，时年三十九岁。

（邱　锋）

赵伊坪

家　信[①]

父亲、叔父：

　　从前寄过两次信，不知收到没有？从前的信是从济南走的，要漂海，要到香港，越过粤汉路、平汉路才能到咱家。一个多月，时间可算很长。有许多话不能一老一实的说，只得装作一个商人口气，其实我是不会做生意的。我住的这个裕鲁当是早就关闭了，现在是我们政治部的机关。政治部有一千多工作人员，有留洋的、有大学生、中学生，都是知识分子，都是从全国各地方来的。有许多女同志都是四川、云南、贵州等地来的。大家都是为了国家。我担任政治部的秘书长，波[②]在十支队担任教导队长，住在冠县。十支队司令是我的一个老朋友。这里有卅几个支队，有五六万人。有很多学校，每一个学校有上千的学生，有很好的报纸，有很好的杂志。我们不愁吃，不愁穿，官兵生活一样，每月拿很少几个钱作零用。就是当总司令[③]的也不能比别人多拿。几十万老百姓都组织起来了。

我给超、泉两个弟弟去过两信，大约会收到的。我希望他们毕业以后留在陕西工作，最好不要回家。

祖母、父亲、叔父、婶母、母亲都是上年纪的人了，要心怀放宽，保养身体，不要挂念我们。三弟妇新到咱家，要多照顾。莉母女④多操劳点不要紧。我这封信是带到郑州发的，所以敢写得这样详细，以后来信仍写"山东聊城、裕鲁当"，不必写政治部三字。

晓舟明天由冠县来看我，我可以叫他也写封信。

廉
十一月七日

赵伊坪（1910—1939）：原名廉越，河南省郾城县人。一九二四年秋，入冯玉祥的陆军十一师军官子弟学校读书。一九二六年加入中国共产主义青年团，一九二七年转党。同年底回到家乡，以任教为职业，组织"文化促进会"，创办了平民夜校。发展党员，建立党组织。一九二八年他根据党的指示，到西北军做兵运工作。一九三五年回到河南杞县在大同中学任教，从事革命活动，并担任杞县县委书记、豫东特委书记。一九三七年受党派遣到山东，进入国民党山东聊城专员保安司令范筑先的秘书处工作，为争取范筑先加入我党领导的抗日武装力量作出了贡献。抗日战争爆发后，他在济南第三集团军政人员训练班负责党的组织工作。一九三九年任中共鲁西北区党委委员、秘书长兼统战部长。一九三九年三月五日遭日寇偷袭，不幸被俘，惨遭杀害，时年二十九岁。

（段铁安）

[注释]

① 此信写于一九三八年十一月七日，此时赵伊坪同志在鲁西北抗日根据地工作。

② 波：指赵晓丹，系赵伊坪的弟弟，现在海军某部工作。
③ 总司令：即范筑先。
④ 莉母女：即赵伊坪烈士的妻子和女儿。

杨靖宇

遗　墨

与友人论修学方法书

夫学问之道①，理深义广②，取之不尽，用之不竭③。以人数十寒暑之光阴④，而欲悉数浏览⑤，洞瞭胸中⑥，戛戛乎难矣哉⑦。或曰⑧：口不绝吟⑨，手不失（释）卷，朝夕诵读，兀兀穷年⑩，理虽精奥⑪，罔不获之⑫；或曰：闭户潜修⑬，外事莫顾，专心致志，念兹在兹⑭，义虽难解，靡不释之⑮。余以二者之言，非折衷之道也⑯。若朝夕诵读，而不加详细考察⑰，将恐流于不思则罔之弊⑱。若闭户潜修，仅目力达到之地，能一一贯彻，亦恐未免不学则殆之诮⑲。胥斯观之⑳，莫妙错综组合㉑。理有未获，旁博访咨㉒。遇有先觉之老成㉓，虽寄宿异己㉔，亦不妨负笈屈求㉕。犹如孔子云我非生知之者，好古敏以求之者也㉖。事有未达，必详细参考，勿妄以臆度㉗。逢较劣己者，务静心恭询㉘，犹如《论语》㉙孔夫子敏而好学，不耻下问㉚是也。如是㉛朝于是，夕于是，造次㉜

必于是,颠沛㉝必于是,则理无不获,事罔不达。修学之法,舍此其道未由㉞。耑此㉟,敬呈。

○○仁兄㊱

杨靖宇(1905—1940):原名马尚德,字骥生,河南省确山县人。一九二五年加入中国共产主义青年团,一九二七年加入中国共产党。一九三四年在全国工农代表大会上,被选为中华苏维埃中央政府执行委员会委员。曾先后担任国民革命政府确山县临时维持治安委员会委员、豫南工农红军游击队总指挥、中共哈尔滨道外区委书记、哈尔滨市委书记、南满特委书记、东北抗日联军总司令和东北抗日联军第一路军总指挥兼政委等职。一九四〇年二月二十三日在蒙江县与日寇作战中以身报国,时年三十五岁。

(段铁安)

[注释]

① 夫学问之道:知识的内容。学问,知识;道,内容;夫,发语词,无意义。
② 理深义广:寓理深刻,意义广泛。
③ 取之不尽,用之不竭:这句话是说知识的内容极其丰富,取不完,用不尽。
④ 以人数十寒暑之光阴:用人生在世的几十年时光。以,用;寒暑,一年。
⑤ 欲悉数浏览:想把所有的书籍全部浏览。欲,想;悉数,全部。
⑥ 洞瞭胸中:完全明白,记在心里。
⑦ 戛戛(jiá音夹)乎难矣哉:那是十分困难的啊!戛戛乎,形容困难的样子。
⑧ 或曰:有的人说。
⑨ 口不绝吟:嘴里不断地吟读。
⑩ 兀兀穷年:孜孜不倦地读完一年。兀兀,形容专心攻读。
⑪ 理虽精奥:内容寓理虽然精妙深刻。
⑫ 罔(wǎng音往)不获之:没有弄不明白的。罔,没有。
⑬ 潜修:藏起来自学。

⑭ 念兹在兹：念这里，心也在这里。兹，此。
⑮ 靡不释之：没有不能解释的。
⑯ 非折衷之道也：绝非折中的说法。折衷，同"折中"。
⑰ 详细考察：（对内容）仔细思索。
⑱ 将恐流于不思则罔之弊：恐怕就要流于"学而不思则罔"的弊害。不思则罔，孔子语，意思是学习的时候不思索问题，就会罔然无所得。
⑲ 亦恐未免不学则殆（dài音代）之诮（qiào音俏）：恐怕也难免遭到"不学则殆"的责备。"思而不学则殆"，孔子语，意思是，光思索不学习就会疑惑。诮，责备。
⑳ 胥斯观之：（总之）观察上面这些情况，可以看到。胥，观察。
㉑ 莫妙错综组合：不如把以上两种观点结合起来为妙。莫妙，不如……妙。
㉒ 旁博访咨：意思是多访问、求教别人。
㉓ 遇有先觉之老成：遇见先知先觉（先于自己的有学问的）前辈。
㉔ 虽寄宿异己：即使人家的夙愿、想法与自己完全不同。
㉕ 负笈屈求：背着书箱子去向别人虚心求教。笈，书箱。
㉖ "犹如"句：就像孔子所说，我并非生下来什么都知道，（我的学问）完全是靠自己刻苦钻研、勤勉敏捷求得的。
㉗ 勿妄以臆度：不要胡乱猜测。
㉘ 恭询：恭恭敬敬地询问，言求学的虚心。
㉙ 《论语》：由孔子的弟子和再传弟子集成的一部书，书中记录了孔子及其弟子们的言行。
㉚ 敏而好学，不耻下问：孔子语，意思是勤快好学，不以向学问比自己差的，或职位比自己低的人请教为可耻。
㉛ 如是：像这样。
㉜ 造次：匆促，指事情多、时间紧。
㉝ 颠沛：生活中遇到困难或挫折。
㉞ 舍此其道无由。抛开这些，治学是不可能治好的。
㉟ 耑（zhuān音专）此：耑，同专。
㊱ 仁兄：对同辈友人的尊称。

金方昌

给哥哥的信

哥哥：

你五月四日信才接到，诗和信都看到了。我现在正朝着你指示的方向迈进。学习在代县是太差了，因为第一没有材料，什么书都没有，联共党史只有下册没上册，哲学选辑……都没听说过，只是能看到几本文件，但也看得晚，也不是每期来，象《共产党人》我们只看到了第二期。

每月至少给你一封信的确需要。可是这里交通太困难，又没邮政，只要我有机会一定尽量的写，不管写多写少，就是一句话，如果有机会写信的话也一定写。青年人的确容易迷失方向，不过在晋察冀是比较要好一些，因为我们占绝对优势。一般青年都有他的组织，都是在我们的领导下，尤其我已经再不会受到人的骗。我能向哥哥这样的说，我已经是一个相当坚强的布尔什维克党的战士了。这里有坚强的组织，在领导着我们，不会绝对不会迷失方向，只要服从组织的话。

代县是边区最落后的县分（份），不，现在不一定了，因为大家的努力,现在不至于是顶落后的了。边区里的每一个角落里都热烈地开展着民主运动,代县县议员、区代表、区长都选过了。我亲自领导了两个区,我们都亲自尝到了新民主主义政治的味。谁说老百姓不懂得民主?谁说老百姓不能管国家大事?叫他来晋察冀看一看,这里的区代表、县议员不是老百姓选的吗?顽固家伙们再让他们顽固吧,恐怕再顽固就完了,在边区这些顽固分子,在这次伟大的民主斗争里都将被打得粉碎。

你们那里最近做些什么工作,我们开辟代县工作中得出了一个最大的经验:改善人民生活是发动基本群众抗日积极性的有利(力)武器。还有很多话,再谈吧,因为带信的同志要走。

　　致
布礼

金方昌　24/8

金方昌(1921—1940):山东省聊城县人,回族。在中学时期,就积极参加抗日救国运动,"七七事变"后,在党组织的指引下,离开故乡,到山西"抗日民族大学"学习。一九三八年春,加入中国共产党。任中共山西代县县委委员、县委宣传部副部长等职。不久,调任中共代县城关区委书记。一九四〇年十一月二十三日,因叛徒告密,被日伪逮捕。残暴的敌人打断了他一只胳膊,挖去他一只眼睛。他苏醒过来后,咬紧牙关,手蘸鲜血,在监狱墙上写下"严刑利诱奈我何,领首流泪非丈夫"这样气壮山河、惊破敌胆的壮烈诗句,表达了共产党人宁死不屈,同敌人血战到底的英雄气概。一九四〇年十二月三日,金方昌同志英勇就义,时年十九岁。

(杨　光)

史钦深

给母亲的信

亲爱的母亲：

儿为无产阶级及中华民族的解放，终身献于革命事业，家中事务难能分身照顾，一切负（付）托家兄照看。玉凤、玉根请多加教育培养成人，贡献社会。母亲应耐心学习，等时局好转应慢慢走入社会工作。我母亲要多加保养，强健身体，一切事情应负（付）与年轻者来管理，不可操劳过度，损害健康。对邻居要和睦，对劳动者应各方从宽以济贫困。

敬祝
你的健康

男 序书

史钦深（1912—1940）：河北省成安县人。一九三五年在北平辅仁大学读书时加入中国共产党。曾因参加和领导"一二·九"学生救亡运动而被捕入狱。抗战爆发后，被党派至鲁西南范筑先部做政治工作，任十支队教导员。一九三八年十一月日寇攻陷聊城，范筑先先生壮烈殉国，十支队改为筑先纵队，史钦深任纵队政治部主任。一九四〇年六月二十三日，在冠县耿柚村与敌激战中，身中数弹，壮烈殉国，时年二十八岁。

（尚荣生）

沈尔七

给母亲的信①

慈母亲：

来信敬悉，儿平安，勿念。

儿为了革命——抗日救国，多年未寄分文到家，致母亲生活更苦，心殊不安。惟今如不抗日救国，民众将永无翻身之日，故儿愿牺牲一切奋斗到底。"家中甚然困苦"，不言［可］知，望母亲能以儿为光明事业努力，勿怪儿之不肖，［并］安心教养弟弟。致联溪叔与天渊之信，顺便夹上，乞即设法交予。父亲抵厦，待厦门战事结束后，当即修禀问安，并催促其从速回家一视，祈勿介虑。以后凡关于吾乡征收各种捐税，均各告以儿已回国投效，请其准免征收。

此致敬请

康安

儿沈尔七叩禀

五月十七日

沈尔七（1914—1941）：原名沈庆炬，福建省晋江县人。中国共产党党员。一九三〇年到菲律宾工作和学习。"九一八事变"后，积极投入抗日救亡运动。先后担任"菲律宾华侨总工会"、"中华民族武装自卫会菲律宾分会"等组织的负责人。一九三八年初，率领由华侨青年组成的"菲律宾华侨抗日义勇队"回国参战，经厦门进入闽西革命根据地，编入张鼎丞、邓子恢、谭震林等同志领导的新四军二支队，开展抗日活动。以后，他为筹集资金、医药及其他物资，支援前线，受党的派遣三次出国。一九四一年在广东东江地区，与敌人激战中壮烈牺牲，时年二十八岁。

（若　云）

[注释]

① 此信写于一九三八年。抗日战争爆发后，尔七同志全心致力于抗日救国事业，无暇顾及家中，甚至回国时也没有返家省亲。在晋江乡下的母亲为生活所困，又十分挂念儿子。乃于一九三八年春写信探询在抗日前线的尔七，并告以"家中甚然困苦"。

袁国平

给母亲的信①

亲爱的母亲：

一九二七年五月顷，反革命谋袭武汉②，形势岌岌，革命志士，莫不愤恨填膺，舍身赴敌。

斯③时，余④在第十一军⑤政治部服务，也奉命出发鄂西，抗御强寇，此行也愿拼热血头颅，战死沙场以搏一快，他日儿若成仁取义，以此照为死别之纪念。

万一凯旋生还，异日与阿母重逢再睹此像，再谈此语，其快乐更当何如耶！

儿醉涵于武昌整装待发之际
1927年5月25日

给侄儿的信（一）

振鹏⑥贤侄：由庆阳⑦到延安治病两个月，身体已康复，我过惯了战壕生活，正请求我党中央派我去抗日前线去工作。愿为我中华民族之生存和解放和夺取抗战的最后胜利而勇敢战斗。纵然捐躯疆场，死而无憾。如奉调前方另当函告。望努力学习，锻炼体格，诸维珍重。

向你祖母及母亲问好！

国平字

给侄儿的信（二）

振鹏贤侄如见：

廿四来信收到，知家中甚安，你的学业进步，甚为慰藉。

敌自攻陷粤汉后，劝和诱降失败，速战速决无望，几经周折始决定继续挣扎，企图攻我西北截断中苏交通，窥伺西南威胁滇越铁路乃至滇缅公路，其目的在断绝中国之一切外援，但是敌人这种企图是不易实现的，因为敌愈深入愈困难，兵力分散，交通延长，后方空虚，地形不利，而我则前有正规军顽抗，后有游击队积极行动，前后夹击，必使敌人之泥足越陷越深，你应该告诉家里，中国抗战前途很好，最后定可战胜日本，只不过要经过一个长期的艰苦奋斗。

我因亲临南京、江宁、镇江、丹阳、芜湖一带最前线视察过一次，费时约两月，故此不能与家中多通讯，以后当于百忙中，时常写信来。

前方并不危险,请祖母大人放心,因为日本鬼子并不那么可怕,只要会打仗,敌人的飞机大炮都有办法对付的,一年多我们在大江南北共打了贰百廿多次的战(仗),都是胜利的,有了一年多打鬼子的经验,我们以后更有自信[心]了。

你还没有看过日本鬼子么,我们这里捉着一批日本俘虏,可惜隔得远了,不然你到(倒)可以来看一看。

你爸爸有信来么?他有两个月没有来信了,前次曾去电致问,据想是平安的吧!

在宝庆⑧设有八路军办事处,据说负责人是王凌波,此人知道我,你可去玩玩。

家中生活不很困难吗?据我想一年之内大概不会发生大的困难的,此刻我身无分文无法帮助家里,因为我们都是以殉道者的精神为国家、民族服务的,或许有人会说我们是太不聪明了,然而世界上应该有一些象(像)我们这种不聪明的人,请家里不要想将来的生活怎么办?因为中国正处[在]大的变动之中,中国抗战成功不愁无饭吃,抗战不幸失败,则大家都当亡国奴,所以我希望家里在这方面能够想得远些,能够原谅我。

你婶婶⑨身体很好,大约五六[月]间才会休息的。此间环境很好,女伴很多,请家里放心。

工作太忙了,不然我也想回家来(去)看一看,还是让抗战成功再与你们欢聚吧!

你在中学毕业后我准备介绍你到另一个地方去学习,望努力科学的研究,学校中有英语一科么,能够学会英文对于将来研究近来的学识是有助益的。

千万要好好保养身体,锻炼体格,是准备担当大事业的前提。

祖母大人慈照⑩已经收到,白发似乎又增添了几根,大概是为珍珍⑪气白的吧!劝祖母大人不要气呵!第二个你的更可爱的弟弟,或妹妹又将出世了啊!

付(附)来一些书籍和此间的出版物⑫给你,以供你课余之参考
  此祝
努力学习
  并问
你祖母和你母亲的近好

醉涵⑬字

家　信

醉如兄:

顷接吾兄来信,知您平安到家,使我放下一条心。至于吾兄嘱我一切小心谨慎为之。目前时局混乱,到处都是白色恐怖,断头横身,为革命者之家常便饭,请兄勿以为虑也。

袁国平(1904—1941)原名裕,字醉涵,湖南省邵东县人。在长沙第一师范时,学业成绩优异,深受在校任教的田汉同志的赏识和钟爱,毕业后应田汉之约赴上海随田汉从事革命文艺活动。不久江浙军阀战事爆发,袁国平同志在上海考入黄埔四期。北伐时任国民革命军左翼宣传队第四队队长。攻克武汉后在十一军政治部工作,随十一军参加"南昌起义"。后参加广州起义。广州起义后,任中

国工农红军第四师党代表。不久，调任湘赣省委特委委员和湖南省委宣传部长。一九三○年调任红三军团前委常委、军团政治部主任兼红八军政委。长征后任红军教导师师长兼政委，并任过八路军驻陇东办事处主任。一九三七年十月奉命离延安去南昌筹备新四军的成立，一九三八年一月一日新四军成立时袁国平任新四军总政治部主任。一九四一年，在皖南事变中，不幸以身殉职。时年三十七岁。

（袁振中）

[注释]

① 马日事变后，袁国平同志给母亲寄去一张相片，作为诀别纪念。这封信就写在照片背面。
② 指五月二十一日许克祥发动马日事变后，反动军阀夏斗寅在鄂西急欲谋袭武汉事件。
③ 斯：此。
④ 余：我。
⑤ 第十一军：即叶挺同志领导的国民革命军第十一军。
⑥ 振鹏：即袁振鹏，袁国平烈士之长侄。
⑦ 庆阳：即甘肃省庆阳。
⑧ 宝庆：即湖南邵阳市。
⑨ 婶婶：即邱一涵同志，袁国平烈士夫人，于一九五六年病逝，当时为中共江苏省监委书记。
⑩ 慈照：指袁国平烈士母亲六十大寿时的相片。
⑪ 珍珍：袁国平烈士的女儿，幼时夭折。
⑫ 指新四军政治部出版的书籍、刊物及袁国平烈士的著作和文章。
⑬ 醉涵：袁国平烈士的字。

黄　诚

给某同志的信①（节录）

……………

小吴②有一封信，四月写的，八月才到，告诉我很多老友的消息，大多娶妻生子，或为生活重担所压，似乎都已苍老，而他自己也似无青年气概，愁苦不堪，有时害病，家庭又要他养家。最可怪的，是他自己一方面认为这将使他一辈子做奴隶，另一方面却表示不能拒绝，不忍把一家老幼九口置之不理（其实我们都知道他家很有钱）。他说："学生时代多少幻梦，多大抱负，多少计划，多大志愿，到此一笔勾销莫想。"这是什么话！我叫他来这里，他说不能。

至于我……最近多致力于学习，自己还觉得懂得太少，甚么都要学，一般地说，这一年我有很大进步，可告慰你的，我比小吴那些人们却正相反，似乎更年轻些。我好象（像）比从前更多些青年气概，我无时无刻不求上进（虽然不够得很）。我现在几乎没有私人生活，除了写信之外，我不常玩，也没有什么闲谈，我还是不抽烟不喝酒,对恋爱我更加严肃,在这里我常以此自豪。

黄诚(1914—1942):河北省安次县人。曾任清华大学学生会、救国会主席,积极参加和领导了一九三五年在北京发生的"一二·九"学生爱国运动。第二年,担任北平学联主席,并加入中国共产党。不久,被捕入狱,在狱中同敌人进行了英勇斗争。一九三七年由党组织营救出狱,继续担任学联主席,并兼任学联党团书记。"七七事变"后,党分配他到新四军工作,曾任新四军总政治部秘书长。一九四一年,国民党蒋介石发动皖南事变,黄诚同志在英勇抵抗后被俘,一九四二年四月被害于上饶集中营石底监狱,时年二十八岁。

(雍桂良)

[注释]
① 这封信是一九四〇年写于皖南泾县。
② 小吴是黄诚的老同学,当时"一二·九"运动中的先进青年。

范子侠

遗 墨

一年一度的"七七",又来到了,今年是第五个抗战年度。四周年的战斗生活,回忆起来是颇有趣味而且令人兴奋[的]。四年来,虽然经过许多沧桑幻变,结论只有六个字,"真理战胜一切"!

芦(卢)沟桥的炮声,振奋了全国人民的心,也震碎了禁闭我们的铁窗(我因接近青年知识分子,被诬为××党领袖而被囚的)。我被释放以后,真觉得沸腾起来,想马上跑到前线与民族敌人比比骨头。

…………

第四个"七七",八月二十日就开始了名震中外的百团大战。

在第二次反扫荡战役中,我们参加了左会山上的战斗,胜利地完成了关家垴歼灭战。反扫荡中,我负了伤,枪弹穿透了手背。这是光荣的纪念标志。疤痕还残存着,看看我的疤痕感到无限的安慰和兴奋,算是为祖国流了一滴血。

四年来，我们把拳头磨练的更硬了。

我是中华民族的儿子，也是党的儿子，没有别的，永远干下去，永远……。

范子侠（1908—1942）：江苏省丰县人。早年因家境贫困，中学毕业后，即投笔从戎，到天津入东北陆军随营学校，后在国民党军队任营、团长等职。"九一八事变"后，他痛感内战不息，日寇侵我河山，民族危机空前严重，于是在军官会议上，联合正义青年喊出了"停止内战""一致抗日"的呼声。然而军事当局却提"有言抗日者格杀勿论"。他愤而辞职，参加了吉鸿昌、冯玉祥组织的察绥抗日同盟军。抗日战争爆发后，范子侠同志在中国共产党帮助下，联合进步青年组织抗日义勇军，辗转战斗在晋东南、豫北太行山区、冀西南一带，与八路军合作抗日。为此，他遭到国民党顽固派的忌恨。一九三九年十月，国民党第一战区司令长官以所谓不服从调动为名，下令将番号取消，停发经费，并通缉范子侠同志。对此他无比愤慨，毅然宣布脱离国民党冀察战区，接受中国共产党的领导，将部队改编为八路军太行军区独立第十旅，范子侠同志任旅长兼太行六分区司令员。同年加入中国共产党。一九四二年三月十二日，在沙河县战斗中牺牲，时年三十四岁。

（尚荣生）

林基路

给父亲的信（节录）

父亲大人膝下，敬禀者：

从阴棠兄处诸多恳求，始得见手谕，三读之下，痛楚万分。

青年人谁无感情，庸碌者用于私，而优卓者用于公耳。儿虽不敏，目击社会现实情形，能无动于中（衷）乎？年来读社会科学书，对社会病源及改造之方，颇多理解，证以事实，益增信心。且儿生性刚强，意志坚决，素不喜因人成事，勇往直前，尽己所能尽，乃我职志。儿意以为此身能公诸社会，个人痛苦，非所敢计。

英雄常见于乱世，而人间一切悲剧亦未有不于此时上演殆遍者。儿志愿忠于人群，岂不愿孝于父母？而事实证明：忠于社会者必逆于父母，忠孝难全，奈何？奈何？以儿意志之坚决，戮力于社会工作，不患壮志不酬，而高年父母，即以"吾心已碎，吾胆已寒"诉，人非木石，孰不伤怀？天乎，何不生我为蠢笨之豕儿，而偏生我为万物之灵之人类？何不生我为俗世蠢子，而偏赋我满腔热血，一场壮志？幸乎？不幸乎？

社会事情不可袖手，而父母恩情岂可抛置？

谨侯　　健康

儿

为梁谨禀

二月十七日

林基路（1916—1943）：原名林为梁，广东省台山县人。一九三三年加入共产主义青年团和中国左翼作家联盟，一九三五年加入中国共产党。一九三四年到日本留学，领导留日学生运动。一九三七年夏回国抗日，不久进延安党校学习。一九三八年二月由党中央派往新疆工作，先后任新疆学院教务长、阿克苏专区教育局局长、库车县县长等职。一九四二年九月十七日，被军阀盛世才逮捕入狱。在狱中同敌人展开坚决的斗争，并写下《囚徒歌》和《思夫曲》。次年九月二十七日，与陈潭秋、毛泽民同志一起被秘密杀害，时年二十七岁。

（台山革命史编写组）

王传馥

给父母亲的信

爸、妈：

大场失守后，东战场再也不能乐观了，敌军抵苏的消息传到我耳中，我只得向上帝祝福全家的安全。日军攻吴兴，菱湖也不成安全之区了，我想或者会搬到安徽，我也希望搬到安徽。

我是为了读书而离爸妈到上海来的，可是到现在读书也不成了，上海的环境也可想而知，我感到自己太无用，不能救国也不能助家，在现在的中国是不容许这样的。

我现在立志到陕北，我相信那里能够造就我，报效国家。时间不允许我得到爸妈的允许而行，但我想是不需要的，一定允许我的，我深感长者之爱，但命运不允许我侍奉左右了，我是要远离爸妈了，也许将来还有见面的机会，爸妈不必伤心，我以爸妈之爱来爱大众，爸妈是喜欢的，我下最大的决心达到目的，尽力打破一切困难。

敬祝

安康

　　再祝

我们得到最后胜利

　　　　　　　　　　　　　　　传馥　赴陕前

翼叔给我最大的帮助，我永不能忘了他的爱。

　　祝他

永远快乐　一定不使他失望。

王传馥（1920—1942）：江苏省吴县人，中共党员。一九三七年十二月赴陕北公学学习，毕业后返回汉口，不久派赴皖南新四军三支队五团担任宣传股长。一九四一年一月，国民党反动派制造"皖南事变"，王传馥同志被捕，关押到上饶集中营。在狱中，他坚强不屈，遭到严刑拷打，重伤吐血，转送茅家岭禁闭室。

一九四二年五月，日寇向浙赣路沿线大举进攻，这时金华、兰溪、衢州、江山均相继失陷，上饶地区混乱动荡，茅家岭监狱在党支部领导下发起越狱暴动，王传馥同志被大家推为暴动委员。五月二十五日暴动开始时，王传馥同志带头行动，不幸他的腿被炸去一截，被敌人抓住，惨遭杀害，时年二十二岁。

　　　　　　　　　　　　　　　　　　　　　　　（邱　锋）

田时风

给战友们的信[1]

三、五、七诸同志[2]:

别来月余,想念得很!我给你们的讯(信),据吴枫同志说,你们都没见到,奇怪。见到新华他们的讯(信),始知你们及工作的近况,我没有别的讲,但愿你们每个人把工作做好,对得起中华民族,对得起最可靠的最后胜利的共产党和八路军,奔向进步的大道。谁要是(只)顾自己,不管大家,不顾国家民族存亡,谁就是大家的敌人。庞、孙[3]两逆不是拥兵几万吗?还不是被我们打垮!坏蛋们前些时不是要进攻边区吗?还不是被我们压下去了!千般万样的事实,证明了谁不抗战、谁反对共产党八路军及广大抗日人民,谁就会(被)我们粉碎的。[此]刻由于红军在主要战场,击溃了德、意[4]主力精锐,致意国无条件投盟国。红军更乘胜进占斯摩凌斯克军事重镇,看(到)了基辅,(约十七英里)今年冬德寇可败完。明年就轮到小日本。一切条件都在变化,特别是对我们有利,只差最后努力××××。干吧！敌人扫了晋西北，即闻想扫晋冀察、太行及太岳北，我们又来二分区，还可向西移动，如来讯（信）可经办事处转我，再见吧！一切可告肖夏同志，听说他不愿意来，并请他来讯（信）。廿响和骡子由张政指带回队部。

即祝

均安

田时风

九月八日

田时风（1913—1943）：河南沁阳县人。一九三四年在北平（北京）上高中，一九三六年考入北平中国大学，入校后积极参加抗日救亡活动。一九三七年回到沁阳，同年十月加入中国共产党，曾历任西万区委书记、八路军一二九师新一旅政治部统战科长、沁阳县抗日民主政府县长等职。一九四三年十月三日在反扫荡中牺牲于阳城县塞树腰村，时年三十岁。

（邓宏里、段铁安）

[注释]

① 此信写于一九四三年。
② 三、五、七：是战友们的代号。即田泽普、新华、吴枫三同志。
③ 庞、孙：指国民党庞炳勋、孙殿英两支反动军队。
④ 德、意：即德国和意大利。

申耀东

给爱人的信

玉如妹：

　　知道你在这里。慰甚！慰甚！

　　往事不可追，不可致怨，生活是实际的现在。将来不可测，不可幻想，前途是演进的挣扎的。但挣扎是在现实的生活中表现着，挣扎要有方向，挣扎要有体魄，挣扎要有技能。愿你奋斗！愿你挣扎！

　　人云百年树人，我知终身树志。志在何方，终身见之；志在何事，终身行之；志可有节，困难试之；志可有价值，大评议之；志为立身之本，事业之本，人生要有意义，志在脑中不可须臾辞也。你的志向怎样，现在可有根基？

　　整个地球要变色的，现在荡动得正紧，而中国，而东亚，更是厉害，血腥、烟火、炮灰、死户、饥饿、突困、死亡、流浪、辞别，混沌了整个中国国土，搅乱了整个中国同胞脑汁，个人的安乐，家庭的安乐，如何能会存在呢？一切安乐只在抗战胜利后。

　　你别忘掉我，你也别过分的想我，咱要各人安排着各人的工作，尽心去做，努力学［习。等］着抗战的胜利到来，咱们全家团聚，全家温存快活！

　　敬致

民族解放胜利礼

兄　耀东
四、五下午

　　申耀东（1907—1944）：河南省确山县人。小学毕业后考入开封农专，在革命风潮的影响下，参加了五四爱国运动。一九二一年在开封加入中国共产党。一九二二年农专毕业后，党组织派他去四川做农运工作。一九二六年，回到家乡从事革命活动，不久建立了洪庙沟党支部。一九二七年大革命失败后，在柏沟庙以教书为掩护，继续从事革命活动，一九三〇年，组织发动了柏沟庙暴动。暴动失败后，带领部队在附近搞游击战争。抗日战争爆发后，又以教书为掩护，在地方做统战工作。一九四四年四月十一日，被日军杀害，时年三十七岁。

（段铁安）

彭雪枫

给邓颖超同志的信

小超大姊：

汉皋一别，三个年头，无时不在念中。这之间您是走了一趟莫斯科，可谓幸福之至！我则深入敌后，每天冒着枪林弹雨，风来雨去，肉体上虽不舒服，精神上倒也愉快，不过反共分子随处皆有，总有点讨嫌耳！

任泊生同志在我处工作。他自己以及我们大家都盼望陈波儿[①]同志来。她去年在洛阳曾给我一封信，说打算要来华中。请您成人之美吧，不仅他们夫妇团圆，而主要可给我们在敌后活动的部队，在文化娱乐工作上以大的开展。我们在望着！

特向大姊郑重声明，我个人的问题并未解决，也不打算解决，海阔天空，独来独往，岂不写意[②]？已经老了，已经老了！
（吴振英问候你安好）

要想见面，怕只有待之于抗战胜利之后吧？我真是想你们！就是我一个人孤独地在这敌人的后方，胡服[③]又离得远，想找人谈谈，净是"部下"。战争，人事，困难，千态万状，总是不轻松得很！就是像汉口那样过几个月见几天面的机会都不可得！

我知道您忙，可是总想读您的信。十年战友，友谊，同志间的亲爱，是比什么也宝贵的！

我不知道居留在渝的故人都是谁？知道的请您代我致意吧！

祝您

健康爽快！

我很结实，从来没有病过，请您放心。

最近小照送您三张，余有请您代为送人。

雪枫

一九四〇年五月二十八日夜于豫皖苏边小荒村中军次④，时在狂风暴雨之后

给爱人林颖的信（一）（节录）

楠：⑤

…………

决心是果断的具体表现，我俩应为我们的前途庆幸！方式虽由于"介绍"，然而"爱"乃是由于同志关系、政治条件、工作利益、双方前途，特别是性格与品质相互印象诸复杂因素而自然促成的，而逐渐浓厚起来的。尤其是在击破困难排除波折之过程中而更会浓厚起来的！倘若"轻易"而成，当不会事后回味之深长吧？比如我们的事业，要不经过艰难缔造的奋斗过程，那么巩固和壮大的程度当不如我们所愿望的那样伟大吧！当然，一种小

资产阶级的恋爱观，是另一种——花前月下，卿卿我我，这究竟是小资产阶级的呀！无产阶级先锋队则不然，这首先建立在政治上、工作上、性情上和品格上，自然同样也有花前月下，然而已经不是卿卿我我了，而是花前谈心，月下互勉，为了工作，为了事业，为了双方的前途！你同意我的话吗？我想同意的吧！因为你已经在做着了。

我郑重提出：双方对对方的希望上，千万不要"过奢"，尤其是在今天，在初恋，在恋爱定局之初期。俗话说：情人眼里出西施，一般人对他的爱人，是不容易看到缺点的。所以在起初，感情无限好，但日久天长，弱点逐渐暴露，情感就会淡了，因为这里头没有辩证地观察问题，更没有辩证地认识问题，当然也不会有正确的方法去解决问题了。人都有其优良的一面和缺陷的一面的，两面相照，发展其优良的一面，同时又要扬弃其缺陷的一面。主要靠自己，同时靠他人。只要对方在基本上是可爱的，是值得可爱的，那就够了，把功夫用在相互帮助、相互教育，相互鼓励上。这是我党对待同志的态度，也是恋爱双方互相对待的态度。倘若能够这样，则双方。情感不仅不会越来越淡，相反必会越来越浓，以至白头偕老的。

在上述基本观念和基本态度之下，我们相爱了，这种爱才是最正当最伟大最神圣的！同时也必能是最坚持最永久的！

所以，你对我的认识和了解，我知道乃是基于政治、党性、品格，而不是什么地位。地位算什么东西呢？同时，要求你必须还要了解我的另一面：急躁、激动、工作方式、方法上之不够老练，对人对物有时过于尖锐，使人难堪，对干部有时态度过于严肃,加上某些场合下的不耐烦,使人拘束,涵养不到家,这一切都是我自己实行自我批判、自我斗争而同时请求你在更接近更了解的情况下帮助我去纠正的。对于你,聪明,豪爽,忠诚,多情,不怕危险困难忠于党,这是好的一面,优良的一面;可是在另外的一面,高傲,虚荣心,——象(像)你所说的,再加上还欠切实,正是你的缺点,却需要你来努办克服的。倘若有了彻底认识,克服虽然必须一个过程,相信是会收到完满成果的。

我希望你的(虽然你已经在作(做)着)是:

(一)加强自己思想意识上的锻炼。你的家庭生活环境熏陶着你,带来了非无产阶级的某些意识,在党对你不断的教育中,特别是在敌后两年烽火的斗争中已经锻炼得使你更坚强起来了。然而进步是无止境的,还需要加倍努力!最近党中央关于增强党性的指示,是我党自有历史以来最有意义最有教育价值的文献之一,你必熟读,妥为笔记,而主要还依靠于左右同志们的相互坦白检讨。区党委会有具体指示,如何去检讨,特别应当认真看洛甫⑥的《论待人接物》那篇文章,胡服同志《论共产党员的修养》那本小册子,这对于我辈为人为党员为一个革命家,是有着极大的作用的。

(二)留心政治,养成对政治的浓厚兴趣。一切应从政治观点上去观察问题。政治是任何一种工作职业的同志所必须具备的。理论修养之外,尤须注意政治形势,根据形势布置工作,分析形势,推动形势,改变形势。要多多地经常地在这方面用心下功夫啊!报纸电讯不应该放过一个字,一条新闻不能单独看作一件新闻,而应分析它的实质。先从近处作起,渐而致于国际形势，抱定志向，做一个最实际的政治工作者，有修养的政治工作者。

（三）待人接物上，不要过于锋芒外露，大方之中含有腼腆。我始终没有忘记过一次毛主席在我外出进行统战工作时的临别叮嘱的一句话："对人诚恳是不会失败的！"这句话今天拿来送给你，共同勉励吧。注意我们的态度，我们的言语，我们的待人接物，更谦逊些，更诚恳些，更大方些，更刻苦努力些！

（四）工作，越下层越好锻炼，越深入越能具体了解，也就越能正确解决问题，越能建立信仰。女子生下来长大了是革命的，是工作的，是为大众谋利益的，而不是为的什么单纯性的问题。女子应有其独立的人格，更应有其培养独立人格的场合和环境，即便结婚了之后，我还是主张你应有你的独立的工作环境，我无权干涉你，也不会干涉你。

（五）你写得很好，你应该努力学习写作，记日记，写文章。把材料系统地组织起来写在纸上，这就是文章。要具体材料，不要空洞说理，要提高文化水平，要加强理论修养。你还年轻，我希望你工作之外，又是作家，必会有一天，你是一个帮助我写作的有力助手！

亲爱的同志！一切美满的愿望，都是建立在政治理智、情感热心、努力互助互谅之上的！

枫

一九四一年九月十四日

给爱人林颖的信（二）（节录）

群⑦：

…………

今天开了一个会，刚才散，费了八个钟头，解决一个同志的党性问题。一个女同志——他的爱人，在会上对他的错误是隐蔽的，是不去尽情暴露的，因为他们是"夫妇"。她，这样态度的她，不是我的爱人！我所祈望着的颖，是热爱着你的爱人而同时又热爱着党！

雪枫
一九四一年十二月四日

给爱人林颖的信（三）（节录）

除党以外，唯一的能够理解我体贴我的同志：

…………

我有这个义务帮助你进步，你对我也同样。我更有这个义务帮助你更多地了解我的一切，以便你更好地理解我的一切。我应当坦白地暴露我的一切，而尽可能的（地）做到不求掩盖。

我为什么离开故乡而投入军中？那是因为穷困。一个十五岁的小孩子背着被子离乡背井，脱离了父母亲邻。母亲塞给我十五块大洋钱，这已是顶丰富的礼物了。从此后，我不曾再受过家中的接济。我清楚，那是我父亲在为人家从事手工业（织绸子）以来的所谓积蓄。凭着祖父给我幼小时的一点"文化"，父母给我教养下的聪明（他们都是正直无私的人），我已经可以不依靠家而去自力更生了。所谓"自力更生"，其中不知受尽了多少不堪的苦头。由于自己的苦干，蒙一位族叔（即那位以办自治⑧闻名的彭锡田）在西北军任书记官的职位使我得以进入军官子弟学校，每月从他的薪水里扣除三元五角来作为我的饭费。不久，他家里嫉妒起来了，三番五次的反对，于是连这三元五角钱也停止供给了。一个年幼无告⑨的人远离家乡一千余里的北京，怎么办呢？那一夜失眠了，我独自在被中饮泣。幸而有校长余心清的垂青，让我在附属的小学校里一星期教七小时的国文（这种文化水平是我祖父教我的，他是一个颇有学问和道德修养的人），一个月的报酬是十块钱。这同样使我失眠了一夜，那是因为兴奋。同学们都怜悯我，有钱而又相投的人接济我，比如以后的方仲铎即是其中的一个。想想，我怎么能够忍心不苦读呢？一面放哨，一面偷偷读书是常事。追求知识如饥似渴，几乎见书必读，逢报必看。从那里算是扎下了今天的文化水平的基础，也引起了人们对我的尊重。不久，参加了共产主义青年团（即当时的C·Y）。尤其在转党之后，更有计划地受着马列主义的训练，和实际工作的锻炼。凭着党的力量，我被人推为学生会的领袖，逐渐加强了自己的自尊心。由于军队生活（象（像）西北军那样严格的纪律），又养成了自己性格上的严肃性。这一方面有其好的一面，另方面又成为以后的弱点了。在北京，曾做过青工运动、学生运动、农民运动，参加南郊暴动。同时，也看过不少的轻视的污辱的颜色。李大钊同志被捕，我逃亡到天津，在那里过一种寄人篱下的生活，继续接受着人家的怜悯。党的秘密工作，不能告人。

这其间，又过了一个时期的卖文章的日子。为了摆脱那种寄人篱下的生活，也曾投考过大公报招收校对的考试，然而因为人多和没有面子，落选了。党又派我到烟台刘珍年的二十一师做士兵运动。半年，终于戴上了"不稳分子"的帽子。总算还客气，给了五十元路费让滚蛋。党遂又派我往山东的福山县做农民运动，藉教小学作掩护。扯起喉咙苦叫一天，晚上才是正当的工作——农民夜校。仅仅二十天，又被土豪劣绅赶走了。已经向你说过，豪绅们给了二十元的酬金，随手丢掉在地下，扬长而去。学生们哭送，我向他们哭别，这以后才到上海。中央军委派我到过镇江巡视，也做过土匪运动，没成功。一天一毛钱的饭食，因为党穷，一个月的生活费，是九块钱。这是在上海，每天总在防备着包打听。经济压迫羼和着政治压迫，短短的几年间，被人驱逐了三次，被统治者关过三次（其中一次是一天一夜的优待室，在北京），受过不知多少次的饿，挨过难以忍受的冻寒；当朋友们怜悯送钱在自己的袋中之后，也不知有多少次背地里流泪。我愤恨极了！对社会不满，并不亚于仇虎⑩或陈白露⑪，满腔积压着报复怒火！我要求党派我到红军中工作，理由似乎很简单——为了泄恨！为了报仇！为了痛痛快快的干一场！一九三〇年的五一节，我由上海搭长江轮到当时游击于湖北阳新大冶的红五军五纵队，这是我生平第二个划时代（第一个划时代是一九二六年的由团转党）。

这一发展过程，离家，投军，进学，入党，最后到红军内，培养成为今天的习性；生活上的刻苦性，对物质享受的淡薄。刘少奇同志说我能"严（于）律己"。我没有大吃大喝过，未嫖过赌过，从人家手中送过来的可怜钱，全部消费在吃饭上了。同时,也养成了"求知欲"的习惯,以未曾受过系统的教育为一生的憾事!尤其是自然科学和史地知识。红大和抗大加在一起.时间才只十一个月。在党的督导之下,努力自修,除了短短的家庭教养,即是长长的党的教养了。而在另一方面,这种长期的"被迫害的痛苦"生活和二十年军队生活,又养成了自己的弱点,如前给军部刘政委⑫[、]饶主任⑬的信中,我写的"自己是个急躁、主观、涵养不够、修养不够、党性锻炼不够的党员,经验虽然有一点,理论实在差的可惊!"此亦即曾对你说过的所谓"老干部"的典型吧。假如硬要原谅的话,这或即是三十五年的生涯中,仍未失"赤子"之心吧?……

我认为我没有染上旧社会的一切坏习气,我尚能保持生我的"纯真"。亦即是说,我仍不失为一个天真的人。我也相信,你决不以我的这些话为吹嘘。除去此次对你,别的任何人我都没提过。

陈军长回军部时,我给刘、饶两同志的信中曾经提到我的毛病说:"对干部要求过高过多过急,然而又没能够都如意,于是不耐烦起来了,求全责备起来了,甚至更进一步的'苛求'起来了。"刘政委前年劝导我说:"你是一个律己严而又要人家象(像)你一样严的同志。"我承认这一点。三年以来,特别是仁和集会议以后,我在极力纠正着。据一般同志说,进步多多了,然而还有残余。

雪 枫

一九四二年二月二十九日

给赵运成⑭同志的题词

要想克服你自己的缺点,要学习别人的好榜样,要和人家合得来,要使你周围的同志都是你的好朋友。

送　赵运成小同志

彭雪枫(1907—1944):河南省镇平县人。一九二五年加入中国共产主义青年团,次年转党。之后去烟台作兵运工作。接着到福山县组织农民运动。后转调上海。一九三〇年五一节,由上海到湖北大冶红五军纵队工作,从此,开始了武装斗争生涯。七月,第一次攻打长沙时,他身先士卒,一马当先,把红旗首次插上了桔子洲头。一九三四年冬,调任红三军团十三团团长。在重占遵义城、直取娄山关等战斗中立下了很大的战功。到陕北后,任陕甘宁支队第二纵队司令,后又到抗大学习,不久到山西做说服阎锡山停止内战共同抗日的工作。"七七事变"后. 任八路军参谋处长兼驻晋办事处处长。一九三八年在河南确山竹沟任河南省委军事部长。东进抗日后,任新四军游击支队司令。一九四一年"皖南事变"后,任新四军四师师长,一九四四年九月十一日在河南夏邑八里庄战斗中牺牲,时年三十七岁。

(段铁安)

[注释]

① 陈波儿:中共党员,著名的戏剧家和电影艺术家,一九五一年逝世。
② 写意:舒服。
③ 胡服:即刘少奇同志。
④ 军次:行军途中的宿营地。
⑤ 楠:林颖同志的别名。
⑥ 洛甫:即张闻天同志。
⑦ 群:林颖同志的别名。

⑧ 办自治：指办乡村自治。
⑨ 无告：古时指鳏寡孤独。意谓有苦而无处可告，形容处境极为不幸。
⑩ 仇虎：曹禺著的《原野》剧中人。
⑪ 陈白露：曹禺著的《日出》剧中人。
⑫ 刘政委：即刘少奇同志。
⑬ 饶主任：即饶漱石同志。
⑭ 赵运成是彭雪枫同志的警卫员，一九三八年至一九四四年彭雪枫同志牺牲，一直在其身边工作。由于赵运成同志年龄小，脾气傲，彭雪枫同志经常教育帮助他，这个题词，彭雪枫同志写在他的日记本上，勉励他学习别人的长处，和同志们搞好团结。

文立徵

给文立徽的信①（一）（节录）

仲劲②："一二·九"后的两信不知都接到了没有？

现在北平仍很冷，但日间也有太阳，夜间有月亮，也未下雪。各校的溜冰场尚未建立，各公园的，多开幕了，我也想明后天去。

没有课上，除在图书馆外，晚上练吹口琴，今天又在同学家里学打字，我很想学会牠③，将来大有用。

华北由"亲善"④而"提携"⑤，又由"提携"到了现局——分割⑥，铁的事实粉碎了我误信当局者的"自有办法"的心理。你瞧，偌大的华北已不允许安放一张平静的书桌了。"怒吼吧，中国！""一二·九"一炮早就响到了南方，想已有个相当的明白，现在要写的是前日（十六）的事：

——事先当局已闻悉十六日有第二次示威运动，故各校门与各街通衢加监戒备益严⑦；

——学联会后，全市各校为四区路，上午在天坛前（天桥）

集中，大集合后再进城示威游行。

我校晨八时由西城发动，经过两三度水龙警棒大刀奋抗后，中途与清华一部分（也是被冲散的）汇合，直达天桥。

十时过，先后奋斗，得（来）到在（会）场的大中学生将近万（余）群众（听说各路在中途被冲散的可不少，也有些中学生被学校当局禁闭不能出来的），悲壮勃勃的气焰紧压了全空。草草开过市民大会后，大集体的列队（臂挽臂四人一连）回头欲从前门入城大示威。这时集体扩大到里多路长，气力愈觉雄伟了。久久沉闷的（地）压在心头快要炸裂的悲愤与积怒，现在变成呐喊了，平时不能谈论的现在血似的写在宣言纸上了，我们雄视一切，我们痛快，我们感觉华北仍是中国人的。

到了前门，即受"绝不准入城"的阻止，数度和平开导与交涉都无效，只有冲锋与肉搏了。栽们的武器自然是肉和血。对方的，初是水龙，水龙不足用，继之以棒、皮鞭、刺刀、大刀背，于是流血开始了；还不足用，第一排枪声向天响了。群众当时不知这是友邦宪兵⑧放的，还是中国爱国警兵⑨发（放）的，故暂时退让了一下；后知是中警所发（放），又即刻齐集前进。第二、第三排枪继续的威压了，同时大刀、警枪、警队车车的压来，机关枪排列更多了，但群众不再一惊动。这时他们见最后法宝也弹压无效，只好与我们请（讲）和，允大队从宣武门进城，我们也只得改路了。

途中在西河沿又小冲突一次。约二时许离前门，四时抵宣武门。到时知是被骗了，因为城门是同样的关了。

燕京⑩又受骗，先离了大队（开城以解散大队为条件），后来清华也为策略先走了。

"各人走不各人走？""不走！""等不等？""等！"这是我们大家自己的回答。

这时东大、师大、辅大、北大、汇文等校四万多人，在大风深寒里，［在］城门外直等到十时多。最后大队欲集中师大。走不到半里在骡马市大街又与水龙、大刀、刺刀大激战数合，此时因人马太疲，又肚子饿，只好疏开，各向师大奔来。到了师大点兵，轻重伤的占五分之三、四。我们坐本校慰劳队的汽车回营了。

在汽车中沉默无语，因有一个悲欢壮烈的回忆盘驻了脑子：［在］宣武门外时有一清华女同学因偷城（她从城门下匍匐穿过，刚起铁闩时被警发现）被捕毒打回来……

十余小商贩走来慰劳我们大队，话与表情都使我们哭笑不得，强烈的呈示一种爱国热。慰劳品是窝窝头、烧饼、芝麻糖、哈德门香烟……都是由几十枚数十枚的集合而买来的。我们从早饿了整天，冻了半夜，这时觉得从来没吃过如此味好［的］烧饼，抽烟的同学也疑心他们现在是吃的白金龙呢。这是另一种力量。请莫比较吧：爱国的中国警兵给我们的是皮鞭、刺刀、大刀背（还似乎也有点良心）……口号是："你们干吗？"这次又见接受类似中国人着便衣的指挥。他们先日受宋司令的赏钱（三、四元不等）真是应该的。当那民众慰劳团来的时候，市民国进来看的（得）更多，我们借此做了个好的真切的宣传，还与他们同叫了几个口号。请莫比较吧！起初我还疑心这般小贩们是汉奸或浪人走来捣乱我们大队的，不能说我们没有理由的根据的。……

这次参加人数比第一次多五倍，气势大十倍，流血重十倍——大约轻伤者数百，重伤者数十（致命的在内）现尚无确实数字。现仍继续罢课。学联但反对学校提前放假。瞧，第三炮。

还有件事值得说的，当我们出发时，有位国际新闻社记者Mr.George KainukoV（乔治·凯诺可夫先生）从辅仁经过，得他许可与我校两同学携camera（照象（相）机）乘汽车在各路与前门一带摄取影片，并允即运欧美。

文立征烈士书信手迹

给文立徵的信（二）

仲劲：交大投考须知、南针，独立评论一七八、一八〇都已收到了吗？

关于"一二·九"你们是否得到了这类的快邮代电？这次的示威运[动]北方报都不能登载，南方总不如此吧。我在当天晚上就写了封信给你，只是那时情形混乱，事后查明的结果是这样：参加人数（内有大学中学）只五千余人（因监视极严），受伤者二百余人，被捕者三十余人，友方的武器是东洋刺刀、水龙，与中国[的]皮带、皮靴。有师大女同学一名受刺伤重，有性命危险。

事后当局戒备益严，凡被注意学校，门口皆警兵数十或百人，水龙数具，严禁团体行动，便衣探四伏。现已有北大、平大、师大一部分十日起罢课，还有两中学，此皆有受伤人较多与较重者，我校虽受伤有人，尚未罢课。

空气，表面上似乎转入镇静，沉默，内心之火更可化金石了。

友方的飞机似乎也镇静、沉默了，因为东京闻讯大为快慰。

北平今年比去年冷得多，虽然也是白天太阳黑天月亮完全和去年一样，据报几天冻了百多人。但是我们有热血，并不寒惧，两拳压在口袋里，依然热烘烘的，这是另外一种势能！

完全是笼中鸟。

我似乎没什么可写的了。多，你也接不到的。

现在又可以溜冰了，但我今年还没起势呢。

这期并没住在学校,不知我从前向你说过没有,与五位同乡租民房五间同住,为了要南方饭菜,可惜分子不纯,结果除了饭菜差出人意料外,都使人烦厌,但这半年无法他图了。以后我写信不用辽大信封,或可偷关。

我个人都很好,请祖母放心。沅陵长沙交通复否?有信时也可说说。你如写信给我,必注意"睦邦"二字,使我接不到,是不好的,也许还有别的影响。

劲
十二月十八日

我从十二月三日读过那篇社评后,就没有大公报看了,你们呢?

文立征(1911—1945):字国道,湖南省衡山县人。一九三四年考入北平辅仁大学。在校期间,在党的"八一宣言"号召下,他积极参加"一二·九"和"一二·一六"学生运动。抗战爆发后,在地下党的领导下,参加了平津学生南下到济南,随后在山东工作。一九三八年初入党,历任鲁南人民抗日义勇总队民运干部,鲁南民众抗日自卫军副政训处长,鲁南山外抗日联合委员会青年训练班负责人,我统战部队国民党第三专署保安第五旅政治部主任,八路军一一五师运河支队政治部主任,鲁南军区第一军分区政治部主任,鲁南军区第三军分区政委兼政治部主任,鲁南军区独立支队代理政委,铁道游击队政委,鲁南军区第二军分区区委书记,鲁南区党委所属二地委宣传科长等职。一九四五年二月在滕县丁家堂村开辟工作时,因叛徒告密,遭敌特武装突然袭击,不幸壮烈牺牲,时年三十四岁。

(李 锐)

[注释]

① 文立征同志是"一二·九"运动的积极参加者。他目睹了北京"一二·九"运动的全过程,心情非常激愤,写了这封信,把事件的经过告诉给弟弟。
② 仲劲:文立征的弟弟。
③ 牠:它的异体字。
④ 亲善:日本帝国主义在侵华战争中,对中国人民进行残酷的镇压和屠杀的时候,在政治上大肆宣传所谓"日中亲善",宣扬什么"日中两国,同文同种。"来进行政治欺骗。在文化和教育领域中进行奴化教育、以维持他们在沦陷区的思想统治,以破坏中国人民的抗日活动,巩固他们在沦陷区的统治,最后达到灭亡整个中国的目的。
⑤ 提携:又叫"经济提携"。这是日本帝国主义在侵华战争中,掠夺中国资源所常用的口号。当抗日战争进入相持阶段,日本帝国主义者为了对付中国人民的抗日斗争,和应付即将爆发的太平洋战争便鼓吹"中日提携"(即中日合作)。其目的是要在各方面加紧对中国的经济掠夺。主要在金融、工矿业、农业方面进行搜刮,掠夺了大量的粮食、煤、铁和其他战略物资,达到"以战养战"的目的。使沦陷区的经济命脉完全为日本帝国主义所掌握。不仅如此,他们还在这个口号的掩护下掠夺大量中国青壮年到日本做苦工。因此,"中日提携"这个,口号是日本帝国主义用来掩盖他们掠夺中国丰富资源和劳动力而进行的政治欺骗宣传。
⑥ 分割:日本帝国主义在侵华战争中,政治上采取"以华治华"、"分而治之"的政策。每攻占一地,就搜罗汉奸组织伪政权,加强对占领区人民的镇压和统治。先后建立的伪政权有:一九三二年的伪"满洲国",一九三六年六月以蒙奸德穆楚克栋鲁普(德王)为首的"蒙古军政府",一九三七年九月在张家口成立的伪察南自治政府,十月在大同成立的伪晋北自治政府,十二月在北京成立以汉奸王克敏为首的伪中华民国临时政府,一九三八年三月间以梁鸿志为首成立的伪中华民国维新政府等等。
⑦ 益严:更加严。
⑧ 友邦宪兵、爱国警兵:指日本帝国主义和国民党匪兵。这里用"友邦"和"爱国"是讽刺之意。
⑨ 同上。
⑩ 燕京:指燕京大学。

潘 琰

给二弟的信[①]（节录）

二弟：

……

亲爱的弟弟：我很同情你的遭遇，但是生长在这种不良的社会制度里，有千百万的人和你相同呢？……再从学习方面说，只要你自己不甘落伍，有了弟妇的鼓励，有了精神的安慰，有了督促，只会使你上进！二弟：人生的境遇是复杂的、波折的。一个有魄力的青年在需要和可能的时候，应当彻底改造，在万不能改造的时候，也应当尽力的改善。消沉和叹气，那都是弱者的行为。亲爱的弟弟！我希望，我相信你是一个有为的青年，不要把自己埋没在悲痛的深渊里！

……

握手

姊　琰草
3.17

给先妹的信[②]（节录）

先妹：

　　天天的都是为了你的瘦弱的身体担心，……现在你是中学生了，……

　　先妹，多努力！不用自满于一时或一期的成绩的良好，要永远的保持着你都是站在人家的前面，这是无尚的光荣！

　　……你每天除了在上课、做练习外有没有空的时间？空的时候做些什么事？课外如有可看的书应当多看，字也要多写。我现在就觉得我的字太不成样子了，就是平时少了练习的原因。现在每天早上我还在练字呢，就是我的时间太少了。……

握手

姊　琰草

十一月二十七日

潘琰烈士书信手迹

给弟弟妹妹的信[3]（节录）

先妹、琛弟：

……

　　在夏天最好早起，早上很凉爽，既可以读书，又可以写字，否则，那就太可惜了。"朝气勃勃"、"暮气沉沉"懂不懂？懂吧？他们把青年比做早晨，老年、人比做黄昏。早上是最有希望而最良好的时间，黄昏过了就是黑夜，到了黑夜就象（像）一个垂死的人，能做什么呢？因此，青年、幼年人非精神饱满、做事愉快而勤谨不可。不然，就是一个没有希望的家伙了。愈勤愈有力，愈懒愈昏庸，你们多多地警惕啊！

　　……你们暑假中的生活好吗？要想习作有秩序，自己就定个作息表好了。

……

　　再会
握手

姊　琰草
七·九

给二弟的信[4]（节录）

二弟：

　　六月中接到你四月的来信，我真欢喜极了。……
　　你现在还在店中吧？也很好，店中的情况如何？在社会上做事，第一个是交朋友的问题，因为一个人的力量有限，朋友们互相帮助是需要的，这是在事业上说。第二做学问也少不了朋友，朋友们的指示与共同的研究学习是很重要的。就是在品行上，朋友也可互相标榜。朋友是分两种的，所谓益友与酒肉朋友。你当然晓得益友好，我也相信你不会交那种酒肉朋友，但是还是要谨慎的。一个人不能没有朋友，没有朋友是孤立而无援助的人，也是寡闻的人，那只有不出家门口。如果你既然做事又怎能不与[人]接触呢？好朋友不一定都是有钱的人；穷苦的人才会了解穷苦人的生活，患难中的朋友才是可贵的。所谓的友多、友善、友多闻是交朋友要多，但是非交好朋友不可，而且是要交有学问、有知识的人。希望二弟多加小心。

想起了惠妹，我真是又感激，又觉得他（她）太劳苦，听得惠妹又以贤惠出名，而又感到快乐。真是难得啊！你想由惠妹一人的位置而可决定我们的苦与乐，如果不幸是一个凶狠泼毒的人，处在这上有老母下有妹弟的家庭中，那我们大家都完了。幸而是能任劳任怨、乐贫穷的惠妹，我们家中才现出了一团融融的气象。这也是大家的幸福！希望你们永远的活（和）好下去。

…………

握手

惠妹均此不另

         姊 琰草

          七·九

给琛弟的信[5]（节录）

琛弟：

　　出我意外的，你竟写这样好的信，这样整齐的字，你的进步太惊人了！……琛弟，你的用功我是欢喜的，你的良好的成绩我是快慰的，希望你永远不懈做下去！

　　你的努力鼓舞了我，也希望我的言词能鼓舞你。我们彼此鼓舞着，我相信我们会有进步的！……"

　　弟弟，你信中说母亲问我"这几年是怎样吃的，怎样穿的？"然而这两句话出之于你的手，你的笔，我感觉到有无限的天真与纯挚，在母亲的口中，我感觉到无限的辛酸！现在我可以坦白的（地）告诉你：我吃的是时间，穿的是时间。这怎么讲呢？就是说我的时间没有能够用来读书，可是就是为了吃穿而工作了！弟弟：你现在还是小孩子，你该觉得时间是过得慢吧？可是我却觉得象（像）箭一样快，我眼看着日子一天天的流去，我的学识还不十分长进的时候，我是如何的着急。我是想读书，我一时一刻也没有忘记读书。

　　…………

握手

　　　　　　　　　　　　　　　　　　　　姐　琰草
　　　　　　　　　　　　　　　　　　　十一月二十七日

给弟弟妹妹的信⑥（节录）

亲爱的弟弟妹妹：

我现在以极愉快的心情给你们写这一封信……

琛弟什么时候进的中学，那真好极了。你写的信很好，只是别字多一点，多留心更好了，你现在对哪门功课有兴趣？哪一门功课比较有把握而在平时考的（得）好一点呢？我仿佛觉得我喜欢运动似的，是不是这个样子？身体是重要的，我一直到现在还喜欢运动，下课无事就打鸡毛球，我不晓得你欢不欢喜这个玩意，读书和玩的兴趣在我是平等的。也就是说我对读书的兴趣也很浓厚的，我希望你们都如此。至于读书方面的问题，我可以给你谈谈。

读书要象（像）细雨一样，一点一滴的浸入。这绝不是象（像）今天读，明天不读，考试的时候开夜车，考过了就把书一丢，这样永远也得不到什么。

首先要养成读书的习惯，只要有闲暇，就要看书。这个我可以告诉你，我们这儿就是这样的。在早上等吃豆浆的时候，多少人随身都带了一点书或报纸、杂志，豆浆没有好，都低了头在看书。下了课，坐在草地晒太阳也在看书。……总之，只要有了空就看书。然而这绝不是有人督促或者为了考试。这看书都是出于自心的。虽然说是一分一秒的时间，这若干的一分一秒，聚集起来也实在可观了！

至于说到看什么书，我以为课内的书要看，课外的书也要看，报纸杂志也要看，不过看的时候要多想，不要莫明其妙的看过去就算了,最好做笔记。现在就试试看,待我们见面了再细谈。

…………

在一年前就听说先妹不上学了,不过我对你的读书,在形式上说(不管在校或在家中自修)无多大意见,其实都一样,若以来去的劳苦一点来说,勿宁还好一点。然而在家中是一定有几个条件的。第一是恒心,第二要有耐性。让我好好的(地)解释给你听。为什么要有恒心——人都是爱懒的,非要有个督促不可。在学校中,当然是不用说,各科有各科的先生,同时有月考、大考,你不能不用心。不想读,为了预备考试,为了得60分,也得皱着眉头看下去。可是在家中就不同了。看不看在你自己,没有先生来督促你,没有月考、大考来逼着你,一切都在你自己。如果没有恒心的话,那什么都完了。还有一点是自修时可能困难更多,有了困难无人请教,找不出解答,那更更苦恼了,所以非要耐性不可!

自修固然是不容易,若真的能安心下去,他可以得到的效果,确比在学校中的成效还大得多。在学校中第一不管你喜欢不喜欢的功课都要读,起码要读及格。至于自修就是单看你性情相近的那一科了。这在时间上是非常经济的。你用不到(着)把时间用在你不高兴的东西上。我劝(愿)意帮助你,希望你能提出你的读书的问题来。

握手

问候惠妹

姊　琰草

10. 28

潘琰（1915—1945）：江苏省徐州人。在中学读书时，她目睹民族的不幸，开始萌发忧国忧民的思想。"七七事变"后，她投笔从戎，参加第五战区第十一集团军抗敌青年军团。国民党节节败退的事实使她认识到：要抗日救国，只有跟共产党走。一九三九年春，她考入湖北建始女师。积极参加学校地下党组织的抗日宣传和罢课斗争，同年加入中国共产党。不久，担任了党支部宣传委员。后因引起了敌人的注意，根据党的指示转移到湖北省恩施。一九四三年，潘琰考入昆明西南联合大学。入学后，她积极投身民主运动，学习毛泽东同志的《新民主主义论》和其他进步书籍。

一九四五年十一月二十五日，联大等四所大学召开时事晚会，遭到国民党反动派的枪炮威胁，激起学生的极大义愤。次日，潘琰和同学们走上街头向群众讲演，散发传单，揭露国民党的罪行。十二月一日中午，潘琰和同学们从昆华商校宣传回来，听说特务冲进了校门，便高喊："打狗特务！"带头冲了出去，不幸中弹牺牲，时年三十岁。

（中央团校青运史研究室）

[注释]

① 此信写于一九四一年。
② 此信写于一九四三年。
③ 此信写于一九四三年。
④ 此信写于一九四四年。
⑤ 此信写于一九四四年。
⑥ 此信写于一九四五年。

叶 挺

给曹云屏的信①

云屏贤侄:

尔来信已收到,不胜欢慰。尔先父②是模范的革命军人,且是我的最好的同志,不幸殉职于武昌围攻之役。清夜追怀,常为雪涕。十年来我亦流亡异地,每思查考其后裔而未获。今幸读尔来信,恍如见我故友也!尔须我助尔读书费用,我当然应尽力帮助。请尔即将尔读书计划,并每年需款多少,及汇款确实地址告知,我自当照办。敝军通信是南昌书院街明德村四号新四军通讯处,希望即刻得着尔的复信。耑此并候

近安!

叶 挺敬启
二月二十三日

叶挺(1896—1946):字希夷,广东省惠阳县人。一九二四年赴莫斯科东方劳动大学学习,同年加入中国共产党,一九二五年回国。第一次国内革命战争时

期,历任国民革命军独立团团长、二十四师师长、十一军军长等职。一九二七年先后参加南昌起义和广州起义。抗战爆发后,任新四军军长。一九四一年皖南事变发生,叶挺同志被国民党反动政府逮捕。先后因于江西上饶、湖北恩施、广西桂林等地。一九四五年转押重庆"中美合作所"集中营。由于中共中央坚决要求,于一九四六年三月获得自由。出狱后即电告中共中央请求重新加入中国共产党,次日即获中共中央批准。四月八日自重庆返回延安途中,因飞机失事遇难,时年五十岁。

（学　英）

[注释]

① 这封信写于一九三八年二月。原信用毛笔书写在印有"陆军新编第四军司令部用笺"字样的直行信纸上。当时,年仅十四岁的曹云屏听说叶挺同志已回国参加抗日战争,担任新四军军长,便写了封信,说明他是北伐战争时叶挺独立团第一营营长——曹渊烈士的遗孤;由于家境贫寒,无法升学。希望得到叶挺同志的帮助。不久,就收到了叶挺这封感情深挚、关怀备至的复信。在信中,叶挺同志表达了他在得到已故战友后裔消息之后欢慰的心情。

② 曹渊(1902—1926),字溥泉,安徽寿县人,很早就参加党领导的革命活动。一九二四年五月,他考上黄埔军校。在党的培育下,很快把自己锻炼成为出色的革命军人。并加入了中国共产党。黄埔军校毕业后,他先后担任连长、指导员和营长的职务,参加了两次东征。"中山舰事件"后,加入了叶挺独立团,担任第一营营长。一九二六年五月,叶挺独立团作为北伐先遣队,先行开赴两湖。九月初,北伐军直扑武昌城下。曹渊奉命担任独立团的夺勇队长,在战斗中不幸中弹壮烈牺牲。

罗炳辉

给友人的信① (节录)

国桢②乡弟台鉴:

正在忙于率部突破津浦路以东,[到]来安、天长、六合等县一带,即南京浦口付(附)近去袭击日寇,接阅我十团来电,该团两个连在浦口南京对岸公路埋伏,日本鬼子乘两辆汽车前来,将至埋伏网内,给以手榴弹猛掷,立刻将汽车击毁,打死鬼子六十余名,日寇闻枪声即增加空、炮、骑、步兵数百名,激战一小时。将鬼子打退的捷报传来,我军只伤亡九名,得安全撤回。……

正在高兴时,忽然传令兵送信来,接过手来一看,是我家乡来的,信面是交张秀明③收,两人抢拆,……两人争阅,一阅到家严弃养④我就晕了[一]样。即说父亲已亡故了,当时秀明说我瞎说,要详细在(再)读下去,一往下读,完全证明确已西归。这当然使人子之心痛伤难忍,使我不安心的是在生时没有侍奉,使先父有子若无的孤苦一生,过着最艰苦非人的生活,到了七十岁的老年人,自煮自食,这是我最伤心难过的一件事,说到这不由我泪血难忍。事已如此,……一切必[已]是历史的问题了,这种无益的悲痛伤感,是不能续(赎)人子之罪的,只有一本牺牲个人一切,只有[为]国家民族的利益,尤其是整[个]世界上广大劳动大众的利益……而奋斗,……

……家严西归,……绝不会影响抗战的决心,只有更坚强的抗战,才是中华民族的出路,同时,才能酬达先父含笑于九泉。……

罗炳辉手启

九月四日

罗炳辉(1897—1946):云南省彝良县人。童年在地主家帮工,备受凌辱和压榨。一九一五年到昆明投军,第二年参加讨袁护国战争。一九二二年随朱培德的滇军到广州,参加孙中山号召组织的北伐军。大革命失败后,罗炳辉被当作共产党而受到"编遣"。一九二八年冬,经朋友介绍到赣西南的吉安县任靖卫大队队长。一九二九年夏,中国共产党中央派赵醒吾、刘士奇和蔡升熙等先后同他联系。这年七月,他加入了中国共产党。十月底,他率民团千余人举行起义,加入工农红军。他先后任红军独立第五团团长、红五军二旅旅长、二纵队司令、红十二军军长等职。在反"围剿"战斗中,他屡建战功,荣获中央军委颁发的勋章。中央主力红军长征时,他任红九军团司令员,担负长征部队的后卫。一九三七年,抗日战争爆发以后,他奉调到新四军,先后任一支队副司令员、五支队司令员、二师师长和副军长等职。他率领部队转战于江淮之间和津浦路两侧的苏皖边区,开创了淮南抗日根据地。抗日战争胜利后,他任新四军第二副军长兼山东军区副司令员。一九四六年六月二十一日,他带病在鲁南峄城镇指挥所指挥反击国民党反动派进犯枣庄之敌,突患脑溢血,抢救无效,病逝在战斗岗位上，时年四十九岁。

（王　楠）

[注释]

① 此信写于一九三九年。
② 国桢：温国桢。罗炳辉同志的生前好友，开明人士。当年罗炳辉同志的家信均通过他传递。
③ 张秀明：罗炳辉同志的爱人。
④ 弃养：指父母死亡。

罗炳辉烈士书信手迹

李兆麟

给哈尔滨医大同学的信[①]

军医大学全体同学们：

在我们离别短短期间中，兄弟我是无日不在想望着一群天真活泼，进步有为如小弟弟一样的你们。我曾多次准备往访你们新建设起来的校址，并和小弟弟们在一起畅谈畅谈，但这种意图，终归在工作繁忙，脱不开身子的形势下而遭受阻拦，这不能不使我为之遗憾。

同学们！你们现在已毅然踏上了进步的途径——探求真理的大道。在这漫长的路子上你们也将要遭遇到不可避免的、凸凹不平和滋长着荆棘难走的地方，但这一切呈现在你们面前的困难，你们都会毫不畏馁的，以自己坚忍不拔的精神消除和克服下去，在革命的路途上大踏步迈进。诚然，目前的国内局势在政协会议之后稍有转机，我们也将或取得合法生存和可能民主的权利，然我们决不能以此微微的胜利冲昏自己的头脑，我们要加倍警惕变成盲目乐观的牺牲者——要屹立在还没有完全为之肃清，仍然有着强大势力的反动者们的面前继续斗争下去,在斗争中来巩固既成之和平,更在不断的斗争中取得真正民主,和实现我们远大的理想。

这里,在我们共同信仰的旗帜下,我应该提示给同学们,你们要本着——"学习,学习,再学习"的信条来充实,和武装起自己的头脑——不仅在业务上,同时也要向政治、军事、经济、文化……一切进步的科学知识钻研。

同样的,在你们实习的和工作的岗位上,你们更应具备着为革命,为人民服务的信念。不可掩辩的多种多样的困难是会在你们的实际工作中接连不断的发生,例如:那些生活上的艰苦,待遇上的低劣,医药器材之缺乏,有时首长对你们关心照顾的不够,病院里个别伤病员由于认识上的缺陷,和伤势疾病的苦痛。对你们发牢骚、说怪话,甚至讲出使你们听了刺耳的诅咒句子。特别是在你们与伤病员的关系上,会使你们有时感到不愉快,但是,你们应该知道,这种关系是会在你们的积极努力下逐渐改进的。在你们的革命医学事业上,你们不仅要给予他们以医药上的治疗,而更应施以精神上的治疗,你们要帮助和教育他们,使之很快弥补起存在在认识上的缺陷,这样才算述尽你们应有之职责,也只有这样才会使你们与伤病员之间的隔阂消除,和胜任愉快的(地)去工作。

最后,我应向同学们指出,你们的学生自治会应急速的、积极的(地)把同学的意见汇集一起,向上级领导提出自己的主张和要求,在条件允许下使你们的困难尽可能的(地)减少,并积极领导全体同学为革命的事[业]做出最大的努力。

谨祝

全体同学胜利前进!

李兆麟手书

二月十日

李兆麟（1910—1946）：辽宁省辽阳县人。一九三一年十一月参加革命，一九三二年五月加入共产主义青年团，后转为中国共产党党员。参加革命后，长期在东北地区从事抗日救亡活动，曾担任东北抗日联军第六军政治部主任，第三路军总指挥等职。抗战胜利后，任松江省副省长、哈尔滨中苏友好协会会长。一九四六年三月九日，被国民党特务杀害，时年三十六岁。

（李颂岚）

[注释]

① 此信写于一九四六年。

李育才

给父母亲的信（节录）

父母亲：

　　记得去年阳历九月在东北接到家中一信，我那时是在难中，是给我们的敌人——日本帝国主义者作工。但当时由于数年未写家信也不知家中之情形，接到信后是如何的高幸（兴）啊！但是不管怎样是环境之不同，精神不快，故而不能将详情禀明，只写了一封简单的回信。

　　现在不同了，那时离家四千余里，今天已不上一千了。那时给敌人作工，今天又继续为中华民族、为革命服务了。那时生活不自由，经常受气，现在呢？已完全进了自由幸福快乐的场所，回到了我一年前的岗位。儿很想念您们，想念家中及故乡之一切。但是民族革命尚未成功，敌人还占着我们许多土地，需要把他赶出去，求得全国人民之自由，国家之独立。因此还得继续努力，以完成中华民族之伟大任务。这样你儿就不能先回家，在国家方面，应赶走日寇，在个人方面，应弄个样子，有了眉毛

（目）。正因此，今特写这封家信安慰伯和娘及家中所惦念儿之诸人，以免今后日夜不安，为儿担心。另外也要简单的报明近六年来之个人史及被俘脱出诸情形。

离家后到今天（三月二十日）已整整的六年零一个月了，无时无刻不惦念。

伯、娘，儿望您们身体永远的健康，事事都无一不如意，那才是儿之幸福。并望信告儿家中及故乡之一切情形。望替儿问候诸位叔父、叔母及姐姐弟妹，也叫他们放心。并问诸舅父、舅母及各亲戚，我祝他们身体健康。主要替儿向五爷面前请安。

民国二十六年离家，经十七师后，九月在太原参加少年先锋队。1938年1月（二七年）任副班长，5月任班长，那时和敌人战斗在襄陵、汾城，8月任政治工作员。第二年（1939）10月即任连长，率百五十人与敌转战年余，也打了许多胜仗，也捉过日本人，也和日本人拼过刺刀。当然儿也遭遇过危险，曾有一次子弹打通了鞋底和袜底，没有伤着肉。1941年（三十年）8月又升任副营长，与敌人转战在汾阳、文水、交城及太原。不幸于12月被敌人捉住，主要因当时未跟认伍，一人远离，枪又坏了，跟的几个人都被敌人打死捉去，从此就受上生来所未受过的罪了。在汾阳坐了七天监狱，到太原坐了一月监狱就送到东北作了工，三一年（1942）八月就跑出来了，带了二十余人，跑了一千多里，到山海关又叫捉住，坐了十天监狱又送回去，才接到了家信，马上给家写了回信，又开始第二次脱进，9月14号有同志们的帮助，坐汽车到奉天，又碰着两个同志，又帮助了二十余元，坐火车到了天津，下车后到咱们的冀（河北）中敌后抗日游击根据地，找到了我们自己的队伍——八路军,这才算是受尽了千辛万苦,经过了许多危险,回到了自己祖国的战场。从头年12月被俘到第二年九月跑出,共计九个月,受了很多辛苦。但是还算不幸中之一幸,到处都得到同志朋友之帮助,刚捉住,一块被捉的当然是我们的战士同志,对我一定(直)很好,有了吃的他们不吃也得拿给我,大衣他们不盖也让我盖,那样好我心如何能下去?最后是有福有罪都是大家的事了。最好的是不管敌人怎样打问,他们总不露一句真言,使敌弄不清我是干部,他以为我也是个战士,因而才有今天的命在。在东北同样也是到处得到同志们的帮助,59团供给主任任学恭同志帮助了十元,又给买药吃;212旅指导员丁鳌同志给帮助十余元;59团政治指导员雍千钧同志也给帮助过二十余元。总而言之,到处都有干部战士给帮忙,所以受的罪还不算甚大,这真是不幸中之万幸,从此就自由了。

接着咱们的八路军就一节一节把我向回送了,(晋西北)[①]。从冀中军区送过平汉(北平到汉口)铁路,(在保定)到了咱们的晋(山西)察(察哈尔)冀(河北)边区(敌后抗日游击根据地),又派兵护送过正太(正定到太原)铁路,到了敌后抗日游击根据地晋冀鲁豫边区(山西、河北、山东、河南的边境)太行军区,十一月走到了八路军总司令部,才决定我回原来的部队。又送过白晋(白圭镇到晋城)铁路,到了太岳军区,又送过同蒲(大同到蒲洲)铁路,到了晋(山西)西北抗日根据地,回到了八分区(汾阳、文水、交城)原来自己的部队。在这一路上虽然辛辛苦苦走了二千里路,但是,一路之上都是八路军,过敌占区有队伍护送,平常走路又给发路费(粮票、菜金)[②],发鞋袜,还给发衣服,所以又不受冷又不受饿,而且还在所过的地方在部队中都是以肉饭相待,一下子吃的我发了胖,身体也非常好,望勿惦念!

以上这是六年来的简单情形,由此就可了解你儿了。现在分配到五支队司令部任参谋之职,一切都很好,望勿惦念!

儿究竟什么时候回家呢?在堂前尽孝呢?这是家中最需要我答复的问题,很简单,抗战胜利了,日本鬼子赶出去,坐汽车火车回家。什么时候才能打走日本鬼子呢?又是一个需要答复的问题,很快,今年是黎明前的黑暗,也就是抗战最后的一年,求得胜利的一年,顶远顶多明年春天日本人就完全可以打出去,这是很有把握的,因为国际上苏联打垮了德意,国内敌人所占的地方到处都有八路军,有抗日根据地,敌人只占了些铁路和汽(车)路,及大城市,那末(么)你儿明年春天或夏天就可以回家了,只有一年,望耐心一点。六年已过去了何在一年呢?那时节天下太平,父子团圆,你看多高幸(兴)啊!……专此敬请

福安

男:育才叩禀

阳历三月二十号　阴历二月十五日

来信至:山西晋西北军区第八军分区五支队交李育才即可。或交山西交城第五支队交我也可。

并祝

全家大小均安

李育才（1916—1946）：又名李践，陕西省澄城县人。少年时忠厚老实，性情温和。小学毕业后因家贫无法继续上学，去本县平民工厂做工。一九三七年九月在太原加入少年先锋队，同年加入共产党。一九三八年起先后任决死四纵队班长、政治工作员、连长、副营长等职，英勇善战。一九四一年十二月不幸被日军俘虏，罚做苦工，受尽了折磨。一九四二年八月组织突围脱险。一九四三年回到决死队任团参谋长；一九四四年又任军事教员；一九四五年担任晋绥八分区清原、太原、徐沟三县游击大队长。一九四六年七月间带兵一营与阎锡山三个团的兵力在太原、汾水作战，身负重伤，壮烈牺牲，时年三十岁。

（《革命英烈》编辑部、澄城县民政局）

［注释］
① 括号为烈士亲笔。
② 同上。

李德光

寄 妻
三·二九前一日　于台山监狱

人生自古谁无死，惟比泰山抑鸿毛，
情兮"利"①兮何者重？重利轻离意泰然。
忍看妻雏成孤寡，留待日后享富荣，
凄苦一时何足惜，且愿收泪待黎明。

寄妻及友好

志趣相投兮我共君，
十载共苦乐兮从不分。
眼看经营将大获兮不幸失足，
愧误所托兮惭失职责，
资财乃令亏损兮情焦如焚。
惟幸我虽去矣君仍在兮心亦安然，
且看春暖花开兮大地灿烂芳芬。

寄妻 三九前日 於笔山监狱

人生自古谁无死，惟此泰山抑鸿毛。
情字利字何重？重利轻离意泰然。
忍看妻离成孤寡，留待日后辛宣里案。
凄苦一时何足惜，且须吸漱待黎明。

李德光烈士遗书手迹

给妻子的信（一）

吾妻如见：

我此次入冤狱情形，可看我口供便知一部，总之系意外与"枉"屈，将来有机会时大家总会明白的。

昨天曾看到阿妈②（同行的大概是阿姆了），但妈见不到我，她结实与安闲得使我惊喜。

请告陆小姐的先生，他们嘱办的事因意外全搁下③，要他们速另设法善后才好。

闻族绅一般对我都同情与帮忙，那我更高兴的。如见我将来幸得有生出狱当会重谢他们。否则，你代表好了。

愿婆婆、人人两老人家多长些寿，好能享享将来的幸福，那你将来就也高兴了。你千祈要珍重自己，勿悲哀，弄坏身体与事情，并多劝两老人家安心。如有人看小我们，只要诈聋诈傻好了，将来总会大白的。

明　爸④

润二月初四早

（三月廿六）

给妻子的信（二）

爱妻如见：

前上之信料均收到，因狱中写信不便，且我又受封闭探望待遇，故更难与外间通消息。现下营救情形，想福妹已详告。总之是次不幸，系出意外。我虽全无证据，但受别人带枪及信件所牵累，枉苦难言。我的心境早已屡信告及。你在外千祈珍重，节哀待变，好好抚育宝宝⑤！

目前我还有一线希望（至同时在茶寮被捕之人，则有物证，当将绝望了），固虽受牵累，但不相识又无证。你应即最恶劣情形打算，善处自己，一切有家庭、有朋友帮助，不必担心。你须知善处自己即是爱我，使我无后顾之忧，而钟爱自己前途，我亦安心了。你聪明，当然会一切达观的。

我担心的还有经手生意多⑥，此次入狱，一切影响而有亏损，望各东家速注意收拾⑦。

你与宝宝身体应要注意保重，看医吃药，不要省钱。须知弄不好这，就是对不起我，没有钱时与家里商量。

我仍很好，每天大便畅通，胃不痛，很开胃，整天想吃东西呢。你也应该好好呀！千万不准你伤心，更不许你哭！

握手

附上草章请转股东清理

昭　爸⑧

三月廿八晨

给妻子的信（三）

爱妻如见：

　　直至今天，我仍很好，在狱中也时时想念起你和宝宝，特别是宝宝的天真聪明可爱，使我在内心感到无限的快慰，加上友好们的"好"，更感高兴。不过因为前途未卜，我早作最坏打算，所[以]目前心境很粗，是时时撇开个人儿女情长不敢多想的。

　　我的生意大概也已设法收拾了吧。

　　前三天那个短仔曾提堂问讯一次，但没有提我，这又比较好点，不过听说他的日记本上有许多邮址，也许将来还会牵累许多人。

　　你和宝宝生活上千万要维持以前水平，不要为我而节衣缩食才好，善于自处，才对得起我，也才能令我安心，千万要珍重！

　　余后再详，并候

　　愉快！

昭　爸
四月三日

给姨妈及母亲的信

姨姨和妈妈等,转香港
吾爱妻、爱女,发伯、陆小姐及其先生暨各远近友好:

我这次不幸受嫌做了囚徒,很难过、可惜。但十日来的囚徒生活,从绳捆到双镣,从三四重哨兵到六重铁闸,从冷酷到温暖……尝到了过去只是口述和文字上得来的滋味,这种体验极其珍贵。

我不是对于生命的挣扎无信心,事实上,世界如此,环境又如此复杂,当作政治犯看的我,当局是特别看重的。虽然是嫌疑而已,但是牵连多,又有族人攻讦,所以即使目前亲属们已在进行营救,但希望是很渺小的,故亦只有抱着"枉死"的目的,心情坦然,因为多想也无用的。

如果真的不幸,就此而死,确是(实)"冤屈"的,因为完全出自意外,至于有价值与意义否,则留待别人来评价了。

姨姨妈妈母亲爱妻这几个人,都是疼爱我而又情感冲动,这几天来一定悲伤至极;如果不幸我有了不测,那更会哭得死去活来。但这是不必的,人死去了非悲伤所能挽回。我的不幸,对于你们虽是少了一件东西,是一重大打击,但并非紧要,也没办法,而已(于)不久的将来,大家就会看到我不幸得来的效果,故此请大家收泪化悲伤为希望好了。

我们的宝宝乖而聪明,将来成人,必有用处。我如有不幸,家庭想也会有善处,爱妻也还能自食其力,但小宝宝必要靠友好们的照顾去抚养，因此我希望将来友好们能好好关照她，好好抚养成人。怎样抚养，爱妻自会，就是使她知道她竟会有个这样的父亲，而又是这样的结局。

我希望果真不幸，请友好们将我的书信，生意账目，读书时的心得笔记，搜集来作纪念。

我自己呢？是会明白应该如何去做一个人的，不致自己弄糟自己。

春天已到，最后的寒流已过了。今天太阳已出，我想春暖的日子快到了。

最后，愿大家如愿以偿。

如有机会有个狱中日记给你们的。

你们疼爱的人于台山监狱中
润二月初二　午夜
（三月廿四）1947

李德光（1918—1947）：小名文逸，广东省台山县人。出身于一个华侨工人家庭，毕业于上海体育专科学校。一九三八年加入中国共产党，历任支部书记、区委书记、青年抗日先锋队大队政治委员、台山人民抗日游击队第一连指导员、广东中区人民抗日解放军第四团政治处主任。他待人和蔼，诲人不倦；处事沉着，当机立断，作战勇敢，常在前沿，是战士们热爱的政治工作者。抗日胜利后，第四团部分干部北撤，李德光奉命留下进行隐蔽活动。一九四七年三月十六日，当他在中共华南分局接受了"台山人民游击队政委"的任命回来时，途中与敌人遭遇，不幸被捕。在狱中，他受尽严刑拷打、威逼利诱，坚贞不屈。四月六日晚上，李德光同志经受了最后的一次严刑：被敌人用床板夹起来，施加压力,把肩胛骨和两条肋骨压断,两次昏厥被用冷水喷醒迫供。他一字不吐,终于是夜光牺牲于狱中,时年二十九岁。

(台山革命史编写组)

[注释]

① 利:暗语。指革命利益。
② 阿妈:指李德光同志的母亲。
③ 他们嘱办的事因意外全搁下:指他回台山前,华南分局布置的工作任务,因他被捕而未能完成。
④ 明爸:李德光同志的自称。
⑤ 宝宝:李德光同志的女儿。
⑥ 生意多:指他负责的革命工作。
⑦ 望各东家速注意收拾:暗示我党各联络点的同志迅速转移、隐蔽。
⑧ 昭爸:李德光同志的自称。

郭庠生

遗 墨[①]

一不贪污刮剥地方，二不卖国危害人民，三不抢劫，奸房（掳）烧杀。而作者，七年抗战为人民服务，努力奋斗救中国，争取世界永久和平，在国民党法律之下，不知所犯何杀？！

不愿封侯不牟利，为人民服务身系狱，壮士四海天地小，气吞山河宇宙微。三军夺帅难夺志，待机而动有其时。

郭庠生（1912—1947）：字瑞卿，河南省镇平县人，自幼学习勤奋，酷爱艺术。十七岁入镇平县立师范，在进步老师的熏陶下，接受了革命思想。二十岁考入开封艺术学校，毕业后回母校教书，一九三六年加入中国共产党。他以文艺为武器，积极主办《漫画周刊》，揭露国民党的反动统治和卖国政策，宣传革命道理。一九三八年二月，上级党组织要在宛西（南阳以西）大力发展游击武装，他便投身军界，打入伪县教导队当政治教官。不久，党派他到江汉区工作。一九四〇年入鄂豫边区洪山公学，任普通班指导员、地理教员及分总支书记。一九四二年任汉川、黄陂、孝感工作团团长。一九四四年回区党委，入党校高级班。夏末，被调到湖北军分区贸易总局，任副局长兼黄陂县贸易局长等职。一九四七年四月，在信阳工作时，由于叛徒的出卖，不幸被捕。七月被押回镇平县。在监狱里受尽了敌人百般的折磨,但始终坚贞不屈。一九四七年十一月十五日,我人民解放军解放镇平时,伪县府人员仓皇逃窜,把他带至城南八里庙,一审再审,什么也没得到。敌人遂对他下了毒手,时年三十五岁。

(段铁安)

[注释]
① 在监狱里,敌人让郭庠生同志写悔过书,于是他挥笔写下了这气壮山河的誓言,作为对敌人的回答。

赵良璋

致友人的诀别书

铁华、壁谱、瑞甫：

人生无不散的筵席，我大去之后，平仲方面最好是改嫁。在监的东西完全由你们收下，在马法官问真处有我51派克金笔一支，手表一支（块），可要回来，也可做个纪念。

我是带着勇敢与信心就义的，我虽倒了，但顽强的性格仍使我精神永不灭亡，这里请你们放心。

我已有一信给平仲，一切都拜托你们了。

拥抱你

良璋绝笔
十·十九

赵良璋（1921—1948）：别号野雪，南京市六合县人。南京市立五中肄业，一九三九年考入国民党中央空军军士学校，一九四三年调印度受训，不久因病回国，翌年调四川新津空军第十一总队。后又转任成都空军第三路司令部一科参谋，一九四六年任国民党第二军区司令部总务科交接参谋。赵良璋同志从学生时代起，就努力研读进步书报，自修音乐，在音乐上创作了许多抗战歌曲，以野雪为名发表于当时较进步的《新音乐》杂志上,并曾一度担任《新音乐》名誉编辑,所作《假如我为了真理而牺牲》、《春晨江边》等歌曲,曾在西南一带流行甚广。

一九四五年日寇投降后,赵良璋同志调任北平国民党空军第二军区司令部总务科参谋,此时他与我党发生联系,进步很快,不久光荣入党。根据党的指示,他利用有利环境,打入了空军司令部的战情科,取得了参谋的职位。他冒着危险,克服各种困难,积极收集和提供了许多重要情报,为解放战争的胜利,做出了重大贡献。一九四七年九月,北平地下党组织遭敌破坏,秘密电台被敌查获,赵良璋等同志相继被捕。被捕后,遭敌人连续三天三夜酷刑拷打,但他没有任何口供。后由叛徒当庭指证及物证俱全的情况下,赵良璋同志大义凛然,视死如归。一九四八年十月英勇就义,时年二十七岁。

(南京雨花台烈士陵园)

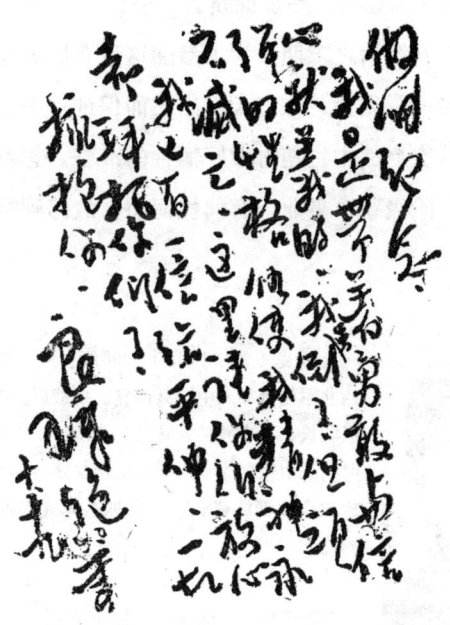

赵良璋烈士遗书手迹

铁 克

请 战 书

"第二天奉命东进,参加徐州会战去!"

在这蒋介石统治之末期,为了参加这带有历史性的、决定性的大战,我曾向党委会,旅首长提出书面保证:……我受党多年的培养,在这次会战中,随时做好牺牲的准备。想着此一生是完全贡献于无产阶级革命事业,有何忧何愁,故感到特别的壮烈而轻快。

铁克(?—1948):陕西省西安市人。抗战前在西北军秘密加入中国共产党。抗战后历任八路军某学校区队长、军事教员、队长,合涧区工委书记。解放战争时期任中原野战军六纵十七旅某团参谋、股长、营长、旅司令部训练科长。一九四八年底在淮海战役中光荣牺牲。

(尚荣生)

王孝和

就义前给父母亲的信

父母亲：

好容易养儿到如今，儿见到这个社会之不平，总算没有违背做人之目的。今天完成了我的一生，但愿双亲勿为此而悲痛。因儿虽遭奇冤，而此还是光荣的，不能与那些［汉］奸走狗贪官污吏可比。瑛①她太苦了，盼双亲若自己亲女儿，为她择个好的伴侣，只愿她不忘儿，那儿虽在黄泉路上也决不会忘恩的。琴②女及未来的孩子佩民③应告诉他们，儿是怎样为什么而与世永别的？！儿之亡对儿个人虽是件大事，但对此时此地的社会说来，那又有什么呢！千千万万有良心有正义的人士，还活在世上，他们会为儿算这笔血账的。

双亲啊！保重身体睁开慧眼等着看吧！这不讲理的政府就要垮台了！到那时冤自得伸，千万不要忘那杀人魔王，与他算账！

人亡之死，一切应越简单越好，好在还有两个弟弟，盼他们也拿儿之事，刻在心头，视瑛如自己姐姐，视两个孩子如自己骨肉,好好教导他们,为儿雪冤,为儿报血仇!

特刑庭不讲理,特刑庭乱杀人,特刑庭[秘]密开庭,看他横行到几时!冤枉啊!冤枉!冤枉!

你的不孝男王孝和泣上
民国卅七年九月廿七日

就义前给妻子的信

瑛妻:

我很感激你,很可怜你,你的确为我费尽心血,今天这心血虽不能获得全美,但总算是有收获的。我的冤还未白,而不讲理的特刑庭就决定了我的命运,但愿你勿过悲痛。在这个世界上,不是有成千成万的人在为正义而死亡?为正义而子离妻散吗?不要伤心!应好好的(地)保重身体!好好的(地)抚养二个孩子!告诉他们,他们的父亲是被谁所杀害的!嘱他们刻在心头,切不可忘!对我的双亲,你得视如自己亲父母一般。如有自己看得中的好人,可作为你的伴侣,我决不会怪你,而这样我才放心!

但愿你分娩顺利!未来的孩子就唤他叫佩民!身体切保重,不久还可为我伸(申)冤、报仇!……特刑庭不讲理!乱杀人,秘密开庭,看它横行到几时?

你的夫王孝和血书
三七·九·二七·二时

王孝和（1924—1948）：浙江省宁波市人。从小家境贫寒。少年时代，就受到党的教育和影响，一九四一年五月，在中学念书时加入了中国共产党。以后，党派他到上海电力公司工作。他积极参加了上电工人对美国资本家、国民党反动派的历次斗争，深受工人群众拥护，被选为杨树浦发电厂工会常务理事。上海解放前夕，同工人群众一起，和国民党反动派进行了坚决斗争，遭阴谋陷害，被捕入狱。他经受了严刑拷打和残酷折磨，始终坚贞不屈，把敌人的法庭变成了揭露国民党反动派罪恶的讲坛，一直坚持着顽强的斗争。一九四八年惨遭敌人杀害，时年二十四岁。

（雍桂良）

[注释]

① 瑛：即忻玉英同志，王孝和同志的爱人。
② 琴：王孝和同志的女儿，王牺牲时，她刚满一岁。
③ 佩民：王孝和同志的遗腹子。

江 风

给刘伟珍①同志的信

秀娇：②

时光又无情地加大我们一岁了，你知道吗？相信大山都会同样有新春的象征的。但我们屈指检讨过去的一年，自己在斗争中获得了什么呢？站在我来说是惭愧极了。回忆一下过去很象（像）一场糊里糊涂的梦而已！学习所得是两袖清风，依然又是使我思想意识虽然受过磨炼，而小资产阶级的严重尾巴还是长长地拖着呵！自己的一切都赶不上党寄予自己的希望，迎不上面对着的垂死而发狂的阶级敌人的残酷斗争。这样的情形相信你同样是如此的结论的。你今感觉到没有，否则，希你低头去思索一下。

此次敌人的扫荡，虽然比任何一次都残酷，而又较长的时间及大的兵力，不过此次就是敌人垂死前的挣扎，我们胜利前的波折、光明前的一瞬间的黑暗，并不是有什么决定性的作用。如我们抱定立场，坚定信心，保持自己的实力，渡（度）过这次扫荡，光明的胜利是必然快来的。不过在这胜利前斗争中的自己，锻炼亦要重视。思想意识的改造，良好的工作作风，提高自己的政治文化水平，这就是自己本身问题。就是个人赶不上形势的问题，胜利在即，而自己相反被胜利所淘汰——自己不求进步，不能负责起工作，这样是悲哀的事情呵！你觉得是吗？我以为要自己赶得上形势就应如此：

1、思想意识——多检点日常生活，向人学习好处及多接受人家的好意批评，并注意学习整风文件。

2、政治上——多注意时局的发展（如研究报纸电讯或人家对时局分析），多找些理论书籍来读，或多找问题请问人家，虚心的听人谈各种问题。

3、文化上——多从日记上去下功夫（你以前你写过一个时期，是对你有进步），多做读书笔记，或者每日在闲时多写多画都有进步的。

4、工作作风——遵守纪律，执行制度，应工作第一，个人利益放在次要，一切服从工作，对上对下都要对事不要对人。领导上应当实干不要空头乱指乱叫，多照顾他人的困难及他人的进步。

我给你的意见，虽然是很罗嗦，也是老生常谈，不过这样是实际锻炼上的真理。希望你当为我的好意，虚心地接纳吧！你不要以为我发狂说的呵！我相信你不会如此想的。你可能依我的意见去做，同时相信你现在都正在实践着了。

我仰慕的妈妈[③]被捕，依她平常的身份来说，是意中的事，可是这是我们的大损失，她的思想意识、斗争历史，是值得我们后继者敬仰的、学习的。站在我和她的情感上就使我痛哭流涕了。我自她被捕后，抱着许多幻想，幻想她有一天自由的来临，而从今天敌人来看，是不能有半点幻想的，而现在我希望的就是她的生活，她被捕后的表现，敌人对她的处置，其他的毒打或者污辱而使她落泪悲鸣，只可增加我的仇恨，加强我的斗志而已，当然不能动摇我的志气甚至一切革命同志。希望你把她被捕后的情形告知，使我可从她本身上去想问题而转向敌人及准备如何为她复仇雪耻吧！我现在经常被斗争多年的妈妈情感鼓起情绪，经常都念着为我妈妈报仇，这样才能永远联系着我和她的情感。

其次我认为你的工作领导，应该能经常联系着你的人，工作有领导、有检查、有批评、有鼓励才好。如信天生信地养的下去，卫生工作人员就会发展很多倾向的……。

我近来工作比较闲，因为第二小队由中队副带去佛冈工作，只有一个小队同我一起工作。学习时间比较多些，但是自己还做得非常不够，其他没有什么，顺告。

我寄去的这封信是附带汤先寄北海的信一齐寄去的，希你见信后即给我复信，可交大队部（北海），同汤先的信一齐转来。

紧握
热烈的手！

K. F.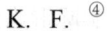

一九四八年正月四日晚十一时于新兴街

江风（1925—1948）：广东省阳山县人。一九四四年春参加东江纵队骨干班学习。学习结束后，被派到粤北北一支何俊才部队。一九四五年五月参加清远抗日游击队。后来，和部队一起北上粤赣湘边区，到南雄、始兴，准备与王震部队会师。

后又随何俊才部队南下坚持北江游击活动。同年加入中国共产党。一九四六年九月，部队下山重新组织武装，他负责手枪队和统战工作。一九四七年任飞虎队中队长。一九四八年秋，调佛冈大队任副大队长。一九四八年十一月十八日，在广东翁源新江渔溪径口战斗中光荣牺牲，时年二十三岁。

（程志远）

[注释]

① 刘伟珍：江风烈士生前的好友，参加革命后，曾任卫生队队长。
② 秀娇：刘伟珍同志的别名。
③ 妈妈：陈玲同志。
④ K. F.：江风烈士的代号。

朱　瑞

给母亲哥嫂的信[①]（节录）

母亲，哥哥：

我在民国三十四年十月从延安到东北来，同年十二月彩琴带淮北也来到东北，在东北两年多了，我们身体都好。彩琴[②]又生一女儿，名字叫东北，很象（像）淮北，快能走了，满健康。彩琴原先身体不好，生东北后保养的（得）好，现在很壮很胖，请勿念。

我在延安就做炮兵工作了，因我在苏联学的炮兵，我很喜欢这工作。到东北后，人民炮兵大大发展，我很高兴的（地）做着，身体比过去更好了，工作精力更大［旺］，工作也还顺利。

东北发展很快，我想不久我们就要打进关，与华北会合，胜利（这次是真正的胜利了）与家乡见面，希望母亲，哥哥，嫂子及子侄均健康，均团圆见面才好。

苏北及山东打仗很多，听说家乡年成很坏，不知家中如何？

……

农民翻身，国家才能强盛。我家有地出租，这就是地主，应做模范，把地自动让给农民，这才算名符其实的革命家庭。我想母亲及哥嫂必定早都做到。我记得在山东时，母亲及哥嫂都说过，我家都参加革命了，要地是没用处的。这是对的！

…………

母亲年迈，是否健在，时刻不忘，务请哥哥据实详告，如仍健在，请多予侍奉，以期胜利后还能团圆，至盼！

至各子侄辈，仍希统统推动他们出来参加革命工作或学习，才不致落到时代后边，甚至做对人民不利的事情。此事请哥哥多负责领导他们。

　　祝
阖家平安

毅仲敬上
九月八日

朱瑞（1904—1948）：江苏省宿迁县人。一九二四年考入广州大学读书。一九二六年去莫斯科中山大学学习。同年加入中国共青团。后入炮校学习，一九二八年加入共产党。一九二九年回国，历任中央军委作战参谋、中共长江局军委秘书长、红十五军政委、五军团政委、一军团政治部主任等职。参加了二万五千里长征。一九三六年末任红二方面军政治部主任。抗战期间，任中共北方局军委书记、山东八路军一纵队政委、中共山东分局书记。一九四三年秋赴延安，后入中央党校学习。一九四五年出席党的第七次全国代表大会。同年八月任延安炮校代理校长。抗战胜利后，任东北人民解放军炮兵司令员兼炮校校长。一九四八年秋，率炮兵纵队参加辽沈战役。十月一日，我军攻克义县后，朱瑞同志在查看炮兵攻打突破口的威力时，不幸误踏地雷牺牲，时年四十四岁。

（温　野）

[注释]

① 此信写于一九四八年九月八日朱瑞将军赴辽沈战役前线的前夕。
② 彩琴：即朱瑞同志的爱人，现在北京工作。

田钦、琴之：

我在民国三十四年十月从延安到东北来。同年十二月彩琴带淮北也来到东北。在东北两年多了，我们身体都好。彩琴又生一女儿，名字叫东北，很像淮北，快能走了，很健康。彩琴原先身体不好，全东北快调养的好。现在延安祈做炮兵工作了，向苏联留学，很加忙，我很喜欢这工作。炮兵此次，人民解放大大发展，我很高兴的做着，身体比过

朱瑞烈士书信手迹

江竹筠

给亲友的信

竹安弟：

我下来已经快一月了，职业无着，生活也就不安定，乡下总是闹匪，又不敢去，真闷得难受，何法？由于心情不好，总提不起笔，本来老早就想给你信了。

你现在还好吧，我愿你健康。

四哥，对他不能有任何的幻想了，在他身边的人告诉我，他的确已经死了，而且很惨，"他该会活着吧！"这个唯一的希望也给我毁了，还有甚么想的呢？他是完了，"绝望"了，这惨痛的袭击你们是不会领略得到的，家里死过很多人，甚至我亲爱的母亲，可是都没有今天这样叫人窒息得透不过气来。

可是，竹安弟，你别为我太难过，我知道我该怎么样子的活着，当然人总是人，总不能不为这惨痛的死亡而伤心，我记得不知是谁说过，"活人可以在活人的心里死去，死人可以在活人的心中活着"，你觉得是吗？所以他是活着的，而且永远的（地）在我的心里。

现在我非常忧心云儿,他将是我唯一的孩子,而且已(以)后也不会再有,我想念他,但是我不能把他带在我身边,现在在生活上我不能照顾他,连我自己我都不能照顾,你最近去看过他吧,他还好吧,我希望他健康,要祈祷有灵的话,我真想为他的健康祈祷了,最后我希望你常常告诉我云儿的消息,来信可交:万县广层桥地方法院廖荣震推士转我(江竹)即可。他是我大学同学,感情上还算是一位好朋友,信没有问题他是会给我转来,或者去拿的,东西可不能寄到他这儿来,待以后我有一定的地址后再寄来。

你愿照顾云儿的话,我很感激,我想你会常去看他的,我不希望他要吃好穿好,养成一个骄少年,我只希望你们能照顾他的病痛,最好是不要有病痛,若有就得尽一切力量给他治疗,重庆的医疗是方便的,这就是我不带他到乡下去的原因。

我真想去乡下看看么姐,也可以混混这无聊的日子,但是又那里那[么]容易,不过,要下周仍不安定的话,我就一定到么姐那儿玩几天去,我想该不会有甚么问题吧,不过也不一定去得成,只不过我在这儿想吧了,就此握别愿

你好

竹　姐
三、十九、

江竹筠(1920—1949):原名江竹君,四川省自贡市人。因家境贫困,幼年当过童工,住过孤儿院。后在党的培养教育下迅速成长,子一九三九年加入中国共产党。入党后,一直在国民党统治区从事地下工作。一九四七年下半年开始搞学生运动。这时,重

庆地下党派江竹筠同志的爱人彭咏梧同志带一批人去川东发动武装起义，迎接解放。江竹筠同志担任这一斗争的联络工作，经常护送文件、药物下乡。一九四八年，彭咏梧同志在战斗中牺牲，她毅然留在丈夫战斗过的地方继续工作，并任下川东地委委员。不久，由于叛徒出卖，在万县被捕，当即押送"中美合作所"渣滓洞监狱。一九四九年十一月十四日英勇就义，时年二十九岁。

（重庆"中美合作所"集中营美蒋罪行展览馆）

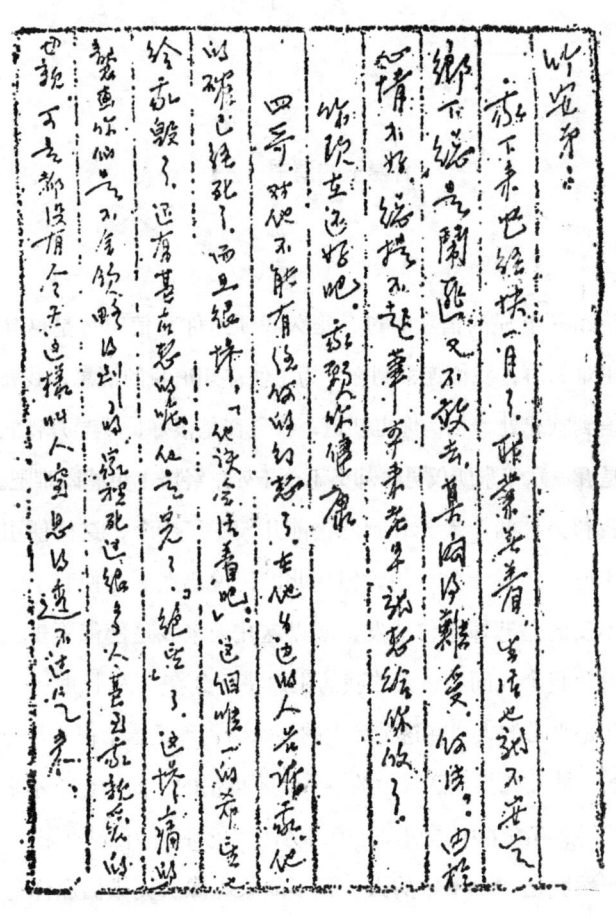

江竹筠烈士书信手迹

李 卡

给妻子的遗书（一）

云姊：[①]

你给超群兄的信我看过，很久我便给你写信，可是这是一件相当困难的事，我怕连累到你。为了使你知道我的消息，我曾不断地搭信到堂兄处。相信你也知道，我现在是很好，早半月曾病了一场，是五、六年来所仅见，却又不至于死，经济上更感困难吧。

我和另外两个人一齐到此，前几天少了一个，这样便引起风声很不好，传说十分可怕。但如此的传说仍然不会使我不安，而使我不安的是悲悼一位战友，所以这几天来我是郁郁不乐。而依据传说及我个人问题，大约我的生命将不久在［人］世。

我是平常的人，在这个伟大的斗争中，确是一个很平常的人，而我的被捕及死都是意料中的事，是不可怕的，而怕也怕不来。是的，我仍然存在着中国知识分子的劣性，我希望能自己克服。

既然我是一个平常的人，我不能象（像）英雄们那样写下动人的遗书，而我亦无写遗书的必要，但是为了你，为了难忘你，为了感谢你,我不能不给你写这信。假如真如我所估计一样,你就把此信作为我给你最后的一封信吧。

这样又会使你难过了,但你常常说,你比我理智得多。我望你不要为我而流泪,那是不值得的,更会使你身体消瘦下去,这是我死也不瞑目的事,我相信你是不会的。

你不要把我两（俩）之间的往事记起来,那有什么用?作为写小说的资料吗?还有许多动人的故事,你何不用心去记?作为记念我吗?那又何必呢?

我个人或有一些值得别人学习的优点,我死后,你不要向别人夸耀。那是极其微小的,何况我缺点多着呢!

我死后你应马上忘记我,第一减少你的忆念痛苦,第二你也应该继续你理想的追求。我愿你未来和一位忠诚为人民服务的人做朋友,你应该仔细地选择。

是的,我仍然有许多缺点,你同样也仍然有许多缺点。在生活斗争中你该革除过去的鬼脾气呀,不然,你会更痛苦。

我的遗尸问题,你不必理它,人死了尸是不值得留恋,莫要学那些正人君子的封建思想,找麻烦费金钱是没有什么意思的。

真的我死的消息传给你时,你不要告诉母亲,使她难过,我心更不安。

可以把我一切消息告诉你认为我以前可靠的朋友们,并望他们今后在新的社会下努力工作,并望他们努力学习斗争。

退一步估计,假如我免至于死,而案情亦已有所决定,望你能做迅速的调查,最好葵兄能再来一次,不然亦应物色一个较妥的人来探,把情况告诉我。

这儿我报告我目前的生活：

1、写一些被捕经过的记述，实在在此写东西也是困难的，我有心而不定，夜里电灯暗，日里人复杂。

2、看书是一件最好的消遣，肖红②散文及《呼兰河传》我都在此看完。我很爱肖红，另外鲁迅的文章也有得看了。

3、生活，我有时搓搓麻将，总之生活上无一定规律，夜里必需下半夜才能入睡，因为人多，太嘈杂，下半夜才睡的人居大半，并不是无独有偶。

有人来最好是月底来，就算未死，也要经济接济，葵兄回时他说有人送米来，到现在未见来。

我很挂念你的病，你的理想是教书，又不愿负担复杂的功课，当然如理想一样达到成功是好的，但未有如此的好职位。我以为你还是和克兄一齐工作好，就这方面发展是好的。

伟兄有信回来，你可向他求职的，交通阻障也能克服吧。

时局就快转变了，天翻地覆的日子快到了，报上已坦白承认共军将渡江，华南当有一场恶战，这就是最后的用武装解决中国革命的一场大斗争。过后，人民便快乐了，你也会跳舞似的迎接新的日子的，你们应该快乐。

歌唱吧，我会在梦里听到你洪亮而快乐的高歌。

可以来信给超群。

敬候

健康

池③

3·9·

给妻子的遗书（二）

亲爱的姐姐：

接到你3月17日的信，如命写了一封信等人来转给你，当时药还未收到，后来我托人寄一信给你，那天很凑巧的送药的朋友来了，我还未见到他。照郑先生说他很慌张，一交了药便跑了。这样那封信便没有给他。从他手里接你的3月20日的信。

你20日的信我读了知道你替我不安，我很感谢你。但如果你有了工作，你便安心去吧，不必为了我，我自己会懂得去处理自己的生活。今后的问题，也只有候命吧。

你3月17日复给我的信，我很敏感地感到你可能误会了我。是的，当时我在不安的心境下，是写得那么冗赘零碎。

至于经济方面，你不会不了解我的情景，这里买东西十元只得五元的东西，一半是被剥削了，且又要一些"熟性"的应酬，所以我的经济最近会成了问题。而我也知道你们穷，我不能要求过高。坦白的朋友们！我很感谢你。

最坏的（也是我感到最快乐的）场面会降临，我时时准备着，但最恼的就是不清情况而已。

对我的问题，千万不要摇尾乞怜，这才是爱我的表现。汪兄回来了吗？

如果尽可能给我经济帮助，请能在最近给我，每月有十多元港币便足了。

三樽补药，我先食维他命，有一两个朋友因病后，我也分甘共享。这些贵族之货物希勿购来。可是我感谢朋友们的真诚。

大约这信你不会接到,你离穗了吧。

我的脚不大成问题,勿念,我比起初来韶较胖了,这些健康都是你的赐予,上帝知道的,我对着上帝祝福你和朋友们永恒得到自由与幸福。好了,敬祝

快乐

弟弟　敬上
4月1日

给妻子的遗书（三）

云兄:

感情有两种,一种是属于个人的．一种是属于大众的,前者是剥削意识,后者是被剥削意识指挥的。理智就有两种,一种是革命,一种是反动的,我们应该对它两个分别得清楚。——我对你的感情与理智看得很透彻的。云,实在从你的信中,感情在你的心海中泛起的波潮是相当高的,你不要掩蔽哟,这是你爱我的表现。你给我的信几封我都存着,有时拿出来看,一面我得到无限的慰藉,一面我又是把泪水向肚子里流呀,云姐。

你每封信似乎都写明在怀疑我不了解你,实在是冤枉之至哟,你真有此念头,你应该忆起过去我对你一切的真诚表现,也许那时我们是有点幼稚,但怎能怪呢?

亲爱的,我应说些什么才能使你了解我?亲爱的,放心吧,假若你以后不会看到我的信,你也应该放心,放胆地去努力吧!

说到我的事情我很不了解，但我是随时准备那快乐的时刻——被杀戮到来，我是有此勇气的。不过，老实说，敌人也要对我的问题作周详的考虑，今天谁不清楚敌人，而敌人又何尝不了解自己？我有时默默的（地）呼喊——"有本领就来吧！！！看你行运到几时！！"

我的事情如何，葵兄会告诉你。

这里我也来写写我的生活及我的环境。我这间屋有一百多人住，有时地下也睡得满满，尿缸便缸就在床的面前，自天亮到夜深都是热热闹闹的，不断的火烟，所以整天我们都是在臭气烟气、浓厚的人的气息笼罩下谈笑、看书、吃饭、睡觉。要是想运动下（也可以说是呼吸新鲜空气）那就要去到门口那几根狱柱之前伸一伸，吸一吸。大约是因为人多缘故，未必吸的就是新鲜空气。

据说这屋有史以来死了几百人，单就在抗战胜利那年尾，当接收大员发接收财的时候，这里便饿死一百二十多人。

这间屋在一株老榕树下，树荫罩着整间屋顶，偏偏有一个猫头鹰住在这株榕树上，有时啼叫象（像）孩子叫；又据说这鸟一叫，屋里的人便要少一个。这当然是有点迷信，但据我在此住两个月，确然这鸟是一个凶兆。只要它一叫，就有事情发生……这里有许多动人的故事，但大多数是悲剧性的，有闲心又有写作自由的话，是可以赚些稿费的。

两个月我认识了不少朋友，搞熟了，我更不会苦恼，我每天都谈心，有时还开辩论会，有时也搓麻将，还有就是睡觉、吃饭。

我的吃饭问题，每餐有公家饭两小碗，没有菜，盐都没有，两餐仅可顶一餐用,所以我们自己煲④一餐,食公家饭一餐,但每餐都要煲菜。不知怎样,在此我特肚饿,差不多每隔一晚便要煲夜饭食。我们食菜不限定,但总够营养,早几天我肥了些,前两天因伤风而微微地咳了两下,那也不成问题。

买东西实在受抵制,一言难尽。亲爱的,这便是狱中的地狱。

我的脚并没有伤过,被俘时胸前被打,微肿也好了,我的亲爱的镣铐虽然常常跟住我,那是不要紧的,勿念。

高兄想来看我,其意值得我感激,但是千万不要如此,不论高兄也好,别的朋友也好,这是不必要的。我不是娇娇滴滴的人,葵兄来我已经替他担心了,以后有东西可交超群兄的妈便得了。

不必再买什么补药,我不应有此享受,实在比我更辛苦的朋友还有,前方和后方的。

大约我每月要15元至20元左右。但若果实际穷苦的朋友,不必向他们求捐,我有何功?敢受此礼哟,谢谢他们,就是有钱的朋友也应出其诚意,绝不能勉强。

所出版书,我真想看,可惜无得看,下回有人来,若然不是"禁书",可以带来的。

克兄等定然有很多大作,可惜我看不到。我这里每天都有大光报看,但受检查,若有关我们的事或他们认为是我们看了有问题的都剪了下来。

三樽补酒,我食维他命,另二樽未开动。在此也不能自私的,所以我准备若然绝粮,可以换米。

话,特别是我要说的,写不胜写,还是停下来,我希望此信能顺利到你手,另附上一些我来后的日记,我还未复看过,或者有词不达意之处。

祝你

健快

弟上

明天是我生辰(旧历三月初九)。

葵兄来刚刚两个月,他正是二十八来的,你替我感谢他,他似乎瘦了些。

给朋友的最后遗书

朋友:

当白色的恐怖正在蔓延着,死亡之魔在狂吼的时候,这不是一个凶信,而是一个喜兆,你接到应该为此而快乐,因为任何魔力明知是消灭不了我们,而自己的心正在发慌,又故意装出残酷的面子,干尽伤天害理的事。

我走了,以后再不会见我的笔迹,也许你为此而难过。

我们这一代就是施肥的一代,用自己的血灌溉快将实现的乐园,让后代享受人类应有一切幸福,这就是我们一代的任务,是光荣不过的事业,死就是为了这,而生者亦是生的努力方向。几多英雄勇士为此而流血,抛出自己的头颅,我不过是大海中一滴水,平原的一株草,大海无干旱之日,烈火亦无烧尽野草之时。

我走了,太阳我带不走,你跟着它呀!永远地跟着它呀!

朋友，努力！天一亮，你就会看见太阳的微笑。

愿你

幸福愉快

卡留笔
旧历闰七月初三
（1949年8月25日）

此信是留下托友寄给你，那你可一目了然，希即转告各友，以免悬念。

不必要时不要通知英，她是个富有感情的女郎，知道了就会影响工作。

在此我深深向你致敬礼。

并代谢各友之助。

又及

李卡（1922—1949）：又名李钧海、李亦池、李永乾，化名"古怪李"。广东省化州县人。一九三九年读中学时，就积极参加抗日救亡运动。为此，被反动当局开除学籍。以后，转入广东乳源县侯公渡知用中学读书，仍积极从事抗日宣传活动。一九四三年夏天，与亲友合资承顶了桂林恒星书店，暗中出售革命书籍。抗日战争胜利后，入广东国民大学新闻系学习，同时，任广州《建国日报》记者，用"徐雪"、"上下大夫"、"吼夫子"等笔名，在许多报刊杂志上发表文章，宣传革命道理，鞭挞国民党反动派。后由广州地下学联送他到香港达德学院学习。一九四七年四、五月间，由地下党派往韶关粤赣先遣支队，任支队司令部参谋。一九四七年七月加入中国共产党。一九四八年春，离开司令部调往曲南游击大队，任武工队队长、曲南工委会主任等职。经常在广东翁源、曲江一带开展游击活动,打击反动派和伪自卫队。一九四九年一月十五日在曲江县沙溪凡洞被国民党反动派逮捕,关在韶关芙蓉山监狱。在监狱里,他通过写日记、写信,抒发热爱党、热爱革命事业的感情,痛斥国民党反动派;在法庭上,与敌人展开了针锋相对的斗争。一九四九年九月四日中午,被害于韶关机场,时年二十七岁。

(程志远)

[注释]

① 云姊:徐云(又名徐可)。李卡的未婚妻。下述的姐姐、云兄,均指徐云。
② 肖红:三十年代的女作家。
③ 池:李卡的别名。
④ 煲(bāo音包)砂锅。煲饭,用砂锅煮饭。

李卡烈士遗书手迹

高厚祖

绝 笔

血是红的！汗是热的！要用红的血和热的汗！才能获得自由之花！

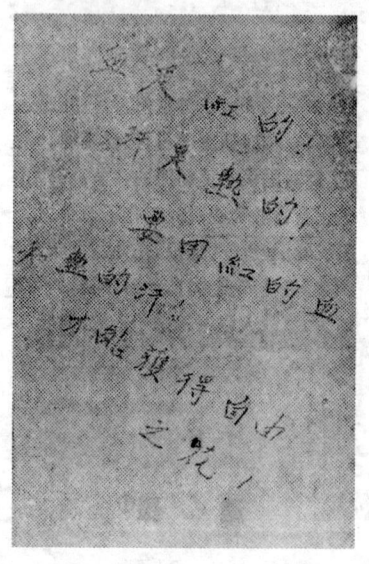

高厚祖烈士绝笔手迹

高厚祖（1916—1949）：湖北省红安县人。一九三一年三月参加红军，一九三四年加入中国共产党。先后担任红军第四军宣传队长，八路军一二九师七七一团组织干事、三八五旅组织科长，中国人民解放军第二野战军第三纵队政治部主任，二野女子大学副校长等职。一九四九年不幸病故，时年三十三岁。

（尚荣生）

史霄雯

遗 墨[①]

慧贞送来了一本《昆明惨案真相》[②]，我即刻便一页页地看下去，然而，我不忍看下去，我真不知道现在是什么世界，什么时代！在我们堂堂中国之内竟发生了残酷大屠杀的惨案！政府[③]的专横，国民党的凶险真太使我觉得惊异和憎恨。

我激动地暗泣，泪水润湿了我的手帕，不知几多日子，我没有流过一滴泪珠，然而今天我却似小孩一般地哭泣，我惭愧吗？不，可惭愧的是我们政府，他使人民灰心，失望，绝望，和诅咒！

血是吓不退我们青年的！用我们的血来写民主的第一章！用我们的行动、我们的血肉、我们的一切抵抗着法西斯主义。

史霄雯（1926—1949）：江苏常州人，一九四五年考入上海交通大学化学系，在校时认真学习，热爱真理。抗日战争胜利后，积极投入了反对国民党反动派的斗争。一九四九年初，被推为系科代表大会常驻会委员，工作不遗余力。但他的果敢行动招致了国民党反动派的痛恨，一九四九年五月二日，为国民党特务所绑架，经受严刑拷打，始终不屈，不幸于五月二十日上海解放前夕，被敌人秘密枪杀于上海，时年二十三岁。

（任武雄）

［注释］
① 这是史霄雯烈士一九四六年初日记的一页，表示了对国民党反动派的无比憎恨。
② 《昆明惨案真相》是在地下党领导下秘密出版的揭露国民党制造昆明惨案的书籍。一九四五年十二月一日国民党在昆明为镇压民主运动制造大屠杀，死难者四人，伤者无数。
③ 政府：指国民党反动政府。

陈 玲

给刘伟珍^①同志的信

珍,伙伴们:今天意外地接到你的来信,这使我多快乐和兴奋啊!

一年的隔别,不晓得你们曾把我想念到什么样子,死了吗?还是受苦刑呢?还是……至于我呢,一年来的生活,无法给你们告知,要不是×兄来过,恐怕我这封信也无法交给你们。

一年来悠长的岁月,而且又在这种环境里,怎么不使我不时刻怀念着你们及我们的"家"^②来呢?更深夜静的时候,我时时会从梦中醒来,睁着眼睛到天亮,我络绎的回忆了过去的一切的一切……在我想象中经历多年锻炼的你,必是更坚强地屹立在人群中。伴侣们也突飞猛进了,胜利是更接近了。想着我又得安慰而又尽情地睡去了。

虽然是坐了一年多牢,生活亦不会很难堪,精神物质上,初时是困难的,后来倒设法克服过来了,靠难友们精神粮食的支援,星岛报纸常有看(最近因禁止入口才断绝了),养成了阅报习惯。现在没有得看,我今觉得不好过。数月来阅报使我裨益不少。我抄集了好几本青年讲座版的关于修养问题的、文艺理论的、妇女问题的文章,以及许多词集和练字,现在我的小楷比以前较端正了。年来因有报看,思想不致麻木不仁,还没有生锈,这是可以告慰的。可是这一点比起你们,实在使我惭愧得很,在某些方面来说,我是退步了,赶不上你们了。你们对于人类的贡献一天天地多,可是我呢,却被困在这监狱里,这些也是我内心焦躁的一个主因。

物质生活虽然贫乏,但是我能挨受下去,困难是可以克服的,实在无法解决的时候我可以找点工来作,弥补生活的不足。最近得某兄的帮助,希你们勿念!

惊闻"风"[3]的牺牲消息,愤恨之余,使我又反复难过了一整夜。但我们不应该停在悲痛中,相反的我们要加倍努力,踏着他的血迹前进,继续完成他未完成的志愿,来纪念他,才是有意义的。

他虽然死了,然而他的精神是不朽的。他为人类而牺牲是最光荣最伟大的啊!愿你们不要悲伤,努力吧,继承他的遗志来纪念他,他在九泉之下,定感安慰与微笑了。

话写那么多,要说的话还是多着,什么时候我们才能谈个痛快呢?

搁笔了,再会,愿给我信。

祝福你!

妈妈[4]字

写于曲江狱中

1949.5.9

陈玲（1923—1949）：原名陈道玲，广东省南海县人。她少年时期，生活俭朴，学习刻苦，性格坚强、刚毅，心中常怀"有国才有家"的大志。一九四一年随舅父到粤北地区工作，同年加入中国共产党。一九四四年参加清远县抗日游击队。一九四五年随部队北上粤湘赣边区，一九四六年参加粤赣先遣支队，先后任连队指导员、支队政治部组织干事。一九四八年在广东翁源县新江太坪战役中被捕。新中国成立前夕壮烈牺牲，时年二十六岁。

（程志远）

[注释]

① 刘伟珍：当年任一支队卫生队队长。
② "家"：指党组织。
③ "风"：指江风同志，1948年11月18日牺牲。
④ 妈妈：陈玲同志的化名。

王家栋

遗 墨[①]

好快,转眼又是二十年了。

二十年的时光,在一个人来讲,可以说是已经走了人生的路程的一半。宝贵的童年和少年时代是都过去了,是永远不能再回来了。

在中国做人,尤其是在二十世纪四十年代的中国要做一个象(像)样的活人,实在是一件不太容易的事。随处都是陷井(阱),随处都可以致人死命。我自己就是经历过来的人。在牢狱里,在屠夫们的刀尖上活过十一个多月,没有死掉,总算是命长了。

但人,活得总要象(像)人呵!

也就因为这样,我更有了活下去的勇气,我更懂得珍惜我自己。

魔鬼们是恨我的,而且是恨入骨髓。本来,我也就因为要招它们的憎恨与嫌忌才活在世界上的。但愿它们恨得长久,但愿他们将来不跪在它们现在所憎恨的人们的脚心底下忏悔哭泣。……

二十年了,我没有做过一点象(像)样的事,而在无意之中,间接或直接还都曾"吃"过不少的人。说来也真够愧死。

"二十年后又是一个!"

也好,只惟愿不做阿Q,不再象(像)从前那样地去"吃"人。苦苦学习,苦苦过活,苦苦做人;或者做一点象(像)样的事,对得起每天人民供奉给自己的三餐饭,就行了。

一九四九年一月廿七日夜十时二十周岁生日于故乡

王家栋(1929—1949):湖南省邵阳人。中国共产党党员。高中毕业后投身于革命斗争之中,经常在报纸杂志上发表文章,报道我党领导的地下武装斗争情况,揭露反动政府的黑暗政治,因而被捕入狱。一九四八年被营救出狱。一九四九年四月,参加了中共湖南工委领导的武装斗争,任中队教导员,不久被捕牺牲,时年二十岁。

(学 英)

[注释]

① 此文王家栋同志写于自己二十岁的生日,以自勉。

杨 杰

给儿子的信

兆虎继儿青览：

十月十八日来禀诵悉。

世道艰苦，奋斗才是出路。幼年不努力，老大徒伤悲。好运气总是落在有本钱人的身上（本钱者，有技术、有学问、有能力之谓）。汝逾而立，奔驰蹀躞①，或者有相当的觉悟。今后做事，要立定脚跟，敦品卖力，要谨慎奋发，或可有成。

我来月返滇，省视老亲，届时可以良晤，再为详加指导。我是厚望下辈之人个个争气，个个成才。若是不自弃自暴，当然可以提携，一切望自发为要，余容续告。专复即询

时佳！

父　光手泐
十、廿六。

杨杰（1889—1949）：字耿光，云南省大理人。一九〇五年考入昆明云南武备学堂，后保送保定军官学校。一九〇九年二月入日本陆军士官学校步兵科深造。在这期间，深受孙中山先生的资产阶级民主革命思想影响，参加了同盟会。

一九一一年武昌起义胜利的消息传到日本，他立即回到武昌，任新军管带（相当营长）。后参加蔡锷、唐继尧领导的北伐军，任威武团团长。一九一四年春，随唐继尧返回云南，被委任弥勒县知事。一九一五年任护国军第三梯团第五混成支队长。不久，升任第四军参谋长兼第一纵队司令，后升任陆军中将，并被授三等文虎章。

一九二一年，杨杰再赴日本深造。一九二四年毕业后回到国民革命中心广州，先后担任国民革命军第六军总参谋长、十七师师长、第六军副军长、总司令部淮南行营主任兼总预备队指挥官、军事委员会委员和国民革命军第一集团军总司令部总参谋长等职。一九二九年任陆海空军总司令部总参谋长。七七事变后，被派往苏联，次年任驻苏大使。一九四一年，被蒋介石免去大使职务。

一九四五年，杨杰在重庆与谭平山、陈铭枢、王昆仑等国民党爱国民主人士组织了"三民主义同志会"。对此，蒋介石派出特务进行监视。一九四七年，杨杰被迫潜赴昆明。一九四八年，国民党革命委员会在香港成立，杨杰任中央执行委员。一九四九年五月，中共中央通知杨杰赴北平参加中国人民政治协商会议。九月，杨杰秘密离昆赴港，准备北上。国民党特务亦跟踪而至，十九日，将他暗杀于香港寓所，时年六十岁。

（李荣胜）

[注释]
① 蹀躞（dié xiè 音迭谢）。往来徘徊。

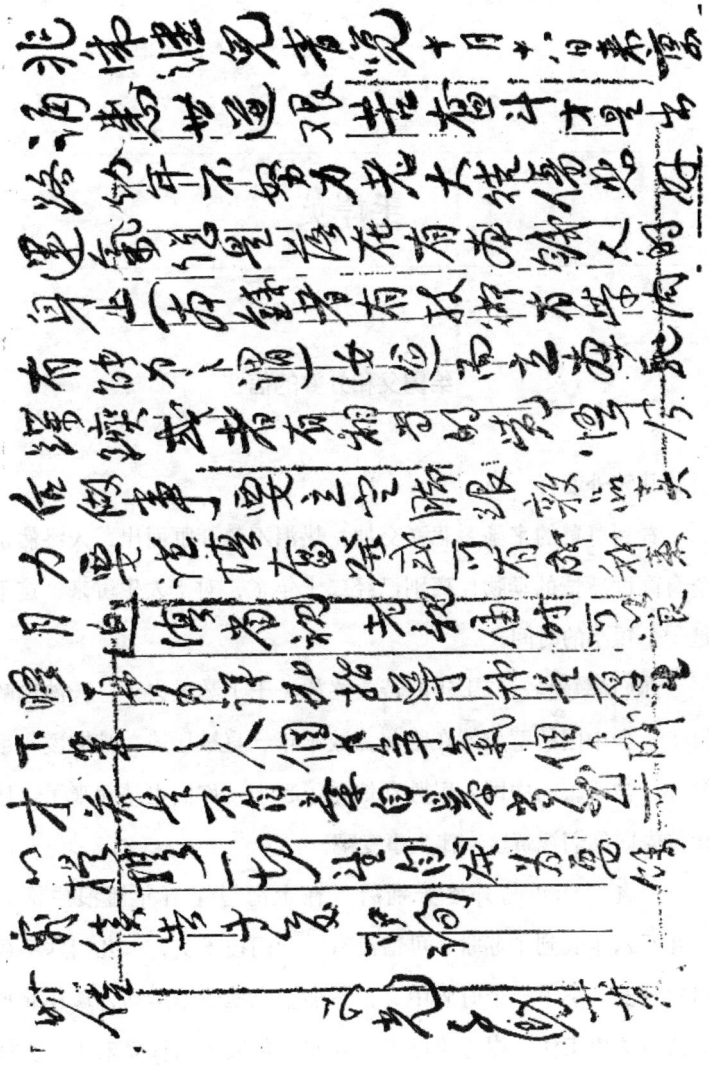

杨杰烈士书信手迹

毛岸英

给舅父和外婆的信

舅父并转外婆：

看到舅舅的来函，悲喜交加，热泪不禁夺眶而出，人终然是个有高度感情的动物！离别已经二十年了，对于人生讲来，这不是一个短小的时间。

你们都好吗？二十年的苦头终如（于）熬过去了，长沙也解放了，全中国的解放就在眼前，数千年一直被压迫、被欺凌、被侮辱、被残害的中国人民胜利地站了起来，你们也站起来了，让我首先向你们祝贺这一伟大事变吧。

一九三一年与外婆分别后，在上海过了五年流浪生活。一九三六年底到了苏联（可惜没有学一门技术），一九四六年初回到延安，学了一个时候中文，参加了土地改革运动，现在北平中共机关里工作。岸青也已于一九四七年回国，现尚未正式参加工作，他的耳朵有些毛病，但不很要紧。我的身体很好，勿念。

我们都很想来看你们，只要有可能，我想我是一定要到长沙

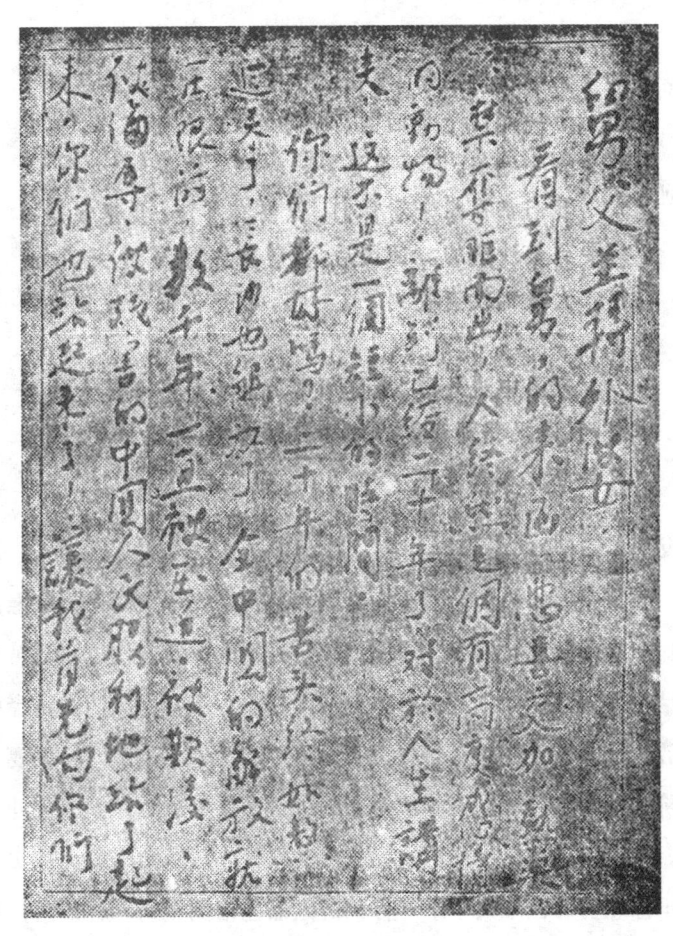

毛岸英烈士书信手迹

来的。回国后,我曾给你们写过好几封信,大概都没有收到(这封信,我想你们一定能收到了)。

来函中说外婆"康健如常",对我是一个莫大的安慰,我谨祝我那亲爱的外婆健康愉快,并祝舅父、舅母及其他亲人安好!

你们的情况望多告诉我,来信请寄北平邮政信箱四十五号即可。

专此,致

革命敬礼!

岸英叩

1949.8.17

父亲身体很好,他给你们的电报,谅已收到了。又及

给舅父的信

舅父:

数次来信均收到,勿念。外婆即日自板仓接来同住,快慰万状!望你们以衷心的爱与革命的德待之,缪家及其他忠厚穷苦乡民请代我向他们致谢并问候他们。友姨事,我觉得你们的胸襟应该放宽点,不去计较小事,万事总以"和为贵忍为高"(只要不是阶级敌人)。她们有她们的苦处,正如你们也有你们的苦处一样。我根本不清楚她们的人品,但我总首先从团结出发。其实我对于你和舅母也不大了解,你们的人品性格倒(到)底如何,几乎一概不知,但知道你们不会是革命的敌人,我想友姨她们也绝对不至于是革命的敌人的。既如此,则我和你们和她们之间,你们和友姨她们之间就不应该有什么原则上的了不起的分歧,从而也就没有不和的重大根据,要有不和,那只是你们两方面胸襟狭小不能容人罢了,但只要有一方面胸襟宽阔能容人事情就好办了。希望你们,尤其是希望你多注意团结(当然不是无原则的团

结），少注意意气。世界上没有不犯错误的人，尤其是在旧社会，世界上更没有没有缺点的人，但错误和缺点都是可以慢慢改掉的。如果对方有缺点，犯了错误，我们决不能因此而仅仅表示不满甚而愤恨，距（拒）人于千里之外，而是以明确的立场去分析对方犯错误的原因和环境，并用各种方法去帮助他逐渐改正这个错误或者去掉这个缺点，"于（与）人为善"对于我们革命阵营说来，是一句极其中肯的名言。

再则，来信中说到你工作很忙，负的责任很大很多，甚至负有"拟好明年全省增加生产计划"，"复兴全省茶园，改良制茶方法的责任"，这决不是一件小事情，因为它有关千百人（万）人民的福利，关于工作我有以下几点意见，供给你参考（作为一个同志对同志的建意（议））：

一、不要孤立的办事，要一方面经常收集下边干部和群众的意见，一方面多向上边请示商酌，譬如要拟定一个全省农业生产计划，决不可一个人去拟，光一个人一定拟不好的，领导者的艺术就在于善于汇集大家的意见，加上自己的意见，将其判断综合。

二、不要窝急窝火（而无当），宁少勿滥。计划要适合实际情况（包括人力物力和各个不同的实施地区，但还要估计到全国），不急求漂亮完满而多求实际。

三、自己干出来的工作要经得起批评，甚至可能根本被推翻，得重新做起，不要觉得这很难堪，面子上过不去等，不要拒批评，相反要欢迎尖锐的批评，不仅欢迎上级和同级的批评，而且尤其要发扬和欢迎下级的批评，群众的批评，尚且要作老老实实不是说空话的自我批评。

四、不要摆老资格，更不要以为自己的知识已经很丰富，比别人强，相反，要时刻在业物（务）上学习，学习怎样将过去的旧的一套加以分析，取其好的，摒其坏的。

五、在工作中和日常生活中要善于团结人，团结大家，一个不会团结大家的领导者非跌交（跤）不行。当然，团结它总是原则性的团结，而不是什么做好好先生。

六、努力学习马列主义毛泽东思想，没有应有的政治水平是不能做领导者的，对新鲜事物要善于感觉。

七、一切以人民利益出发，个人利益服众（从）大众利益。一个在旧社会过惯的人这点非常重要。

以上七点是我从内心中向你，向一位革命同志提出的建意（议），接不接受全权在你，也许你这些都早已洞察，并在实际工作中没有犯以上七种错误中之一种，但因为我还不了解你，把你（除了舅父这一资格外）当一个新的革命工作人员看待，而又极愿你进步，故冒昧地写了这一套，你如了解我的心是好的，即有（即使）语气重些，也是不会怪我的。

另：黄镐等六人来京已在安置。他们都是很好的青年，但组织上有些困难，因学期早已开始，一般的（地）说，今后最好不要介绍人来京工作或学习，因为多了对我父亲影响不好，起码你们也应该预先写信通知我们，取得我们的同意才好。

问候舅母、（　）及黄佩心先生

岸　英叩　12.18

北　京

敬父：

数次来信均收到，勿念。外婆及舅向极
荣接来同住，快慰莫状！望你们以真心的爱
为革命的优待之。谬家万其他忠厚贫苦乡民
请代我向他们致谢⟨涂改⟩

至同侪爱镇喜，我觉得你们的胸襟应该
放宽些。不去计较小事，为争愁以和为贵忍为守
（只要不是阶级敌人）。他们有他们的苦处，正如你
们也有你们的苦处一样。我根本不情愿他们加入
但我愿从团结出发。其实我对于你
和舅母也不大了解，你们的人品作梏倒底如何
几乎一概不知，但知道你们不会是革命的敌人
我虽友坟他们但绝对不致我是革命人红色院
如头，别外我你们系我们的同，你们和友坟他们
之间就不应该讲什么原则上的了不起的关系，纯为

毛岸英烈士书信手迹

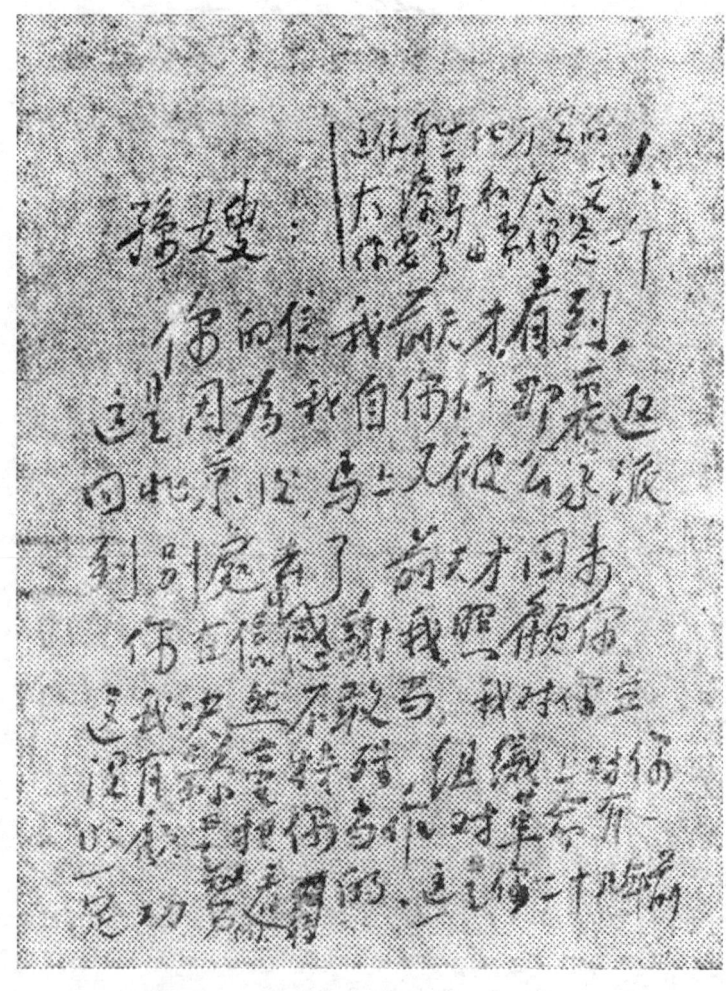

毛岸英烈士书信手迹

给孙嫂①的信②

孙嫂：

　　你的信我前天才看到，这是因为我自你们那里返回北京后，马上又被公家派到别处去了，前天才回来。你在信中感谢我照顾你，这我决然不敢当，我对你并没有丝毫特殊，组织上对你照顾是把你当作对革命有一定功劳的人看待的。这是你二十几年前，在敌人威吓面前，在敌人监狱中挨打挨骂，坚定不屈的应有代价。这是你的光荣，但你可千万不要以此而自高自大，这也要那也要，若如此，你就会把自己的光荣历史污辱了。我想你不会这样的，你将仍是一位老实的、朴素的、对众人好的、为众人做事的、因而为众人所尊敬的孙嫂。起码我是热望你自革命胜利后交得比以前更好。你的女儿进保育院一事③，组织上已答应代你办，不需要你自己出钱（因为你自己没有钱）。如果一定要你出钱，而你确是（实）没有钱，那么请你拿着这封信，要舅母同你一起去见交际处刘道衡部长。他会正确处理问题的。（他是个老革命同志）

　　我的身体比以前要好一些，岸青不久前在医院里割了扁桃腺，身体好多了。

　　你的身体千万也要注意，同时又要好好在自己岗位上工作，不要使人家觉得解放后你似乎有了"后台"（？），就不听话了，不好好工作了，这是不对的。我们是劳动人民，我们以此而光荣，但因此我们永远应当是世界上最忠实、最纯洁、最勤劳、最朴素、最刚强而又善良的人们。望你们永远不失这种伟大工人阶级的优良品质！宝贵这种伟大的优良品质，去掉一切不好的非工人阶级的品质！

信已写得很长了，就此止笔。

祝你愉快。

岸青问你好，我父亲也问候你，并望你决不退步，跟着大众前进！

岸英　上
8.19

给向三立同志的信

三立④同志：

来信收到。你们已参加革命工作，非常高兴。你们离开三福旅馆的前一日，我曾打电话与你们，都不在家，次日再打电话时，旅馆职员说你们已经搬走了。后接到林亭同志一信，没有提到你们的"下落"。本想复他并询问你们在何处，却把他的地址连同信一齐丢了（误烧了）。你们若知道他的详细地址望告。

来信中提到舅父⑤"希望在长沙有厅长方面位置"一事，我非常替他惭愧。新的时代，这种一步登高的"做官"思想已是极端落后的了，而尤以通过我父亲即能"上任"，更是要不得的想法。新中国之所以不同于旧中国，共产党之所以不同于国民党，毛泽东之所以不同于蒋介石，毛泽东的子女妻舅之所以不同于蒋介石的子女妻舅，除了其他更基本的原因以外，正在于此：皇亲贵戚仗势发财，少数人统治多数人的时代已经一去不复返了。靠自己的劳动和才能吃饭的时代已经来临了。在这一点上，中国人民已经获得了根本的胜利。而对于这一层舅父恐怕还没有觉悟。望他慢慢觉悟，否则很难在新中国工作下去。翻身是广大群众的翻身，而不是几个特殊人物的翻身。生活问题要整个解决，而不可个别解决。大众的利益应该首先顾及，放在第一位。个人主义是不成的。我准备写封信将这些情形坦白告诉舅父他们。

反动派常骂共产党没有人情，不讲人情，如果他们所指的是这种帮助亲戚朋友、同乡同事做官发财的人情的话，那么我们共产党正是没有这种"人情"，不讲这种"人情"。共产党有的是另一种人情，那便是对人民的无限热爱，对劳动大众的无限热爱，其中也包括自己的父母子女亲戚在内。当然，对于自己的近亲，对于自己的父、母、子、女、妻、舅、兄、弟、姨、叔是有一层特别感情的，一种与血统，家族有关的人的深厚感情的。这种特别感情，共产党不仅不否认，而且加以巩固并努力于倡导它走向正确的与人民利益相符合的有利于人民的途径。但如果这种特别感情超出了私人范围并与人民利益相抵触时，共产党是坚决站在后者方面的，即"大义灭亲"亦在所不惜。

我爱我的外祖母，我对她有深厚的描写不出的感情，但她也许现在在骂我"不孝"，骂我不照顾杨家，不照顾向家，我得忍受这种骂，我决不能也决不愿违背原则做事，我本人是一部伟大机器的一个极普通平凡的小螺丝钉，同时也没有"权力"，没有"本钱"，更没有"志向"，来做这些扶助亲戚高升的事。至于父亲，他是这种做法最坚决的反对者，因为这种做法是与共产主义思想、毛泽东思想水火不相容的，是与人民大众的利益水火不相容的，是极不公平，极不合理的。

无产阶级的集体主义——群众观点与资产阶级的个人主义——个人观点之间的矛盾正是我们与舅父他们意见分歧的本质所在。这两种思想即在我们脑子里也还在尖锐斗争着，只不过前者占了优势罢了。而在舅父的脑子里，在许多其他类似舅父的人的脑子里，则还是后者占着绝对优势，或者全部占据，虽然他本人的本质可能不一定是坏的。

关于抚恤烈士家属问题，据悉你的信已收到了。事情已经转组织部办理。但你要有精神准备：一下子很快是办不了的。干部少事情多，湖南又才解放，恐怕会拖一下。请你记住我父亲某次对亲戚说的话："生活问题要整个解决，不可个别解决。"这里所指的生活问题，主要是指经济困难问题，而所谓整个解决，主要是指工业革命、土地改革，统一的烈士家属抚恤办法等，意思是说应与广大的贫苦大众一样地来统一解决生活困难问题，在一定时候应与千百万贫苦大众一样地来容忍一个时期，等待一个时期，不要指望一下子把生活搞好，比别人好。当然，饿死是不致（至）于的。

你父亲写来的要求抚恤的信⑥也收到了。因为此事经你信已处理，故不另复，请转告你父亲一下并代我问候他。

你现在可能已开始工作了罢！望从头干起，从小干起，不要一下子就想负个什么责任。先要向别人学习，不讨厌做小事，做技术性的事，我过去不懂这个道理，曾经碰过许多钉子，现在稍许懂事了——即是说不仅懂得应该为人民好好服务，而且开始稍许懂得应该怎样好好为人民服务，应该以怎样的态度为人民服务了。

为人民服务说起来很好听，很容易，做起来却实在不容易，特别对于我们这批有小资产阶级个人英雄主义的，没有受过斗争考验的知识分子是这样的。

信口开河，信已写得这么长，不再写了。有不周之处望谅。

祝你健康

岸英　上
10月24日

毛岸英（1922—1950）：湖南省湘潭县人。童年一直生活在毛泽东同志和杨开慧同志身边，一九三〇年十月随杨开慧被捕。杨开慧牺牲后，他和两个弟弟被送往上海，安置在地下党领导下的大同幼稚园里。不久，党组织遭到严重破坏，幼稚园解散，岸英兄弟寄养在别人家，由党组织出抚养费。一九三六年十一月岸英兄弟被送往苏联学习。一九四〇年，岸英加入苏联共产主义青年团。一九四一年，苏联人民伟大的卫国战争开始后，岸英积极投身这场正义的斗争，进入了舒亚的列宁军政学校学习。一九四三年一月，加入苏联共产党。不久，他作为坦克连的党代表，参加了解放波兰和捷克斯洛伐克的战斗。一九四四年底，岸英回到莫斯科，斯大林同志接见了他，并送他一支手枪作为纪念。

一九四六年一月初，岸英回到延安，在中宣部工作。同年三月，毛泽东同志让他到模范村吴家枣园去学习劳动。一九四七年三月下旬起，岸英参加土改工作团，先后在山西、山东等地进行土改整党工作。

新中国成立后，担任北京机器总厂党总支副书记。美帝侵朝战争爆发后，岸英同志报名参加志愿军赴朝抗美，任志愿军总部机要秘书，同年十一月二十五日，由于敌机野蛮轰炸，岸英同志不幸光荣牺牲，时年二十八岁。

（林阿绵）

[注释]

① 孙嫂：即革命老人陈玉英同志。她出身贫苦。一九二六年冬，经友人介绍，来到毛泽东杨开慧家中照料毛岸英兄弟三人。一九三〇年十月，当杨开慧同志在板仓不幸被捕时，她和毛岸英也一同被捕入狱。在狱中，她经受了严刑拷打，坚贞不屈。开慧同志牺牲后，陈玉英同志忍痛携带岸英返回板仓。在白色恐怖中，为照料岸英等革命后代，竭尽心力，直至一九三一年二月，因敌人企图再度加害陈玉英，被迫离开板仓。对于陈玉英同志的表现，毛泽东同志一九五一年十二月二十三日亲笔给她的复信中赞扬道："已有人告诉我，你过去在反革命面前，表示很坚决，没有屈服，这是很好的。"一九七八年九月。陈玉英同志作为特邀代表出席了全国妇联第四次代表大会。

② 给孙嫂的信：一九五〇年四月，毛泽东同志派岸英回长沙探望亲友，陈玉英同志愉快地见到了分别近二十年的岸英，悲喜交加。不久，岸英返回北京工作，陈玉英同志给他去信，感谢岸英对她母女二人的关怀与照顾，就此，岸英同志写了这封复信。"孙嫂"，这原本是毛泽东同志和杨开慧同志对陈玉英同志的亲切称呼。解放后，由于杨家仍如此称呼，故岸英同志亦沿袭了这一习惯称呼。

③ 解放前，陈玉英一人在外帮工，丈夫已死，仅一小女儿名孙燕，住在宁乡亲戚家。解放那年，仅八岁，岸英到长沙后，曾设法把孙燕接到长沙与母亲团聚，又委托舅母李崇德同志帮助她上了学。

④ 向三立：杨开慧烈士的表弟（亦即是岸英的表舅）。新中国刚成立，向三立同志来京参加革命。

⑤ 舅父：系杨开智同志。

⑥ 抚恤：是指向钧烈士家属的抚恤问题。向钧烈士是岸英的表舅，关于他，毛泽东同志在一九五〇年四月十九日给亲友的信中这样写道："向钧同志是共产党员，一九二七年曾任衡山县委书记，是个忠实的能干的同志。一九二七年国民党叛变被捕，光荣殉难。"

丁佑君

给同学们的信（一）

淑芳　仲英

　　以及我的老同学们：

玉华　康惠

　　一年来的不见恐怕比我们几年来的相识更有意思吧！我们虽然环境不同，相隔一千多里路远，但是我相信都在为着同一的目标——新中国的建设而奋斗，你们说是吗？

　　二十三（五月）日在西干校结业后，六月二十六日平安的到达了西昌。一千多里路的长途行军（雅安到西昌根本不通车），身体虽然很苦，但是在意志上却更坚强了我为人民服务的决心。到西昌五、六天，我被分配到西昌县女中领导同学的政治学习和社会活动。在这段时间中，由于各种条件的限制，我只作了解同学的工作，其它（他）的活动更没有展开。学校放假后，又被调往西昌盐中区区公所，做群众工作，与实际接触后打破自己的一些幻想；开始我绝不喜欢这项工作，但实际工作后在精神上给了我很大的安慰，不管地主怎样掩护，总与农民的纯朴气象有差别。

你们近来的生活怎样，愿意继续升学呢？还是参加工作？我想桥滩解放后，你们这一群知识分子，多少总替地方上作了些工作。把你们的经验和在工作中遇到的困难，告诉我吧！我的五姊近来思想怎样？希望你们能把她带进你们这一群吧！

致

敬礼

佑　君

一九五〇.八.一五

给同学们的信（二）

亲爱的朋友们：

离开你们快一月了，在这个时间中我体味了愤怒、哀乐的实在味道。在连续不断的事情中，带给了我许多教训，放心吧！朋友们，在这革命的阵营里，我会坚强起来的。

这次行军的详细情形以后告诉你们吧，现在我只大略说说就是了。二月十三日那天，我们红色的队伍从高桥出发，走了大概八里路的样子，一群带有政治作用的匪特开始扰乱我们了，起初躺在河沟内（干的），心里没有一点恐慌，想到在这儿可以看见战争的真面目——这里是个战场的缩影。哪知越打越凶，同志们都是没有战地经验的，只要一听到枪声不管远近就沿地卧下了。在那时打滚儿，打卧下本领真表现的头头是道，没有一个人不会的。解放军同志因人数少，又要掩护这一群徒手的学生，只得边打边前进（向邛崃）。我们也只得匍仆（伏）着走，三十几里的长途，我们在枪林弹雨中跑出来了，子弹不知有多少回从头上飞过，可是那时也不知那里来的那股劲儿跑完了三十里路。

在这里，同学表现了互助互爱的精神，尤其是男同学背着受伤的同学前进，有的甚至进了邛崃城又出城抢救受伤的同学，杨咏秋就是在这种情况下被救回来的；她被打穿了腿部，现在快全（痊）愈了，也有几位同学牺牲了，反动派用这样残酷的手段来迫害学生，我们不会忘记的，血的债要血来还债！

我们现在住在邛崃——雅安路还不通，大概还有段时间才到雅安。

到邛崃后我们成了光人，只剩下了身上的一身衣服，连牙刷也没有一把，晚上盖的是谷草，早上没有办法洗脸梳头，在形式上我们这一群都是无产阶级了；可是思想上还不够得很。亲爱的朋友们：我要骄傲的（地）告诉你们一句，在这种情形下，我的革命决心，决定没动摇一点，革命本来就苦嘛。这几天来我们住在老百姓家里，可以四人盖一床被盖，生活比较正常了。学校也在积极给我们想办法解决衣服被盖问题。

这样久没有给你们写信，想来会原谅，我给家里信也是欠资，现在刘教务去转回成都，托他带给你们一封信，我希望能从你们那里得到一支钢笔写的（字）也好，如没有便算了，有的话请交刘带回交我，他会在信上告诉你们他的地址。

我的大衣本来是穿在身上，因为路上见着一位同学伤得厉害，躺着没有衣服盖，我便把大衣给她了，后来她碰上土匪，我的大衣也就丢了。我不可惜这件大衣，只痛惜这个同志的牺牲。

现在我和管抠他们几人在一起,衣服都是这个脱了那个穿,可是告诉你们吧,朋友!我的精神是愉快极了。你们近来的生活怎样,我还有许多的话要谈,可惜没有纸了。

　　致

敬礼

佑君上

三,三.

　　丁佑君(1931—1950):四川省乐山县人,中国共产党党员。一九五〇年一月参加西康人民革命大学学习,四月加入中国新民主主义青年团。同年九月在参加西昌盐中区征粮工作时,被暴乱的土匪围攻,不幸被捕。被捕后,虽受尽酷刑和侮辱,但她坚贞不屈,十九日壮烈牺牲,时年十九岁。

(学　英)

陆　毅

遗　墨

　　一月十一日我做了二个孩子的爸爸，这次生了个女孩子，我提她名为"卫英"，英者美也，孩子谁［都］希望她很美，祖国是那么美丽，我们正在为这个美丽的祖国服务，保卫他，抚育他，孩子正是这个时候出身（生）在祖国的土地上，以此来纪念这一天。

　　我很早盼望自己能有一个女孩子，这是（个）盼望的（已）变为现实，这该是兴奋愉快［的事］，只可惜我不能见她一面，但愿有一天我能亲切的抚摸她，我希望她健康，将来幸福。

　　孩子是好的，我爱她，可惜她的妈妈却因此要多［费］一点心，要照顾她，尤其她是那么的天真，她如何能担当起自己要进步，又要抚育二个孩子呢？这一点使我不安，为了战争为了广大的下一代，我要考虑的应该是更大的问题，她和她们我只好不作此尽责，这不是无情，这正是多情，任何人会同情我。

陆毅（1922—1953）：原名曾广德，湖南省邵阳人。一九四〇年四月在上海参加中国共产党。一九四二年一月参加新四军。一九五〇年响应党中央毛主席"抗美援朝、保家卫国"的号召，赴朝鲜前线。自入伍后，曾任连政治指导员、营教导员、团政治处主任与团政委等职。一九五三年三月十三日下午，在朝鲜前线铁原郡箭川里，遭敌机轰炸光荣牺牲，时年三十二岁。

（纪　先）

杜凤瑞

给父亲的信（节录）

父亲大人：

我在病中接到来信。……现在国际局势非常紧张，帝国主义又在挑起战争，为了保卫祖国领空，随时准备解放祖国领土台湾，我今年不能回家探望父母大人了。……

父亲要多多说服我兄，教他很好劳动，听从乡、村干部的领导。

我的病已经全好了，请不必挂念。

祝

  全家平安

儿　凤瑞

58年8月18日

给哥哥的信（一）（节录）

亲爱的凤甲兄：你好。

……………

兄呀，我不是阻挡你前来探望。咱家的生活困难，我可以尽一切力量来帮助。我算了一下，你来一次，路费就得五十元，把这笔钱节省下来帮助家里，不是更好了吗？另外，咱父母亲年老，都七、八十岁了，你离开了家谁来照顾他们？再说，近来上级动员，尽量不要叫家属来队，我是共产党员，能不以身作则吗？兄也是一个共产党员，咱家乡闹灾，兄就要听党的话，同群众一起，来克服困难。

兄呀，任何困难是吓不倒共产党员的。……在我们飞行员里，有许多人同我一般，都是大老粗，他们听党的话，就掌握了高度科学的飞行技术……。

兄呀，你有什么事情在信上说不清，等我明年春天休假时，回家好好谈谈。

　　祝

　　全家平安

胞弟　凤瑞

57年9月30日

给哥哥的信（二）（节录）

亲爱的凤甲兄：你好。

……你为什么不给我来信呢？可能我以前去信对你批评的过多，对我有意见；那为什么不给我提出来互相帮助呢？你要记着：咱们是一母所生的亲兄弟，又是革命同志……。

我们的工作比较忙，除了飞行训练外，每天还参加劳动生产，菜自己种自己吃，粮食每年每人要交五十到一百斤。生产劳动的目的，既是为了减轻国家负担，也是为了改造自己的思想。……

我和兰芳在六月二十五日结婚的。我准备在明年休假时，和兰芳一同回家，叫你们看看。代向咱父母问好。

祝

全家平安

胞弟 凤瑞

58年7月8日

杜凤瑞（1933—1958）：河南省方城县人。一九四八年参加中国人民解放军。一九五六年加入中国共产党。一九五八年十月十日在福建龙田上空与国民党飞机作战中，为了援救战友，确保胜利，他不顾自己的安危，单机冲入敌机群，吸引了敌方火力，击落敌机两架，不幸自己座机负重伤。他在跳伞时，遭敌射击壮烈牺牲，时年二十五岁。

（学　英）

焦裕禄

题　词①

我们对兰考的一草一木都有深厚的感情。面对着当前严重的自然灾害,我们有革命的胆略,坚决领导全县人民,苦战三五年,改交兰考的面貌。不达目的,我们死不瞑(瞑)目。

临终前对女儿的遗嘱②

梅③,你从我手里继承的,只有党的事业,其它(他)什么也没有,我留给你的,只有一套《毛泽东选集》。可是我身边的这一本,现在还不能给你,我还能活些时候,我还要看它几天。以后,你要好好学习毛主席著作,依靠它去工作、生活。要严格要求自己,以雷锋为榜样,争取入党,当一个红色的革命接班人。

临终前对爱人的遗嘱

俊雅④,你一定要坚强起来,你要顶得住,决不能倒下去。你要永远听党的话……好好工作,把孩子们教育成为红色的革命接班人。生活上要艰苦一些,不要随便伸手向组织上要钱要东西。

焦裕禄(1922—1964):山东省淄博市人。幼时家境贫穷。抗日战争初期,他父亲走投无路,被逼上吊自杀。他也曾多次被日寇抓去毒打、坐牢,后又被押送到抚顺煤矿当劳工。一九四三年秋天逃出虎口。后又到江苏省宿迁县给地主当长工。抗日战争胜利后,他回到家乡当了民兵,参加了解放博山县的战斗。一九四六年一月加入中国共产党。解放战争时期,他带领民兵参加过不少战斗,以后随军到了河南尉氏县,曾任副区长、区长、区委副书记、青年团县委副书记等职。尔后调到青年团陈留地委和青年团郑州地委工作,任团地委宣传部长。一九五三年六月调任洛阳矿山机器制造厂车间主任、科长等职。一九六二年六月,又回尉氏县,任县委书记处书记。十二月调兰考县,先后任县委第二书记、书记。一九六四年五月十四日病逝,时年四十二岁。

(段铁安)

[注释]
① 这是焦裕禄同志在规划兰考蓝图时,在送往并封地委报告上的题词。
② 焦裕禄同志临终前,女儿焦守凤去看他,这是焦裕禄嘱咐女儿的一番话。
③ 梅即焦守风。
④ 俊雅即徐俊雅,焦裕禄同志的爱人。

艾润生

遗 墨

在一个共产党员心里，党和人民的利益总是放在最高位置。当国家财产、人民生命受到损失时，就要奋不顾身地抢救，即使个人遭到生命危险，也是再（在）所不惜的。

"一个共产党员，应该是襟怀坦白，忠实、积极，以革命利益为第一生命……"。在自己思想中，只有党和人民的利益，没有个人打算。在党和个人种益发生矛盾时，毫不勉强地服从党的利益，牺牲个人利益。为了党的阶级的利益和人类的解放，而牺牲个人一切，以至个人生命毫不犹豫……。

一个人的生命是短暂的，而我们的事业却无限的长久，个人尽管遭到不幸和许多痛苦，但是我们的劳动融合在集体的胜利里，这幸福有我的一份。只要我活一天，我一定为党为人民工作一天。什么是最大的幸福？毫不利己，专门利人。

艾润生（1937—1973）：河南省开封市人。由于家境贫寒，只读了三年书，就到郑州、新乡当理发工人。全国解放后，在支援抗美援朝、对工商业进行社会主义改造以及职工业余文化学习运动中，曾多次受到政府和工会组织的表扬与奖励。一九五六年二月，参加了中国人民解放军。同年加入中国共产主义青年团，一九五九年加入中国共产党。在部队期间，他历任班长、副排长等职，五次受到嘉奖，被评为技术能手。一九六一年复员到新乡化纤厂工作，担任二硫化碳车间生产组组长，年年被评为先进工作者。一九六五年二月十九日为了抢救阶级兄弟，严重中毒负伤，从此便昏迷不醒达八年之久，终因抢救无效，于一九七三年十月逝世，时年三十六岁。

（段铁安）

徐雅军

给父母姐弟的信

最亲爱的父母大人、姐弟同胞：您们好！

残酷的战争就要来临。

为了祖国的安危，我将毫不犹豫地走上战场。

此时此刻，我的心情无比激动，也许我今天的这封信，是我一生的最后一次了！！

"中华河山养育我，来日做个好儿男。"党的教育给了我无数（穷）的力量！

多少革命前辈，革命英雄，黄继光、董存瑞、邱少云……他们是我的榜样！

虽然我今天还不是中国共产党党员，在战火中，我愿意经受考验，——用鲜血和生命。我向党宣誓。

全球的共产主义事业将一定实现！！我坚信，亲爱的父母姐弟，请放心，象光明战胜黑暗一样，我们一定胜利，尽管有巨大的牺牲。我的祖国一定跨入世界先进之列！

我愿意生存，热爱生活。然而，为了祖国，我又愿意牺牲我的一切，生命和爱情。

也许，我还会回来，那时就不用说！

更大的可能，我牺牲在战场上，埋葬在九泉之下——甚至异国。这样的死，是可歌可泣的，后一代人将永远记起。……所以，我没有眼泪，不会腿软！

在我的一生中，我愿意爱三种人：生育我的父母，培育我的党，和未来的妻子。

我真诚地祝愿您们——我的亲人，生活的幸福、美好。

不要因为我的死而使您们痛苦不止。在中华民族的历史上，有过英雄的儿女，也有过伟大的母亲——她们爱自己的儿女，有丰富的情操，但又毫不保留地把儿女献给祖国。

使我遗憾的是，我不能亲眼看见祖国四个现代化的实现和祖国的统一。我多么希望有这样一天啊！但是我能够把我的一切贡献给这事业，不同样是幸福的吗？

爸爸，妈妈，您们把我养育成人，我大恩未报，未能敬孝您们，使我心有余虑。相信您们会原谅我的。九泉之阴，我会归来！

永别了，爸爸、妈妈、姐姐、弟弟。此时此刻，我多么想见到您们啊！永别了！！不要悲伤，要坚强些！

愿您们幸福地生活。世人是不会忘记我们的。

您们的雅军
七九年元月九日十三时四十六分

徐雅军（1959—1979）：江西省丰城县人。一九七七年一月入伍。生前是某部一连三班班长。在对越自卫还击战斗中，当尖兵，打头阵，带领战士们顽强战斗，英勇杀敌，先后摧毁敌地堡和火力点三个，缴获重机枪一挺，冲锋枪一支，打死敌人五名。在攻打六〇七高地的战斗中，他一马当先冲锋在前，为连主力扫清前进道路而光荣献身，为表彰他的卓著功勋，部队党委给他追记了一等功。

一九七九年二月二十七日，攻打谅山的战斗开始了，徐雅军所在部队担负了穿插敌后六五〇高地，断谅山之敌退路，阻平嘉之敌增援的光荣任务。次日上午，部队从郭蛮南侧无名高地向六五〇高地迂回穿插，当进至开村时，突然遭左侧山头之敌猛烈袭击。徐雅军奉命率全班抢占有利地形，把敌人火力吸引过去，使部队主力继续前进。但是，由于遭敌三面火力夹击，部队伤亡较大，徐雅军接受了掩护伤员的艰巨任务。三月一日指导员派徐雅军带三名战士找连主力，而后和连主力一道参加了六五〇高地的战斗。攻下六五〇高地后，盘据六〇七高地之敌作垂死挣扎，给我方后勤供应造成了很大的困难。上级决定拔掉这颗"钉子"。三日下午，徐雅军参加了消灭对我威胁最大的一个火力点的战斗。在火力的掩护下，徐雅军随二排长迅速穿过简易公路，向六〇七高地前进。第二天拂晓，他们已接近了敌前沿。这时徐雅军发现了敌人的堑壕。他们警惕地搜索前进，当距敌只有二十多米时，徐雅军猛地甩出一颗手榴弹，他趁手榴弹爆炸的浓烟，端起冲锋枪就向敌人火力点扑去，不幸，中弹牺牲，时年二十岁。牺牲后，部队党委根据他生前的要求，追认他为中国共产党党员。

（武汉军区政治部）

丁顺茂

遗 书

敬爱的党支部：

我是一个中国共产党预备党员，我决心[在]这次中越边界自卫反（还）击战中经受党的考验。在必要的时候，可以献出自己的一切。假如我在战斗中牺牲，我身上有三元钱，排长借我二元，王子挥借我一元，共陆元钱，作为我最后的一次党费，并请求支部批准为正式党员。

2月27日

五三三一二部队六十一分队战士丁顺茂

丁顺茂（1955—1979）：江西省南昌县人。一九七五年一月入伍，一九七八年六月入党。中越边境自卫还击战打响后，他随部队开赴前线参加战斗。

一九七九年二月二十八日，丁顺茂所在的三排奉命配合八连攻占柯来西南侧无名高地。由于敌火力猛烈，三排前进受阻，排长命令丁顺茂掩护战友炸掉敌人的火力点。丁顺茂提着轻机枪机智灵活地迅速向敌人火力点迂回接近,大约离十多米处,他一跃而起冲向前去,准备占领有利地形向敌火力点扫射。不料,敌人的机枪向他猛烈地扫射过来,丁顺茂的胸部和腹部连中三弹。离他不远的副射手立刻冲过去要给他包扎。可是,他却回答说:"不要管我,争取时间,消灭敌人要紧。"他置个人安危于不顾,用左膝顶住腹部的伤口,忍着剧痛继续向敌火力点扫射,掩护战友爆破。暗堡里的敌人凶猛地向外扔手榴弹,一块弹片又炸中了丁顺茂的腹部,一段肠子从腹腔中掉了出来。他以惊人的毅力,用左手捂住向下掉的肠子,就地卧倒,用右手顽强地扣动了扳机,继续向敌人火力点打了两个点射。当同志们赶到时,他已经停止了呼吸,时年二十四岁。

马富群

给父母亲的信①

亲爱的父亲、母亲,我怀着对越寇的极大愤慨上了前线。我是共产党员,应该到人民最需要的地方去。打仗会有牺牲的,但是为了人民的利益,就是死了也是非常光荣的。假如我牺牲了,你们不要掉泪,要努力生产,支援前线,等弟弟长大了,要他扛起枪,保卫祖国。

马富群(1955—1979):河南省社旗县人。一九七五年入伍,同年五月加入共青团,一九七七年二月加入中国共产党。一九七八年十二月二十九日,他奉命押运一辆工程车,前往参加对越自卫还击作战的昆明军区独立坦克团。完成任务后,他怀着对越寇的无比仇恨和保卫祖国的坚强决心,主动请求留在该团参加战斗。一九七九年二月十七日,在攻打孟康的战斗中,他勇敢战斗,痛歼越寇,不幸坦克中弹起火,壮烈牺牲,时年二十四岁。根据他生前的表现,装甲兵党委决定授予马富群烈士以"雷锋式战士"的光荣称号。

(段铁安)

[注释]

① 这是马富群在自卫还击战的前夕,在一个小日记本上写给父母的信。

王息坤

给未婚妻的信（节录）

方：

你好！终于开始了给你的第一封信，而时间已是我们离开安阳近十一个小时了。十一号下半夜，也即十二号三点半，通知马上走。于上午九点四十分准时发车，下午十三点四十余分到达郑州车站，吃了一顿饭。我想，此时你不知正在干什么呢？如能碰到该多好！这当然是妄想，因为不可能。下午十五点发车，向南又看到二七塔，这次只能遥望了，不知什么时候才能回来，回到你的身边。我上封信让你给我来信，不知你收到没有，我是收不到了。只有到了新地方，如允许通信再说。方，我以为这次调动，对你我特别是［对］你的一个考验，我尚不知能否安全回来，而且不知什么时候才能给（再）联系上。现在你已是各方面比较好一些了，而我仍四海无落脚点。今后我要干什么，连我自己也不知道，我是同意了你的要求到郑州去，但能否（不）能达到目的，尚需努力，还可能有曲折。我们面前有两条路：一是结合,二是分离。而后者是为我们的感情所不容的。如果抛开感情,单从我一个人来说,相信你我也都能找到各自比较满意的朋友,而不象(像)我俩这样的曲折了。但这是不能办到的。人是有血有肉的,有感情的,况且你我的感情又是在什么情况下建立起来的呢?是在年正青春,而生活又最有趣,而且很锻炼人和能使人充分显露他的思想、道德,是在几乎毫不受约束,由各个人尽情发挥个人的一切特点[的时候建立起来的]。……你的聪明智慧,和愚笨、高尚、无耻都可以充分表演,这时,才能深刻地认识一个人的价值和本来面目,更深刻地了解一个人。在这种岁月里,我们能够相爱,说明我们在一起的三年里,也都基本了解了对方,特别是我,深深地为你的纯洁、高尚所打动,而爱上了你,并主动地向你求爱。我深感你是我命运中的人,这是上天的安排,在我与你谈话中已谈过这一点了。我们一定要坚强地维持,并永远保护我们的爱情,这才是我们要走的路,把后一条路堵死。

此次南下,在你来信中,说卢慎义说了,如能打多好。是的,生在我们这个时代的青年人,都为没有赶上两万五[千里]的长征而惋惜。(刚刚到了信阳市,十点二十,十一点准时出发继续向南)所以想入非非(看到今天的老红军那么受人尊敬很羡慕),幻想着如果我生在那个时代,我一定干得很好,也会得到他们那样的荣誉,甚至比他们干得还要好。其实,这不过是在历史的后面看历史,而没有想象当时的社会环境、时代背景,不知当时有多少革命先烈为革命胜利而流血牺牲,现在活着的人们,正如彭德怀所言,是幸存者。我承认我也曾有过这样的想法、幼稚的想法。不过从另一个意义讲,年青(轻)人渴望到轰轰烈烈的革命斗争去锻炼，经风雨、见世面，抱纯真的热切向往，也无可厚非。我今天也算正式踏上征途了。此时此刻，我也抱着为党为国为民勇于牺牲的信念。生活在这样一个时代，能够平安幸福地来到人世，长大成人，离不开党、祖国、人民、母亲。我们既生于她，也应当为她而死，这就是对党多年培育的最好抱（报）答。当然，决不是只有一死，还要光荣地活着回来，向祖国人民汇报，死只是在必要时。我现在踏上了征途，正是我入党预备期间，我要用实际行动履行自己的入党申请书，让党在战斗中考验自己的入党动机、目的。而这时，也正是我收到父亲来信，通知我母亲已经去世了，在这种大敌当前，战斗之前，我没有因此闹思想情绪和躺倒不干，而是把悲痛深深埋在心底，积极工作，完成上级交给的任务。我想，如母亲在九泉之下有知，也会鼓励我这样做的。

　　方，此时我觉得你就在我的身边，同我一同战斗，你的来信充分体现出你的思想觉悟，对于我是极大的鼓励。我总觉得你当面对我讲："我要和你一起当兵。"你的信我总是百看不厌的，读起来使我觉得是那么心心相印。知道吗？在探家时，你撕了一点信我好心痛啊！望你今后不要干这类事，即使是到了年纪（限）不宜保存时，也要由我亲手处理，那是我的珍品。

　　方，此刻可能你已入梦乡了吧。你知道吗？有多少次我们夜间站岗、行军，我就想到了你。看到熟睡的村庄，寂静的田野，我想到人民和你、国家与故乡。当我体会到我是在保卫着他们时，我身上又添了多少力量，头脑又多么清醒啊。我想到，由于我们不睡觉，而保障了村庄和城市的熟睡、田野的丰收、国土的安宁，我又是多么自豪。如今他们忘恩负义，使我国土不宁，实在是忍无可忍。我们此去如能打上仗，一定不轻饶他们。你的来信不只是你在鼓励，我认为还代表了人民。

王息坤（1955—1979）：河南省光山县人。从小学习刻苦，在校期间曾任团支部委员、班长。一九七三年三月下乡到光山县槐店青年农场，先后任农业排排长、大队治保主任。一九七六年三月应征入伍，在某团六连当战士，十一月至十二月参加团骨干轮训队受训。一九七七年一月至三月调往师文艺演出队，四月任六连九班长。一九七八年任四班长，九月加入中国共产党。一九七九年二月，参加对越自卫还击作战，代理六连二排长。三月二日，六连在搜索前进中，在通往复和的公路上突然遭敌伏击。情况十分危急。连指令王息埔带领四班四个同志插入敌人侧后，抢占制高点。五号高地山高坡陡，怪石林立，荆棘丛生，前进十分困难。王息坤组织战士搭人梯，爬断岩。在前进中，与敌人遭遇。面对近十五倍于己的敌人，王息坤指挥大家沉着应战。经过两小时激战，山洼里敌人绝大部分被歼灭。战后，他带着战士下山搜索残敌，不幸被隐藏在石缝后面的几个残敌击中，光荣牺牲，时年二十四岁。

战斗胜利结束后，给王息坤同志荣记一等功，中央军委授予他"战斗英雄"的光荣称号。

（武汉军区政治部）

涂维军

给母亲的遗书

敬爱的妈妈：

您的儿子在生命的［每］一瞬均在思念您。可爱的妈妈，您远在祖国的山村，湖北省京山县杨集公社友谊大队之地，大概也在日思夜想您那唯一的宝贝儿子，思念唯一的骨肉。是的，儿子是您心上一块肉，如手上明珠一样。

慈爱的妈妈，您的儿子也在时刻想念您，也时刻都想母子团聚。然而，凶恶的敌人，忘恩负义的侵略者竟在我国边境制造事端，挑起战争，枪杀我边境父母、边防军民，践踏我祖国河山。妈妈：我是一个中国人民解放军边防战士，面对越南的侵略行为，能忍耐吗？能袖手旁观吗？能让他们随便来枪杀我父母吗？不能！我是人民的儿子，人民的子弟兵，是一个共产党员，我应该拿起手中武器，到前方去杀敌，去为我边境死去的同胞报仇，捍卫祖国领土，保卫社会主义和平，狠狠打击越南侵略者。

妈妈：如果我在自卫还击战斗中牺牲了，儿希望您不要悲伤,不要难过,您的儿子是为革命,为人民,为祖国而死的,是死的光荣。所以您不必心酸和悲痛,虽然我是您唯一的儿子,然而是您生了我,是党抚育和教育了我,我是中国人民的儿子,是党的儿子,没有党就没有我。因此,您应该想远些。另外,您也知道,您的儿子是一个共产党员,应该为祖国,为人民作出一定贡献,就是死,也是光荣的。

给党支部的信

党支部:

我是一九七七年入伍的战士,名叫涂维军。家住湖北省京山县杨集公社友谊大队二小队,家庭成分贫农,今年二十五岁。

我是生在新社会,长在红旗下,受党的阳光雨露的抚育,毛泽东思想的教育,由一个不知事的孩子,到今天成长为一名中国人民解放军战士。深受党的教育十多年,使我从政治上、思想上都得到很大的收获,并懂得了不少的革命道理,思想觉悟、阶级觉悟均得到了一定的提高,在一九七五年六月份光荣地加入了无产阶级先进分子的行列——中国共产党组织,成为一名共产党员,决心为人类的解放,为共产主义事业而奋斗终身(生)。在入伍时,我就深深懂得:人民解放军战士是保卫祖国,保卫人民生命安全,保卫社会主义和平的人民子弟兵。

我决心在这次自卫还击战斗中,冲锋陷阵,英勇杀敌,为捍卫祖国的尊严,为保卫祖国领土完整,人民生命的安全,我要战斗到流尽最后一滴血,把自己的青春献给我们伟大的祖国。一生一世谁无死,留取丹心照汗青。

如果我在自卫述击战斗中死了,望组织上不要将我的尸体送回我的故乡,也免去组织上的一切费用,让我的英灵在祖国的边疆上空飘荡。只要祖国繁荣昌盛,人民世世代代过着和平幸福的生活,我将在九泉之下长眠和微笑。

涂维军(1955—1979):湖北省京山县人。一九七五年六月入党,曾任大队党支部副书记。一九七七年一月入伍。入伍以来,不为名,不为利,处处按共产党员的标准严格要求自己。一九七九年三月,参加对越自卫还击战,服从命令听指挥,时刻为战友着想,帮战友挖掩体,替战友站哨。一次在敌人突然袭击时,不幸中弹,光荣牺牲,时年二十四岁。

战后,部队党委给他追记一等功,并被誉为"模范共产党员"。

(武汉军区政治部)

吴建国

请 战 书

敬爱的连党支部：

　　最近，小霸权主义在大霸权主义的支持下，对我国进行大规模的政治军事进攻，加紧对我国的侵略，最可恨的是出兵占领了我国的南沙群岛的一部分岛屿，不断在我国边境制造流血事件。中国人民在忍无可忍的情况下，开始走第一步了，举行大规模的自卫反（还）击战。在这次反（还）击战中，请党委考验我，把最艰苦最危险最困难的任务交给我，我一定不辜负党对我的期望，用自己的鲜血来完成任务。敬爱的党，请考验我吧。为了保卫我国的领土完整、为人民的幸福，我愿洒尽我的鲜血。敬爱的党请在战场上看我的行动吧！

吴建国

申 请 书

敬爱的团支部：

我自愿加入中国共产主义青年团。中国共产主义青年团他有着光荣的历史。共产主义青年团是毛主席亲手缔造的，亲自培养的，是中国共产党的有力助手。他在民主革命时期，抗日战争、解放战争、社会主义建设［时期］，他为党为人民作出了不朽的贡献，为人民立下了不朽的功勋，洒尽了他的热血，所以他是无产阶级的坚强柱石，无产阶级的先锋队，所以，我自愿加入中国共产主义青年团。

现在我马上要参加抗击侵略者的战斗，保卫祖国的神圣领土，在此请团支部首长们在战斗中看我的行动。我一定用自己的智慧来战胜敌人，在必要的时候，用我自己的鲜血来保卫祖国，保卫社会主义的建设，保卫祖国的红色江山。一颗红心两个打算，如果组织还要考验我，我也不灰心丧气，更加认真学习。

请组织批准我的要求。
此致
敬礼

申请人吴建国

给父母亲的信

敬爱的父母亲大人：

您们好，身体健康。

现在我以（将）要参加反侵略的战争了，以前没有向你们说，怕你们难过，在我未参加战斗的前一天，给你们写一个留言，放在我的背包里面，一旦我被侵略者的子弹打中的时候，这个背包可能寄回。我参加这次反侵略战争，是我们全家的光荣，因为我们是中国人民解放军，肩负着保卫祖国的重任。我牺牲以后，你们一定不要为我难过，应该为我感到自豪，烈士的家庭。父母亲你们只有我一个独生的儿子，你们是比较悲痛的，但是党和人民会照顾你们的。一定不要难过。在十六年风风雨雨中，你们为我花尽了心血，现在我用血来保卫你们，在各方面我是问心无愧的。妈妈，在任何敌人面前我是不会屈服的。

亲爱的爸，我是很难与你们分离的，姣儿式的孩子，我是很想妈妈的，但儿不是那么笨蛋，因想父母而逃避战争，逃避是很可耻的，你们是不欢喜它的。父母亲，我死以后，你们好好的（地）安排家里的一切，那时，我一点东西不要，我就是想把我的遗体安葬到我自己的家乡，父母如果办不到，那就不办，办得到的话，就把我的遗体安放在家乡的土地上，一定不要把我的遗体安放在越南。父母亲，再见！父母亲，多么想念你们，可恨的侵略者夺去了我年轻的生命，自己感到可恨侵略者。

父母亲一定不要难过。

儿　留言

一九七九年二月十六日

吴建国（1962—1979）：湖南省望城县人。一九七八年十二月入伍，一九七九年二月参加对越自卫还击战。在攻打六一二高地时，他发扬了我军一往无前，压倒一切敌人的英雄气概，先后击毙三个敌人，在全身八处中弹负了重伤的情况下，紧紧抱住一名敌军官，一起滚下悬崖，与敌人同归于尽，时年十七岁。战斗结束后，中央军委授予他"战斗英雄"称号。

（武汉军区政治部）

梁英瑞

给爱人的信（一）（节录）

秀娟：

秀娟，你是我的好妻子，更是我们党的一个好党员。我不能不告诉你我们部队就要反击敌人的情况。它们大肆侵我领土，残害我边民。我们作为一支人民的军队，为了保卫祖国，保卫我们的家乡，保卫四化建设，我们不得不在忍无可忍的情况下对侵略者进行自卫还击。

在这个关键的时刻，正需要我们共产党员冲锋在前，不怕流血牺牲，带头英勇杀敌，为被害的战友和人民报仇雪恨。秀娟，为了更好地还击敌人，保卫我国的神圣领土，保卫社会主义现代化建设，我宁愿献出我的一切以至生命。如果我在战斗中牺牲的话，请你不要难过。你要知道，这是我们革命战士的职责。只要有党，我就永远活着。你要象（像）江姐都样坚强，一颗红心永向党，化悲痛为力量，加倍努力为党工作。我相信：你是一个共产党员，在党内受过多年教育，经受了不少锻炼，能够象（像）

江姐那样的坚贞，永远跟着党前进。……

亲爱的秀娟同志，因反击的时间就要到了，不能再多谈了，我们结婚十来天就分开了，在这很可能是最后的一封信里，心里不知有多少话要说。由于寄信很困难，我这封信只好给送饭的同志带出去。

祝你快乐！

英 瑞

一九七九年二月

给爱人的信（二）（节录）

秀娟同志：

在我们社会主义社会里，究竟什么最亲呢？在这里我说一段亲眼看到的事：一位男子在出差中因患急病跌倒在公路旁，而一位素不相识的女子，……毫不犹豫地将这位男子送进了医院，使他获得了救护。……这种革命同志亲的精神，正是我们需要的革命精神。正如你在信中所说到的，同在一树上开花，同在一树上结果，［是］生死与共的革命友谊。这正是阶级感情的写照。艰苦创业何所惧，齐心努力志不衰。

英 瑞

一九七七年八月一日

给爱人的信（三）（节录）

秀娟同志：

你现在已是二十多一点的人了，况且又是一个共产党员，革命需要做一辈子牛，我说也是可以的。

两个人的友好不在于什么地位不地位的问题。要是有（为）了追求个人利益去寻找对象，往往在对方有地位时，便笑嘻嘻地去追求，以达到个人享受的目的，可是对方一旦没有好的工作和地位时，便产生了泄气的情绪。要是大家都这样，还提生死与共、苦难相依干么？

英 瑞

七七，八，二十二

梁英瑞（1954—1979）：广东省化州县人。一九七三年高中毕业后参加中国人民解放军。生前为广西边防部队某团战士，共产党员。在读书时，他是好学生，到部队后，他是好战士。他搞过施工、干过军工、养过猪、种过地，为抢救集体财产受过伤。他干一行，爱一行，年年都受到嘉奖和表扬。

对越自卫还击战开始后，梁英瑞所在的连队先后打了五仗，每次他都冲锋在前。一九七九年三月二日，在攻打五四二高地中，他们班遇到了敌人火力阻击。梁英瑞挺身而出，带领两个战士，抱着炸药包，冒着敌人的弹雨，冲向敌人火力点，不幸右腿中弹，但他仍忍着剧痛，爬近敌人火力点，使劲撑起身子，把炸药包塞进敌火力射孔，正要拉燃导火线，敌人又把炸药包推了出来。情况十分危急。梁英瑞毫不犹豫，左手抱起炸药包，右手拉燃导火线，把冒着烟的炸药包塞进了敌堡。敌人拼命往外推,梁英瑞两手牢牢握住,用整个身体死死顶住炸药包。就在炸药包要爆炸的一刹那,他回头向同志们高喊:"为了祖国,为了人民,冲啊!"话音刚落,一声巨响,敌人的碉堡冲上了天。同志们冲上去了,一举全歼了敌人。

梁英瑞同志用自己年轻的生命,开辟了通往胜利的道路,时年二十五岁。

(学 英)

后 记

本书是《革命烈士书信》和《革命烈士书信（续编）》的合集。本次出版，为尊重原书的完整性，分为上编和下编两个部分。

这不是普通的书信，而是革命先烈高风亮节的记录、中国革命峥嵘岁月的碑碣。先烈们的这些用鲜血和生命写成的遗作，是对我国青少年进行革命传统教育的极为宝贵的教科书，必将激励一代又一代的青少年，培养高尚的理想情操，弘扬伟大的爱国主义精神，为实现中华民族伟大复兴的中国梦而乐于奉献、努力拼搏、不断创新。这就是我们编辑出版这本书的目的。

《革命烈士书信》的搜集、选编工作，是从1964年开始的，"文化大革命"期间中断了10年，1976年又继续这一工作。前后经过5年多的努力，收集了66位烈士的86篇书信、遗墨、遗嘱和绝笔，才于1980年初把《革命烈士书信》奉献给青年读者。并请开国上将肖华同志写了序。

《革命烈士书信》于1980年初与读者见面后，受到各级党团组织的重视,一再向青少年推荐。与此同时,一些烈士亲友和热心这一工作的同志,还寄来了大量的有关资料,希望我们继续出版此类书。经过两年多的收集材料和进行整理工作,选收了1925年至1979年间牺牲的76位烈士的123篇书信、遗墨等,于1982年出版了《革命烈士书信(续编)》,以飨读者。并请时任共青团中央书记处书记陈昊苏同志写了序言。

书中所收录的书信均按原文发表,以保持原貌,但有的采用节录。书信中的错别字,在原字后加( )予以更正;有漏字的地方,加[ ]给以补遗;个别难认的字,作了注音。此外,对书信中的某些人物、史实典故等,作了简要注释。目次的编排,按烈士牺牲时间先后为序。只有《革命烈士书信》中的赵云霄烈士的书信是个例外。她是陈觉烈士的爱人,两人先后英勇就义,故把他们的书信接排在一起。

在《革命烈士书信》的初版搜集、选编过程中,承蒙中国革命博物馆、中国人民军事博物馆、中国共产党第一次全国代表大会会址纪念馆、东北烈士纪念馆、晋冀鲁豫烈士陵园、南京雨花台烈士陵园、重庆"中美合作所"集中营美蒋罪行展览馆、山东省民政局,湖南、湖北、广东、重庆、荆门、英山、洪湖等省、市、县博物馆、纪念馆和上海交通大学、中共中央党校图书馆等单位的大力支持,以及许多烈士亲友和关心这一工作同志的热情帮助,上海人民出版社范一辛同志精心为原书装帧设计,特此一并致谢。

在《革命烈士书信(续编)》的初版收集、选编工作中,承蒙中国革命博物馆、东北烈士纪念馆、河南省博物馆、南京雨花台烈士陵园、晋冀鲁豫烈士陵园、广东台山县县史编写组、广东翁源县文化局、武汉军区政治部等单位和段铁安、袁振中、黄仁夫、黄仲辑、黄伟群、程志远、林阿绵、尚荣生、李荣胜、温野、雍桂良、任武雄、邱锋等同志的热情帮助,特此一并致谢。

中国青年出版社编辑部
2015年8月26日